Felicitas Kind

Winterzauber in den Dünen

PIPER

Zu diesem Buch

»Weihnachten werde ich auf Juist verbringen, weil ich mich hier wohlfühle, und ich liebe das Hotel. Allerdings hat sich hier einiges verändert seit damals, wie du ja selbst weißt. Inzwischen hat jedes Zimmer ein eigenes Bad, ich habe sogar ein Appartement mit Küche. Weißt du noch, wie wir früher nach einem langen Strandtag unseren täglichen Wettlauf die Treppen rauf zur Etagendusche gemacht haben? Meist hast du gewonnen. Mich holen momentan die alten Erinnerungen immer wieder ein.«
Anja kann Thomas nicht vergessen. Also schreibt sie ihm, denn für eine zweite Chance im Leben ist es nie zu spät und an Weihnachten werden bekanntlich Wünsche wahr ...

Hinter *Felicitas Kind* verbergen sich die beiden Erfolgsautorinnen Gitta Edelmann und Regine Kölpin. Sie veröffentlichen bereits seit mehreren Jahren gemeinsam Bücher und wurden mit dem Bronzenen Homer 2020 ausgezeichnet.

Felicitas Kind

Winterzauber in den Dünen

Roman

PIPER

Mehr über unsere Autorinnen, Autoren und Bücher:
www.piper.de

Wenn Ihnen dieser Roman gefallen hat, schreiben Sie uns unter Nennung des Titels »Winterzauber in den Dünen« an *empfehlungen@piper.de*, und wir empfehlen Ihnen gerne vergleichbare Bücher.

Unser Versprechen für mehr Nachhaltigkeit
- Klimaneutrales Produkt
- FSC®-zertifiziertes Papier
- Hergestellt in Europa

FSC www.fsc.org MIX Paper from responsible sources FSC® C021394

Originalausgabe
ISBN 978-3-492-31750-4
1. Auflage Oktober 2022
3. Auflage November 2022

Lektorat: Christine Neumann
Umschlaggestaltung: zero-media.net, München
Umschlagabbildung: FinePic®, München
Satz: psb, Berlin
Gesetzt aus der Calluna
Gedruckt von ScandBook in Litauen
Printed in the EU

Kapitel 1

Es war kein Wetter, wie man es sich zum zweiten Advent wünschte. An Schneefall war gar nicht zu denken, stattdessen tobten Windböen über das Meer und gestalteten die Überfahrt von Norddeich nach Juist für einige Passagiere recht ungemütlich.

Anja stand an Deck der *Frisia* und schaute zu, wie das Schiff sich durchs Fahrwasser in Richtung Insel schob. Sie war froh, dass sie seefest war, und hatte bislang während der Fahrt draußen unter dem Vordach gestanden, dicht an die weiße Wand der Fähre gedrückt. Es war imposant, wie das graugrüne Nordseewasser fast wütend gegen das Schiff donnerte und helle Gischt bis aufs Deck warf.

Trotzdem hätte Anja richtiges Winterwetter dem beißenden Wind und dem Nieselregen vorgezogen, schließlich kam sie nicht auf die Insel, um in ihrem Hotelzimmer zu sitzen.

Ich werde mich von Wind und Wetter ganz bestimmt nicht zurückhalten lassen, dachte sie, sondern jeden Tag meines Urlaubs draußen sein. In den Dünen, am Strand oder an der Salzwiese.

Jetzt war es ihr an Deck aber doch zu kalt, und sie ging hinunter in den Fahrgastraum. Ihr schlug der Geruch von feuchten Jacken und gebrühtem Kaffee entgegen. Anja schaute sich um und war froh, dass gerade ein Platz an den langen Tischen frei wurde. Sie setzte sich und holte den Schokoladenweihnachtsmann aus dem Rucksack. Den hatte ihr die Nachbarin, die sich während ihres vierwöchigen Inselurlaubs um Blumen und Post kümmerte, in die Hand gedrückt. »Ist doch heute Nikolaustag! Den können Sie dann an Bord essen, da ist ja alles so teuer!«

Anja schmunzelte noch immer, wickelte die Folie vom Kopf und biss vorsichtig ab, damit die Schokosplitter sich nicht über den Tisch verteilten. Genüsslich schloss sie die Augen und spürte dem süßen Schokoladengeschmack nach. Auf diese Weise ließ sich auch der Mief hier unten aushalten.

Dennoch war Anja froh, als der Juister Hafen sich mit den Birkenpricken, die das Fahrwasser markierten, ankündigte und die Fähre einige Zeit später ins Hafenbecken einlief.

Das Schiff legte an, und Anja verließ es über die Gangway. Sie wickelte ihren Schal noch ein bisschen fester um den Hals.

Kaum stand sie am Kai, schlug ihr der Nordseewind richtig heftig entgegen. Anja hoffte, dass es im Dorf ein wenig besser wurde, denn so wollte wirklich keine rechte Weihnachtsstimmung aufkommen.

Dabei sehnte sie sich nach dem Duft von Kerzen und Spekulatius und einem Becher Glühwein, der ihre durchfrorenen Glieder wieder etwas auftauen lassen würde. Doch bis dahin dauerte es noch. Zunächst musste sie auf ihr Gepäck warten.

Anja sah sich um. Es war etliche Jahre her, seit sie zuletzt auf Juist gewesen war.

Viel verändert hatte sich offenbar nicht. Die Pferdekutschen warteten noch immer auf die Feriengäste. Gegenüber der Schalterhalle parkten zahlreiche Bollerwagen und Fahrradanhänger der Pensionen und Hotels, damit die Touristen ihre Trolleys, Rucksäcke und was sie sonst für einen Inselurlaub benötigten, verstauen konnten.

Ja, das war Juist, wie sie es kannte. Und Anja war froh darüber, denn genau deshalb war sie hier. Ankommen. Nachdenken. Und die Beständigkeit genießen.

Wie ein Willkommensgruß des Himmels hörte es jetzt auch auf zu regnen, und über der See lugte die Sonne durch ein kleines Loch in den Wolken.

Juist war eben das Töwerland, das Zauberland!

Es empfängt mich freundlich, dachte Anja mit einem Lächeln auf dem Gesicht. Sie würde hier eine gute Zeit haben und zur Ruhe kommen, da war sie sicher.

Anja sog die klare Nordseeluft tief ein. Es roch auch wie damals. Frisch, ein bisschen nach Watt und nach unendlicher Freiheit.

Ein Trecker zog die Gepäckwagen vom Schiff und rangierte sie auf dem dafür vorgesehenen Platz. Die Menschen strömten wie von einem Magneten angezogen dorthin, und Anja ließ sich vom Strom mitreißen. Ihr Trolley war schnell gefunden, und sie schloss sich der Raupe der Touristen an, die mit ihrem Gepäck polternd in Richtung Dorf kroch. Für den Moment erwachte Juist, um sich kurz darauf schlafen zu legen, bis am nächsten Tag das Schiff wieder anlegte, weitere Menschen ausspuckte und andere erneut in sich aufsog.

Anja durchquerte das Sieltor und konnte von dort ihr Hotel schon erkennen. Sie hatte im Hotel Friesenhof ein Appartement gebucht. Es befand sich im selben Komplex wie die anderen Zimmer, hatte einen Balkon und eine kleine Küche, sodass sie sich während ihres Aufenthaltes auch selbst versorgen konnte. Wenn sie es wollte.

Nachdem sie eingecheckt und das Appartement bezogen hatte, trat Anja zunächst durch die Glastür, von wo aus sie bis zum Hafen blicken konnte. Gerade fuhr eine Kutsche mit gelbem Planwagen vorbei, auf dem Platz waren Buden für den

Weihnachtsmarkt aufgebaut. Morgen sollte er öffnen, und Anja freute sich schon darauf, dort einen Glühwein zu trinken und vielleicht einen Speckendicken zu kosten. Eigentlich aß man das Gebäck zwischen Weihnachten und Silvester, aber mit etwas Glück boten sie es schon auf dem Markt an. Sie liebte es.

Ein leckerer Berliner mit Marmeladenfüllung würde sie jedoch auch zufriedenstellen. Den hatte sie in jenem Zaubersommer vor vielen Jahren mit Thomas immer gegessen. Lang war es her. Aber man konnte die Zeit nicht zurückdrehen, nicht einmal im Advent oder an Weihnachten.

Anja merkte, wie die Anspannung, die sie zu Hause umklammert und die ihr oft den Atem genommen hatte, langsam von ihr abfiel. Es war richtig, die Weihnachtszeit und den Jahreswechsel auf Juist zu verbringen und nicht allein in ihrer Dreizimmerwohnung in Wilhelmshaven, wo ihr doch nur die Decke auf den Kopf gefallen wäre.

Anja ging zurück ins Appartement und schaute sich gründlich um. Es war wunderschön hier. Rechts befand sich der Wohnraum, angegliedert war ein kleiner Küchen- und Esszimmertrakt. Auf dem Tisch prangte ein Adventsgesteck mit hellblauen Schleifen. Es war farblich auf die Einrichtung abgestimmt. Im Schlafraum stand ein gemütliches Bett. Von dort schaute sie auf einen gestreiften Schrank, der wie eine Badekabine am Strand gestaltet war.

Auspacken werde ich später, dachte sie. Jetzt gehe ich erst im Gemeinschaftsraum einen echten Ostfriesentee trinken, und dazu nehme ich einen feinen Stollen. Diese Kombination war im Flur auf einem Aufsteller angeboten worden, und Anja lief allein bei dem Gedanken an diese Köstlichkeiten das Wasser im Mund zusammen.

Anschließend wollte sie noch schwimmen gehen. Die Poolanlage hatte es damals nicht gegeben, und sie war neugierig darauf.

Anja verließ das Appartement, durchquerte den Flur, der vom Ambiente her Seebadflair aus alten Zeiten vermittelte, was vor allem dem aufwendig gestalteten weißen Metallgeländer mit blauem Holzlauf und den Bleiglasscheiben mit zarten Motiven geschuldet war. Anja fühlte sich gleich wie zu Hause. Sie lief an der Rezeption vorbei zum Aufenthaltsraum.

Hier war es urgemütlich. Vor den roten Sesseln neben dem Kamin in der Ecke standen kleine Tischchen. Kaum hatte sie sich hingesetzt, kam auch schon ein Kellner und fragte Anja nach ihren Wünschen. Sie bestellte Tee und Stollen, und während sie darauf wartete, erblickte sie das Gästebuch, das auf einem Tisch an einem Pfeiler lag.

Sie ging hinüber, schlug es neugierig auf und überflog die letzten Einträge. Es waren lustige Sprüche dabei. Und viele kleine Kritzeleien. Schnell wurde deutlich, wie wohl sich die Gäste in diesem Hotel gefühlt hatten. Anja blätterte drei Seiten zurück und hielt den Atem an, denn ihr stach ein Name ins Auge. Thomas Braunmelzer. Sie schluckte. Konnte das sein?

Anja las den Namen noch einmal. War Thomas, ihr Thomas, tatsächlich auch zurück auf die Insel gekommen?

Sie prüfte das Datum. Es war eine Weile her. Im Oktober.

Über ihr Gesicht glitt ein versonnenes Lächeln, als sie las, was Thomas Braunmelzer im Gästebuch hinterlassen hatte. Selbst wenn er seinen Namen geändert hätte, wäre sie jetzt stutzig geworden. Natürlich stand da nicht so etwas Banales wie »Ich habe hier einen wunderbaren Urlaub verbracht« oder »Ich komme gern wieder«.

Thomas hatte, wie schon damals, ein Haiku geschrieben. Und selbstverständlich kam das Zauberland darin vor.

Die Zauberinsel
füllt Schätze in die Seele
am endlosen Strand

Nachdenklich schlug Anja das Gästebuch zu. Konnte es so viel Zufall geben? Sie war froh, als der Kellner ihr den Tee und Stollen brachte, denn das lenkte sie einen Augenblick ab, weil sie sich auf diesen Genuss konzentrierte.

Anja war froh, dass sie beim Abendessen, sie hatte sich für das Drei-Gänge-Menü entschieden, allein saß. Dieser Haiku-Eintrag war ihr den ganzen Nachmittag nicht aus dem Kopf gegangen. Nicht im Schwimmbad und auch nicht, als sie versucht hatte, sich auf ein Buch zu konzentrieren.

Sie war unschlüssig, was sie tun sollte.

»Gar nichts musst du tun«, flüsterte sie. »Gar nichts.«

Das sagte sich so einfach. Es war doch ein Wink des Schicksals, am ersten Tag ihres Urlaubs ausgerechnet über die Zeilen von Thomas zu fallen. Sie zweifelte keine Sekunde daran, dass er tatsächlich auf Juist gewesen war und es sich wirklich um *den* Thomas Braunmelzer handelte.

Er, der sich der Dichtung verschrieben hatte und Schriftsteller oder Journalist werden wollte. Er, mit dem sie in den Dünen herumgealbert hatte und dieses Seemannslied in Richtung Meer geschmettert hatte. Laut und falsch, aber immer lachend. Vor allem, weil Anja ihn ärgern wollte und es vorzog, den Text leicht zu verändern.

Sie schmunzelte, als ihr die Zeilen ins Gedächtnis kamen.

»Alle, die mit uns auf Kaperfahrt fahren, müssen Männer mit Bärten sein …« Anstelle des »uns« hatte sie immer ein »mir« eingesetzt, Thomas in die Seite geknufft und gesagt: »Du hast keinen Bart, erst dann darfst du mit!«

»Eines Tages lasse ich ihn mir stehen«, hatte er versprochen.

Wahrscheinlich haben wir uns deshalb aus den Augen verloren, dachte Anja. Weil bis zum Urlaubsende kein bisschen Bart in seinem Gesicht zu finden gewesen war. Der leichte Flaum zählte nicht.

Anja löffelte die Möhrensuppe mit Chilinote und rief sich weitere Erinnerungen an jenen Sommer ins Gedächtnis.

Sie hatten damals Glück mit dem Wetter gehabt. In den zwei Wochen hatte es nur ein einziges Mal geregnet. Deshalb waren sie stundenlang durch die Dünen spaziert, hatten sich zwischendurch am Strand ein einsames Plätzchen gesucht und am Abend in den Sternenhimmel geschaut. Und Thomas hatte gedichtet. Wäre das schön, sich mal wieder mit ihm über die alten Zeiten auszutauschen!

Anja war so in Gedanken versunken, dass sie zunächst gar nicht merkte, wie spät es geworden war, dass sie alle drei Gänge aufgegessen hatte und inzwischen fast allein im Restaurant saß. Die Bedienung löschte bereits die Kerzen, der Duft von Wachs durchzog den Raum.

Sie ließ die Rechnung aufs Zimmer schreiben und beschloss, spazieren zu gehen und den ersten Abend auf Juist mit einer Nase voll Nordseeluft zu beenden.

Der Wind hatte jetzt nachgelassen, sodass sie den Schal nicht ganz so festzurren musste. In den Straßen hingen Tannengirlanden, die Fenster waren mit Sternen und leuchtenden Weihnachtspyramiden geschmückt. Als sie an der Kirche vorbeilief, drangen Orgeltöne heraus, und ein Chor übte sich in *Macht hoch die Tür.*

Anja seufzte – und kam sich unendlich allein vor.

Nur war es nicht ein Wink des Schicksals, dass sie über Thomas' Namen gestolpert war? Und das gleich am ersten Tag?

Frag ihn doch, ob er wieder auf der Insel war!, wurde sie von einer inneren Stimme aufgefordert. Was hast du schon groß zu verlieren, Anja Marquart?

Anja schob den Gedanken sofort beiseite, aber es dauerte nicht lange, da war er wieder da und attackierte sie erneut.

Wie soll ich an seine Adresse kommen?, überlegte sie. Die steht nicht im Gästebuch, und das Hotel wird sie mir nicht geben.

»Wozu gibt es Google!« Anja freute sich über ihre Spitzfindigkeit.

Sie bog zum Strand ab und wurde vom Rauschen der See magisch angezogen. Sie sollte aufhören, überhaupt darüber nachzudenken, Thomas zu schreiben. Schließlich war sie hier, um Abstand zu bekommen, und nicht, um in der Vergangenheit herumzuspazieren.

Anja schaute kurz über die Dünen. Da es dunkel war, konnte sie das Meer zwar rauschen hören, aber nicht erkennen. Außerdem war es hier immer noch sehr windig.

Die Kirchturmuhr schlug zehnmal, Zeit, ins Bett zu gehen. Sie machte sich auf den Weg zurück zum Hotel.

Einmal hielt sie kurz an, weil sie die kleinen Steinskulpturen bestaunte, die allesamt verschiedene Strickwaren trugen. Am meisten mochte sie die mit der roten Mütze.

»Die sehen lustig aus, nicht wahr?«, sprach sie ein Mann an, und Anja fuhr zusammen. Für einen Moment glaubte sie tatsächlich, es wäre Thomas. Dieselbe Stimmlage, dieselbe Art zu sprechen.

»Äh, ja, das tun sie«, antwortete sie, riss sich dann aber zusammen, denn natürlich war er es nicht.

»Du siehst schon Gespenster«, flüsterte Anja vor sich hin, als sie ihren Weg fortsetzte. »Er hat deine Gedanken ganz schön fest im Griff. Du bist seit zwei Jahren Witwe. Warum solltest du einen anderen Mann kontaktieren? Und wozu? Schließlich liebst du Jan noch zu sehr.«

Doch kaum war sie wieder auf ihrem Zimmer, nahm sie das Handy in die Hand und gab Thomas' vollständigen Namen bei Google ein.

Bingo, drei Treffer. Zwei schloss sie aus, aber der dritte könnte es sein. Ein Lehrer an einem Gymnasium im Schwarzwald. Der Mann war ein bisschen schlanker, als sie Thomas in Erinnerung hatte. Das Haar nicht mehr dunkel, sondern fast weiß und viel kürzer als damals. Und wenn er es tatsächlich war, war es dünn geworden, wobei er keine Glatze hatte. Dafür zierte sein Gesicht ein gepflegter Vollbart, was diesen Thomas Braunmelzer sehr attraktiv erscheinen ließ. Wieder glitt ein Lächeln über Anjas Lippen. Wenn er es war – der Bart war nun vorhanden! Dieser Thomas trug zudem eine Brille.

Je länger Anja das Bild anstarrte, desto mehr wuchsen ihre Zweifel. Was, wenn sie irrte und vielleicht einen völlig Fremden kontaktierte! Der Urlaub, in dem sie sich kennengelernt hatten, war fast vierzig Jahre her, wahrscheinlich erinnerte sich Thomas gar nicht mehr an sie.

Doch noch während sie die Richtigkeit ihres Unterfangens infrage stellte, kopierte sie die E-Mail-Adresse von der Homepage und gab sie in ihren Mailordner ein. Dann glitten ihre Finger wie von selbst über die Tastatur.

Plötzlich hielt sie inne. Eine Mail zu schreiben, erschien ihr doch zu merkwürdig bei einem ersten Kontakt. Wie leicht würde sie in seinem Spamordner landen. Nein, sie hatte Zeit, und wenn sie Glück hatte, stand seine Adresse im Online-Telefonbuch.

Anja rief es auf und wurde fündig.

Und dann verfasste sie den ersten handgeschriebenen Brief seit vielen Jahren.

Hallo Thomas,
ich weiß nicht, ob du dich an mich erinnerst, aber ich bin gerade hier auf Juist, wohne im Hotel Friesenhof und habe im Gästebuch deinen Eintrag vom Oktober gefunden. Ein Haiku, wie gewohnt. Diese Art der Dichtung mochtest du ja schon immer, und weil du mir einmal gesagt hast, dass ihr die einzige Familie Braunmelzer seid und dein Wohnort im Schwarzwald liegt, hoffe ich inständig, dass ich den richtigen Thomas Braunmelzer anschreibe.
Ich habe lange mit mir gerungen, ob ich den Versuch wagen soll, dich zu kontaktieren, aber plötzlich lagen auf meinem Hotelschreibtisch ein Kuli, Briefpapier (deshalb das Hotelemblem) und ein Umschlag. Das war wie eine Aufforderung, es zu tun. Und wie es der Zufall will, habe ich auch eine Briefmarke im Portemonnaie, und so kann der Brief heute Abend in den Kasten wandern.
Wenn ich jetzt völlig danebenliege und Sie einfach zufällig aus derselben Gegend wie er stammen und kleine Dichtungen über das Töwerland verfassen, bitte ich vielmals um Entschuldigung, dann brauchen Sie nicht weiterzulesen.
Wenn du jedoch tatsächlich der Thomas bist, der im Sommer vor dem Abi Pflichturlaub mit seiner Familie auf Juist machen musste und sich gerne darüber bei mir beklagte, sich aber im Laufe des Urlaubs genau wie ich in diese Zauberinsel verliebt hat, würde ich mich freuen, von dir zu hören. Du erreichst mich unter folgender E-Mail. Lach nicht, ich mochte das Töwerland immer sehr und habe diese Mailadresse schon lange.
Anja@zauberland-insel.de.

Bis nach Neujahr bin ich noch im Friesenhof. Falls du auch gerne richtige Briefe schreibst.
Viele Grüße von der schönsten Sandbank Deutschlands
Anja

Kapitel 2

Thomas lehnte sein Fahrrad gegen die Wand neben die dicke braune Holztür der Häuserzeile aus der Gründerzeit, die das Straßenbild der Offenburger Oststadt prägte. Es lohnte sich nicht, das Rad durch den Hausflur mit nach hinten in den Gartenschuppen zu nehmen, wo es normalerweise trocken und sicher stand. In einer halben Stunde musste er ohnehin wieder los zur Konferenz. Zu dumm, dass er das Geschenk des Kollegiums für die Kunstlehrerin Hannah heute Morgen zu Hause vergessen hatte. Zwar wohnte er nicht weit von dem Gymnasium entfernt, an dem er unterrichtete, aber bei dem nasskalten Wetter hätte er seine Pause lieber in Ruhe im Lehrerzimmer verbracht, statt im Nieselregen hin- und herzuradeln.

Im Briefkasten war, trotz des angebrachten Schildes, wieder einmal Werbung und außerdem ein weißer, länglicher Briefumschlag mit handgeschriebener Anschrift. Der Blick auf den Absender sagte ihm nichts: A. Marquart. Keine Adresse.

Während Thomas die Treppen in den zweiten Stock hinaufstieg, fuhr er mit dem Daumen unter die nicht ganz festklebende Lasche und riss den Umschlag auf. Auch der Brief selbst, den er nun herauszog, war von Hand geschrieben – also war A. Marquart wohl doch niemand von seinen ehemaligen Schülerinnen oder Schülern. Die nutzten diese altmodische Schneckenpost ohnehin höchstens noch, wenn sie ihm Hochzeits- oder Geburtsanzeigen zukommen ließen.

Er warf nur einen kurzen Blick darauf, dann steckte er den Brief zusammen mit seiner Wollmütze in die Jackentasche, schloss die Wohnungstür auf und ging als Erstes in die Küche, um den Wasserkocher anzustellen. Eine schöne Tasse schwarzer Tee war jetzt genau das Richtige zur Entspannung, obwohl er hier nicht wirklich so schmeckte wie an der Küste. Das Wasser machte das Aroma aus. Trotzdem mochte er ihn auch im Schwarzwald und zelebrierte ihn meist nach alter ostfriesischer Tradition mit Sahne und Kandiszucker, den dicken Kluntjes.

Thomas zog die Jacke aus und hängte sie über die Lehne des Küchenstuhls. Dann zog er den Brief aus der Tasche und faltete ihn auf.

Der Briefkopf überraschte ihn. Hotel Friesenhof auf Juist? Dort hatte er die Herbstferien verbracht, aber was wollten die jetzt von ihm? War dies eine neue Art von Werbung? Getarnt als privater Brief?

Neugierig geworden begann er zu lesen.

Hallo Thomas,
ich weiß nicht, ob du dich an mich erinnerst

Thomas drehte das Blatt um und schaute nach der Unterschrift. Anja.

Anja? Er konnte sich an keine Anja in seinem Urlaub erinnern. Eine Bettina hatte er im Hotel kennengelernt und zweimal mit ihr gefrühstückt. Leider hatte sie dann ihre Fänge nach ihm, dem allein reisenden Mann, ausgestreckt, und so hatte die ursprünglich nette Bekanntschaft einen unangenehmen Beigeschmack bekommen. Er war ihr von da an aus dem Weg gegangen.

Wer also war diese Anja, die ihm hier schrieb? Nun, es war müßig herumzurätseln. Er musste schließlich einfach nur weiterlesen, um es herauszufinden.

Wenn du aber tatsächlich der Thomas bist, der im Sommer vor dem Abi Pflichturlaub mit seiner Familie auf Juist machen musste und sich gerne darüber bei mir beklagte …

Anja! Mit einem Schlag stieg vor seinem inneren Auge das Bild eines lachenden jungen Mädchens mit langen, dunklen Haaren auf. Konnte das wirklich sein? Nach – er rechnete kurz – fast vierzig Jahren? Wie ewig das her war …

Mit einem Klacken schaltete sich der Wasserkocher ab, und Thomas zuckte zusammen. Er war in Gedanken weit weg gewesen, irgendwo auf einem Pfad in den Dünen, wo er seinem Ärger Luft machte. Wie konnten seine Eltern ihn mit achtzehn noch zum Familienurlaub zwingen? Er hatte eigentlich mit Klaus Interrail nach Spanien und Portugal machen wollen, alles war so schön geplant gewesen, aber dann hatte sein Freund sich idiotischerweise das Bein gebrochen. Statt allein zu fahren und Abenteuer zu erleben, hatte Thomas sich irgendwie breitschlagen lassen und saß nun auf dieser verflixten Insel fest, wo es nur Kinder und alte Leute zu geben schien.

Bis ihm Anja begegnete.

Sie hörte sich seinen Ausbruch ruhig an und sah ihm dann direkt in die Augen.

»Ich fand es genauso blöd, mit meinen Eltern ausgerechnet nach Juist zu fahren, weil ich die Insel in- und auswendig kenne, aber jetzt sind wir nun mal da.«

Dabei strich sie ihr langes Haar hinters Ohr und bot ihm ein Lächeln, das ihm durch Mark und Bein ging.

So hatte es angefangen.

»Also, ich bin froh, dass du auch hier bist«, hatte sie gesagt und nach seiner Hand gefasst. Von da an war alles anders gewesen. Der Himmel irgendwie blauer, die Sonne heller.

Und jetzt war Anja also wieder auf Töwerland. Ausgerechnet im Friesenhof, sie hatten sich tatsächlich nur um rund zwei Monate verpasst. Er lächelte unwillkürlich. Sie hatte ihn und seine Haikus nicht vergessen. Ihre E-Mail-Adresse hatte sie ihm auch gegeben – er konnte ihr schreiben. Und ja, das würde er tun, natürlich!

Während Thomas seinen Tee trank – heute leider ohne Wulkje, denn er hatte keine Sahne mehr im Haus –, las er den Brief noch einmal.

Ein Blick auf die Uhr zeigte allerdings, dass seine Pause fast vorüber war, also öffnete er schnell das Mailprogramm in seinem Handy. Er musste Anja wenigstens kurz Bescheid geben, dass er der richtige Thomas war.

Hallo Anja,
ich habe deinen Brief bekommen. Was für eine Überraschung! Ja, ich erinnere mich natürlich, obwohl der Urlaub, in dem wir uns kennengelernt haben, wirklich schon ewig her ist.
Ich melde mich heute Abend ausführlicher, wollte nur schnell Hallo sagen. Muss gleich zur Konferenz – ich bin tatsächlich Lehrer geworden. Kein Journalist und kein Schriftsteller. Aber ich schreibe noch immer Haikus.
Alles Weitere später.
Herzliche Grüße
Thomas

Er drückte auf »Senden« und sah erneut auf die Uhr. Mist, er musste los. Wo war Hannahs Geschenk?

Er fand die Leinentasche mit dem Päckchen auf der kleinen Kommode im Flur, bereitgelegt hatte er sie gestern Abend, aber irgendwie dann doch in der Hektik des morgendlichen Aufbruchs vergessen.

Während Thomas zur Schule radelte, dachte er über den Zufall nach, dass Anja ausgerechnet jetzt auf ihn gestoßen war, nachdem er im Oktober auf Juist tatsächlich an sie gedacht hatte. Wenn er früher alle paar Jahre einmal auf der Insel gewesen war, war ihm das nie so gegangen, aber da war er ja auch mit Christine und den Jungs zusammen hingereist. Doch seine Söhne waren jetzt erwachsen und Christine und er seit Jahren geschieden. Sie verstanden sich immer noch, aber seine Ex-Frau war mit ihrem zweiten Mann deutlich zufriedener, als sie es in ihrer Ehe gewesen war.

Und er?

Er hatte nicht unbedingt ein gutes Händchen bei seinen Beziehungen bewiesen. Besonders die letzte hatte ihn an seine Grenzen gebracht, und er war im Herbst spontan nach Juist geflohen. Thomas hatte sich eine Woche lang bei einsamen Spaziergängen vom Herbstwind die Flausen aus dem Hirn pusten lassen. Und da waren die Erinnerungen an den Zaubersommer wiedergekommen. Den Sommer mit Anja.

Thomas stieg vom Rad und lehnte es an einen der Kastanienbäume, bevor er es abschloss. Er musste unbedingt einen neuen Fahrradständer besorgen, nicht überall fand er die Möglichkeit, sein Gefährt anzulehnen. Am besten machte er das gleich nach der Konferenz, er hatte ohnehin noch ein paar Dinge in der Stadt zu erledigen.

»Hast du das Geschenk?« Sein Kollege Micha klopfte ihm von hinten auf die Schulter.

»Klar. Eben daheim geholt.« Thomas drehte sich um und hob die Tasche mit den hübsch verpackten Büchern an.

»Gut. Dann hoffen wir mal, dass die Hannah zum Abschied noch was Schönes für uns gebacken hat.«

»Vielleicht haben wir Glück. Letztes Jahr hatte sie zu einer unserer Konferenzen Linzertorte dabei – richtig weihnachtlich.«

»Puh, ja, Weihnachten.« Micha verdrehte die Augen. »Meine Frau ist schon mitten in den Vorbereitungen auf das große Familienfest. Überall hängt und liegt Adventskram, und abends muss ich eine Runde durch die Wohnung machen, damit auch wirklich alle Kerzen gelöscht sind, die sie so im Laufe des Tages anzündet!«

Thomas grinste.

»Du hast gut lachen!«, beschwerte sich Micha. »Du lebst allein und kannst dich vor all dem Weihnachtsscheiß drücken!«

Thomas zuckte mit den Schultern und folgte Micha schweigend ins Schulgebäude. Der würde wahrscheinlich nicht verstehen, dass auf Thomas' Couchtisch ein Adventskranz mit dicken roten Kerzen stand und dass er gestern Abend seine alte Platte mit Weihnachtsmusik aus der Renaissance aufgelegt hatte. Er mochte die Vorweihnachtszeit, hatte sie immer gemocht, ganz besonders aber, als die Jungs klein waren und sie sich als Familie mit viel Singen und Backen und Basteln auf das Fest vorbereitet hatten. Christine und er waren sich einig gewesen, dass das Miteinander das Wichtigste in der Adventszeit war.

Jetzt, so allein, war natürlich alles ein wenig anders als früher.

Die Themen der Konferenz waren heute besonders schnell abgehandelt, und das Kollegium konnte endlich zum gemütlichen Teil übergehen.

Hannah hatte ein paar Flaschen Sekt mit und ohne Alkohol dabei und jede Menge gekaufte Lebkuchen, was einige Bemerkungen zu ihrem sonst gewohnten kulinarischen Engagement hervorrief. Doch Hannah lachte nur, legte ihre Hände auf ihren schwangeren Bauch und verkündete: »Denkt, was ihr wollt, ab morgen bin ich erst mal weg!«

Sie goss sich ein Glas alkoholfreien Sekt nach und stieß mit allen an.

»Bist wohl froh, uns los zu sein?« Micha grinste herausfordernd.

»Klar! Jetzt kann ich endlich ganz in Ruhe den restlichen Advent genießen!«

Thomas' Gedanken wanderten gen Norden. Wie Anja wohl die Zeit verbrachte? War sie allein auf Juist oder mit ihrer Familie? Die hatte sie allerdings nicht erwähnt. Bis ins neue Jahr war sie im Friesenhof, hatte sie geschrieben. Da hatte sie also einen schönen langen Urlaub auf der Insel. Es war spannend, dass sie sich nun gegenseitig berichten konnten, was aus ihnen geworden war.

Wie sie wohl aussah? Älter natürlich. Möglicherweise würde er sie bei einem zufälligen Treffen nicht einmal erkennen. Und umgekehrt genauso. Seine Freunde behaupteten immer, er sähe noch aus wie in Schulzeiten. *Bullshit*. Sein Körperbau hatte sich nur wenig verändert, aber sein Haar und der Bart waren nun kurz und fast völlig weiß. Und eine Brille hatte er damals auch nicht getragen.

Er würde an seine Mail heute Abend ein Foto von sich anhängen. Oder zwei. Er konnte in der Fotokiste eines von damals raussuchen und einscannen. Sozusagen vorher – nachher.

Es war nicht leicht, in der Mail den richtigen Ton zu treffen, als Thomas schließlich gegen zehn am Laptop saß. Er ertappte sich dabei, dass er um Worte verlegen war, was eigentlich gar nicht zu ihm passte. Aber was schrieb man einem Menschen, den man so viele Jahrzehnte nicht gesehen hatte? Und Anja war ja nicht irgendein Mensch. Sie war – abgesehen von seiner Schwärmerei für Martina aus dem Schulchor – die Erste gewesen, die solch starke Gefühle in ihm geweckt hatte. Seine Jugendliebe.

Zweimal hatte er den Anfang seiner Mail bereits gelöscht. Nein, so funktionierte es nicht.

Thomas stand auf und ging ins Schlafzimmer, wo er auf dem Kleiderschrank einen Karton mit Fotos aus der Zeit vor dem Studium aufbewahrte. Eine ganze Weile kramte er zwischen den Bildern, bis er fand, was er suchte.

Da standen sie beide, Hand in Hand, barfuß am Strand. Er erinnerte sich noch sehr genau, wie dieses Foto entstanden war. Anja hatte eine alte Frau angesprochen, die ebenfalls an der Wasserkante spazieren ging, und ihr die Kamera in die Hand gedrückt. Die Frau war wahrscheinlich nicht älter gewesen, als sie beide jetzt waren, aber wenn man jung ist, kommt einem fünfzig oder sechzig schon uralt vor.

Die Aufnahme war ein wenig schief, doch Anjas Gesicht mit ihrem strahlenden Lächeln war gut zu erkennen. Thomas erwiderte es unwillkürlich, dann schüttelte er über sich selbst den Kopf. Er suchte noch ein weiteres Foto aus dem damaligen Urlaub heraus, auf dem er allein zu sehen war – nicht dass Anja dachte, er wolle sich mit ihrer alten Romanze wieder anbiedern –, und scannte es ein.

Nun brauchte er noch einen Tee, das thailändische Essen vorhin hatte ihn etwas durstig gemacht. Natürlich trank er jetzt am Abend keinen Schwarztee mehr. In der letzten Zeit hatte er ohnehin gelegentlich Schlafprobleme, also hatte er sich angewöhnt, um diese Zeit noch einen beruhigenden Kräutertee zu trinken.

Der Duft von Fenchel, Kamille und Lavendel zog durch die Küche, als Thomas den Tee in seiner großen blau-weißen Tasse mit den Markierungen Ebbe und Flut aufgoss. Ja, der Zaubersommer mit Anja war lange her, damals hätte er gelacht über einen Mann, der den Abend mit einem solchen Kräutertee beendete. Aber so war es eben. Auch Anja würde wahrscheinlich nicht mehr wie ein junges Reh den Dünenweg hinaufrennen und dort ein Rad schlagen.

Thomas sah aus dem Fenster, wo die dünne Sichel des abnehmenden Mondes zwischen einigen Sternen zu sehen war. Dann setzte er sich wieder an den Schreibtisch, trank ein paar kleine Schlucke des heißen Tees, atmete tief durch und startete einen neuen Versuch.

Hallo Anja,
es ist etwas später geworden, aber nun habe ich endlich Zeit, dir zu antworten. Wir haben heute in der Konferenz eine Kollegin in die Elternzeit verabschiedet, und ein paar von uns sind hinterher noch mit ihr zusammen essen gegangen. Das war sehr nett und hat sich daher ein wenig länger gezogen als gedacht.
Vielleicht schläfst du sogar schon, aber immerhin ist eine Mail schnell, und du hast sie dann auf jeden Fall morgen früh.
Also noch mal: Ich habe mich sehr gefreut, von dir zu hören. Tatsächlich habe ich im Oktober, als ich auf Juist war, sogar an dich gedacht. Unseren Sommerurlaub habe ich nie wirklich vergessen.
Ich bin also, wie schon kurz geschrieben, trotz der damals

trüben Aussichten, was Stellen betraf, Lehrer geworden und unterrichte an einem Gymnasium in Offenburg Deutsch und Englisch. Ich fühle mich sehr wohl hier, die Stadt ist gemütlich und nicht zu groß, bietet aber in vieler Hinsicht kulturell wie einkaufsmäßig eine Menge. Und natürlich ist man hier immer schon halb im Grünen.
Und du? Lebst du noch in Bremen, oder hat es dich anderswohin verschlagen?
Ich habe zwei Söhne, zweiundzwanzig und fünfundzwanzig, die beide in ihrer jeweiligen Studentenbude in Freiburg wohnen – das ist weit genug weg, damit wir uns nicht auf die Nerven fallen, aber nah genug, um uns leicht treffen zu können –, und bin seit ein paar Jahren geschieden.
Vorhin habe ich nach längerer Suche tatsächlich ein altes Urlaubsfoto von mir gefunden. Mein Vater muss es gleich am ersten Tag gemacht haben, denn ich sehe ziemlich mürrisch aus. :-) Ich schicke es dir hier zusammen mit einem Bild von diesem Sommer. Damit du siehst, wie der Zahn der Zeit an mir genagt hat.
Wie ist es um diese Jahreszeit auf Juist? Bestimmt kalt und windig. Ich stell mir das sehr gemütlich vor, wenn man von einem Spaziergang wieder ins Haus kommt.
Grüß mir die Insel!

Nur Wind und Weite
und vielleicht ein bisschen Schnee
Winter-Töwerland

Herzliche Grüße
Thomas

Kapitel 3

Anja war überrascht, schon zwei Tage, nachdem sie ihren Brief eingeworfen hatte, eine Antwort von Thomas zu bekommen. Erst nur die kurze Mail, nach der sie zunächst dachte, er würde sich vielleicht doch nicht noch einmal melden, aber nun fand sie heute Morgen diese sehr ausführliche Nachricht vor.

Ihr Herz klopfte schneller. Sie las sie einmal, zweimal. Ein bisschen musste sie schmunzeln, weil die Erinnerung an Thomas in ihr tatsächlich noch immer solch eine körperliche Reaktion hervorrief. Aber es war aufregend, nach so langer Zeit mal wieder etwas von ihm zu hören. An ihn zu denken und dabei an einen Urlaub, als alles möglich erschien. Als sie noch glaubten, die Welt stünde ihnen offen, und es ausgeschlossen schien, dass die eine oder andere Tür mal zufiel. Das Leben hatte sie schnell eingeholt, und so war es auch nicht ungewöhnlich, dass sie sich deshalb aus den Augen verloren hatten.

Sie war Krankenschwester geworden und kümmerte sich mit Hingabe um ihre Patienten, hatte geheiratet und keine Gedanken mehr an ihre Zeit mit Thomas auf Juist verschwendet.

Er war also Lehrer. Nicht Schriftsteller, nicht Journalist. Aber er schrieb noch Haikus. Bestimmt brachte er nun seinen Schülerinnen und Schülern bei, wie man das machte.

Sie lächelte, als sie an das Gedicht in der Mail dachte. Es wäre spannend zu erfahren, wie viel von dem alten Thomas übrig geblieben war und ob sie den neuen genauso faszinierend fand.

Anja schaute auf die Absendezeit, es war wirklich spät gewesen, als er die Mail geschrieben hatte. Es freute sie mehr, als sie zugeben wollte.

»Du bist ihm nicht gleichgültig«, bestätigte sich Anja selbst, und ihr Herz klopfte schon wieder eine Spur schneller, was sie gar nicht wollte.

Thomas und sie waren erwachsen geworden, hatten ein Leben ohne einander ausgerichtet, in dem der andere nicht existierte, und wären sie sich damals wirklich so wichtig gewesen, wäre der Kontakt nie ganz abgebrochen.

Aber zwischen ihnen lagen eben Hunderte von Kilometern, und es hatte kein Internet gegeben, nur Briefe und ab und zu das Telefon ... und dann gar nichts mehr, weil zu viel Leben dazwischengekommen war.

Anja beschloss, frühstücken zu gehen und dabei in Ruhe zu überlegen, ob und wie sie Thomas antworten sollte.

Sie setzte sich an ihren angestammten Platz und war froh, allein zu sein. Zuerst genoss sie eine Tasse Kaffee, denn das war für sie im Hotel ihr morgendliches Highlight. Er war hier in der richtigen Stärke wunderbar gebrüht und machte auf angenehme Weise wach und aufnahmefähig.

Erst danach ging sie zum reichhaltigen Büfett, auf dem jeden Morgen auch besondere Leckereien zu finden waren. Mal gab es einen roten Heringssalat, heute bereicherten kleine Wraps die Auswahl. Anja entschied sich, erst etwas Rührei mit Gemüse zu nehmen, bevor sie sich den Brötchen samt Belag widmete. Und danach freute sie sich auf das frische Obst.

Ich sollte Thomas von diesem Frühstücksbüfett schreiben, dachte sie, weil es anders ist als damals. Sie verwarf die Idee aber wieder, denn Thomas war doch im Herbst erst hier gewesen und kannte es. Außerdem mutete es komisch an, wenn sie übers Essen schrieb. Andererseits war es unverfänglich. Ach, so kam sie nicht weiter.

Also frühstückte Anja in Ruhe und verdrängte die Gedanken an ihre Mail.

Zurück in ihrem Zimmer stand sie eine Weile nachdenklich vor dem großen Balkonfenster. Sie wollte Thomas gern sofort antworten, doch sie wusste einfach nicht, was. Schließlich war es ausgeschlossen, ihm von ihrem Herzklopfen zu schreiben, nur weil er geantwortet hatte.

Anja überlegte weiter.

Sie könnte ihm berichten, dass sie auf dem Weihnachtsmarkt gewesen war und einen Berliner gegessen hatte. Aber womöglich erinnerte er sich daran, dass sie das damals im Sommer oft gemacht hatten, und dachte …

Nein, das ging nicht.

Von ihrem Leben mochte sie ihm auch nicht schreiben.

Ihr war es peinlich, wie einsam sie war. Er hingegen war gestern von der Verabschiedung einer Kollegin gekommen, schien viele Freunde zu haben. Ihr war nur ihre Freundin Mina geblieben. Alle anderen waren mit ihrer langen Trauer um Jan überfordert gewesen. Und so hatte sie sich in ihre Arbeit im Krankenhaus gestürzt, bis es nicht mehr ging und sie begann, Fehler zu machen oder unbeherrscht zu reagieren. Bis sie nachts nicht mehr hatte schlafen können, weil ihre Gedanken Polka tanzten und sie nicht zur Ruhe kommen ließen.

Ihr war deutlich geworden, dass sie ihre Einsamkeit, ihre Furcht, anderen Menschen zur Last zu fallen, mit der Arbeit übertüncht hatte und sich tagtäglich auf der Flucht befand.

Nein, das konnte sie ihm nicht schreiben.

Aber Mina kann ich anrufen, dachte sie.

Schmerzhaft wurde Anja bewusst, wie sehr sie auch ihre Freundin mit ihrer Haltung vor den Kopf gestoßen haben musste. Glücklicherweise ließ die sich nie beirren und war einfach immer für sie da.

Anja fand es allerdings eigenartig, was es auslösen konnte, wenn ein Mensch aus der Vergangenheit auftauchte und ihr unbewusst den Spiegel vor die Nase hielt. Anja, jung und voller Energie – Anja jetzt. Traurig und überarbeitet und auf der Suche nach sich selbst. Es wurde Zeit für eine Veränderung.

Sie machte sich auf zum Strand. Heute schien die Sonne, es hatte sogar ein wenig gefroren. Zarter Raureif ummantelte die Dünengräser, der Himmel zeigte sich in einem tiefen Blau, das man auf Postkarten als kitschig empfunden hätte.

Sie wanderte auf den Dünenkamm und musste kurz stehen bleiben, weil sie, wie immer, wenn sie von den Dünen aus zum Meer blickte, von der Schönheit der Landschaft übermannt wurde.

Die See blitzte im Licht der einfallenden Sonne, auf den Wellenkronen zeigte sich weiße Gischt, die sich spritzend verteilte, wenn sich die Woge mit lautem Rauschen an den Strand warf.

Anja blieb eine Weile stehen und genoss das unsagbar schöne Schauspiel. Sie lief zum Spülsaum, spielte mit den Wellen Fangen, denn ständig versuchten die, ihre Schuhe zu erhaschen. Das Meer neckte sie. Mal hielt es sich zurück, und Anja wagte sich näher an die Wasserkante, dann wieder musste sie rennen, damit sie nicht nass wurde.

Nach einer Weile war sie völlig außer Atem. Aber glücklich. Vor allem darüber, dass sie allein am Strand war und keiner ihr albernes Spiel beobachtet hatte.

Und wenn schon, dachte sie. Dann hätten sie mich vielleicht ausgelacht, aber vielleicht hätten sie mich auch um meine Unbeschwertheit beneidet.

Sie lief noch eine Stunde am Wasser entlang, lauschte dem Kreischen der Möwen und hatte das Gefühl, ein bisschen angekommen zu sein.

Schließlich war Anja arg durchgefroren. Sie besuchte die Bäckerei und erstand ein paar Weihnachtskekse, die sie gleich zusammen mit einer Tasse Tee genießen wollte.

Danach kehrte sie in ihr Appartement im Hotel zurück, brühte den Tee auf und ließ sich auf das gemütliche kleine Sofa fallen. Von hier hatte sie einen guten Blick auf die Straße. Es kamen ständig Pferdefuhrwerke vorbei, und die Hufe klapperten auf dem Pflaster.

Anja schloss die Augen.

Sie war auf Juist. Auf Töwerland. Sie war allein, und sie konnte die Stille und das süße Nichtstun genießen. Es war gut, dass sie sich diese lange Auszeit genommen hatte, denn schon jetzt merkte sie, dass sie zur Ruhe kam. Weit weg von dem, was sie zu Hause überlastet und überfordert hatte. Dieser ständige Stress auf der Arbeit, die immer wieder wohlmeinenden Ratschläge, die wie Hagelschauer von allen Seiten auf sie niederprasselten – obwohl außer Mina keiner wusste, wie es ihr ging und was sie wirklich brauchte. Ja, sie war für sich allein – und hatte Thomas wiedergefunden.

Ihr Handy ploppte, und sie sah, dass Mina versucht hatte sie anzurufen.

»Zwei Doofe, ein Gedanke«, flüsterte Anja lächelnd. »Ich wollte mich doch auch bei ihr melden.«

Rasch tippte sie die Nummer der Freundin ein. Mina ging sofort dran.

»Wie geht es dir da auf deinem Zauberland?«, fragte sie mit ihrer immer fröhlich klingenden Stimme.

Anja sah sie vor ihrem geistigen Auge mit überkreuzten Beinen auf dem Sofa sitzen, einen Becher Kaffee in der einen, das Handy in der anderen Hand. Ihr kinnlanges Haar wie immer glatt geföhnt und die Jeans so eng, dass Anja selbst darin nicht hätte atmen mögen.

»Merkwürdig gut«, antwortete Anja. »Wirklich merkwürdig gut.«

»Was heißt das?«

Anja erzählte Mina von ihren Gedanken, die sie am Strand gehabt hatte, und als sie alles aussprach, merkte sie, um wie vieles leichter ihr wurde.

»Ich sollte mehr unter Menschen gehen«, schloss sie.

»Mein Reden! Schön, dass dir die Inselluft so guttut.«

Anja überlegte einen Moment, aber dann erzählte sie Mina auch von Thomas.

»*Der* Thomas?«

Anja bestätigte das. »Ich wusste gar nicht, dass ich von ihm erzählt habe«, sagte sie.

»Nicht oft, aber wenn, dann merkte man, dass er dir doch mal sehr wichtig war. Und wie schade du es fandest, dass ihr euch aus den Augen verloren habt.«

»Komisch«, sagte Anja versonnen lächelnd. »Ich dachte, ich hätte an ihn keinen Gedanken mehr verschwendet.«

»Merkst du selbst, oder?«, fragte Mina. »Du neigst dazu, dir ständig etwas vorzumachen. Und dann rennst du von einer Falle in die nächste. Aber das wird sicher besser, weil du dir endlich Zeit für dich nimmst und du dir nicht mehr wegrennen kannst.«

Anja seufzte, denn ihre Freundin hatte den Nagel auf den Kopf getroffen. »Was würdest du an meiner Stelle tun? Ihm antworten?«

Mina kicherte. »Aber so was von! Mann, du bist keinem Menschen Rechenschaft schuldig. Du kannst tun und lassen, was du willst, und du warst mit ihm mal ganz dicke. Was hindert dich?«

Anja zuckte mit den Schultern, merkte dann, dass Mina das nicht sehen konnte, und sagte: »Jan.«

Mina stöhnte leise auf. »Anja, es ist zwei Jahre her. Ich weiß, dass du ewig um ihn trauern wirst, und das ist völlig in Ordnung. Aber du darfst wieder leben. Es wäre besser für dich, dein Schneckenhaus endlich zu verlassen! Jan kommt nicht zu dir zurück, auch wenn du noch so sehr auf ihn wartest.«

Sie stockte, weil sie vermutlich wusste, wie hart ihre Worte klangen.

»Ich schätze dich für deine Ehrlichkeit.« Anja wollte, dass Mina weitersprach.

»Danke. Ich hatte kurz die Befürchtung, ich wäre zu hart gewesen.«

»Nein, ist okay.«

»Pass auf! Du sollst ja nicht gleich eine Affäre mit Thomas beginnen. Du willst ihm nur schreiben, und ihr könnt euch über alte Zeiten austauschen, also spar dir das schlechte Gewissen.«

Anja wiegte den Kopf und kämpfte mit sich, bis sie schließlich sagte: »Gut, dann antworte ich ihm! Aber was?«

»Zum Beispiel: Thomas, Traum meiner jungen Jahre ...«

»Quatsch!«

»Na dann ...« Mina begann zu kichern. »Du Mann ohne Bart, sprießt schon was?«

»Hör auf, das ist echt nur peinlich!«

»Was machst du jetzt?« Mina wurde zum Glück ernster.

»Ich antworte ihm. Aber vernünftig. Ich bin inzwischen erwachsen, falls du das noch nicht weißt.«

Ihre Freundin grunzte nur. »Okay, dann mach es! Ich muss jetzt auflegen, aber melde dich, wie es mit euch weitergegangen ist. Das interessiert mich brennend! Ich hab nämlich auch wieder was am Laufen!«

»Du? Erzähl!«

»Noch nicht spruchreif. Später. Versprochen!«

»Das ist fies.«

Mina lachte. »Ein bisschen Spannung schadet nicht. Ich muss jetzt wirklich los, aber es bleibt dabei. Du erfährst es als Erste, wenn es was zu erfahren gibt.«

»Na gut.« Anja seufzte ergeben. »Dann muss ich mich wohl gedulden.«

Sie verabschiedete sich und starrte das Handy noch eine Weile an. Mina hatte recht, nur sagte es sich alles so einfach. Für ihre Freundin war das Leben ein einziges großes Abenteuer, sie wäre vermutlich zu Thomas gefahren, um zu schauen, was aus ihm geworden war. Wenn sie sich jetzt selbst verliebt hatte, war sie wohl eine Weile beschäftigt. Dann pflegte ihre Freundin regelmäßig abzutauchen.

Aber so bin ich nicht, dachte Anja. Allerdings hatte Mina recht. Sie konnte Thomas einfach antworten. Freundlich und unverbindlich. Denn es stimmte. Jan kam nicht wieder. Nie mehr.

Anja öffnete das Mailprogramm und begann zu schreiben.

Moin Thomas,
du bist also Lehrer geworden. Kein Dichter, kein Philosoph oder Journalist. Aber als Lehrer ist man vielleicht auch

alles in einem. Schön, dass dich die damals hohe Arbeitslosigkeit in diesem Bereich nicht hindern konnte, diesen Weg einzuschlagen.
Ich habe nach dem Abi lange überlegt, ob ich studieren sollte, weil mich so unendlich viele Dinge fasziniert haben. Am Ende aber bin ich Krankenschwester geworden und von Bremen nach Wilhelmshaven gezogen.
Ich arbeite schon lange an derselben Klinik, die inzwischen nur anders heißt. Sie liegt allerdings außerhalb von Wilhelmshaven.
Ich mag diesen Beruf, auch wenn er gerade schwierig geworden ist. Stichwort »Pflegenotstand«.
Aber damit will ich dich nicht langweilen.
Ansonsten ist mein Leben recht unspektakulär. Und in der letzten Zeit ein wenig traurig, weil mein Ehemann Jan vor zwei Jahren an einem Hirntumor verstorben ist. Seitdem versuche ich, mich neu zu sortieren, Kinder habe ich keine. Trotzdem geht es mir gut, ich möchte nicht klagen.
Weihnachten und Silvester werde ich auf Juist verbringen, weil ich mich hier wohlfühle, und ich liebe das Hotel. Allerdings hat sich hier einiges verändert seit damals, wie du ja selbst weißt. Mich holen momentan die Erinnerungen und Vergleiche immer wieder ein.
Inzwischen hat tatsächlich jedes Zimmer ein eigenes Bad, ich habe sogar ein Appartement mit Küche. Weißt du noch, wie wir früher nach dem Strandtag einen täglichen Wettlauf die Treppen rauf zur Etagendusche gemacht und immer gewettet haben, wer zuerst ankommt? Meist hast du gewonnen.
Dieser dicke Mann mit Zigarre hat über uns ständig den Kopf geschüttelt und wütend mit der Zeitung gewedelt.

Wie hast du es empfunden, dass es heute ein großartiges Frühstücksbüfett gibt? Nicht mehr dieses Kontinentalfrühstück mit Brötchen, Butter, Marmelade und einem Heißgetränk. Wollten wir Wurst oder Käse dazu haben, mussten wir das extra bezahlen. Das fand ich damals ziemlich blöd, weil ich immer noch nur ungern Süßes als Erstes frühstücke.
Das wäre heute sowieso undenkbar. Und dann der Luxus mit dem Pool. Sicher hast du ihn im Oktober auch genutzt.
Wie du merkst, drifte ich gern in die Vergangenheit ab und ziehe Vergleiche.
Ich hoffe, du denkst nun nicht, dass ich ein wehmütiger Mensch bin, aber der Kontakt zu dir lässt alte Erinnerungen einfach aufleben. Vermutlich geht es dir ähnlich.
Danke übrigens für das Foto. Ja, du siehst aus, als hätte dir jemand in den Allerwertesten getreten. So waren wir eben.
Ich war etwas zufriedener als du, aber am Ende hast du mich fast mit deiner Begeisterung überholt.
Unser schönes Töwerland! Es verzaubert alle, die jemals einen Fuß auf diese Insel gesetzt haben.
Ich würde mich freuen, ab und zu von dir zu hören.
Wo das Schicksal uns wieder aufeinandertreffen ließ.
Söten und Gröten
von Juist
Anja

Anja schickte die Mail noch nicht ab. Erst einmal wollte sie sich ein Brötchen zu Mittag holen und später in Ruhe prüfen, was sie geschrieben hatte. Nun hatte sie doch das Frühstück erwähnt, aber das war okay. Es gehörte schließlich dazu.

Kapitel 4

In der großen Pause trank Thomas im Lehrerzimmer seinen üblichen Becher Kaffee und stellte die Unterlagen für den Englisch-LK zusammen, den er gleich in einer Doppelstunde mit einem neuen Thema zu William Shakespeares Dramen beglücken würde. Dann konnte er es nicht mehr aushalten und warf einen Blick aufs Handy, um seine E-Mail zu checken.

Nichts.

Das hieß, natürlich hatte er mehrere Nachrichten im Postfach, und auch der Spam-Ordner zeigte ein Dutzend Eingänge, aber Anja hatte nicht geantwortet.

Du spinnst, dachte er. Wahrscheinlich hat sie deine Mail in der Nacht gar nicht mehr gelesen, und heute Morgen hat sie sicher auch anderes zu tun, als sofort zu antworten. Sie schlief bestimmt noch. Hatten sie nicht damals ständig davon geträumt, so richtig lange im Bett liegen zu bleiben? Vielleicht war sie eine Langschläferin geblieben? Jetzt war es kurz vor halb elf, und sie hatte schließlich Urlaub.

Es war heute ruhig hier, alle schienen sich auf die Unterrichtstage vor den Weihnachtsferien zu konzentrieren. Oder fehlte einfach Hannahs gewohnter fröhlicher Input? Ihr Platz gegenüber von ihm war leer. Die Vertretung für den Erziehungsurlaub würde erst im nächsten Jahr kommen. Thomas lächelte, als er an die junge Kollegin dachte, die sich so auf ihre neue Rolle als Mutter freute. Bei ihrer Abschiedsfeier hatte sie gewitzelt, dass sie ihre Tochter bestimmt auf dieses Gymnasium schicken würde, weil hier einfach die nettesten Lehrerinnen und Lehrer seien. Und dass sie denen dann als Erziehungsberechtigte im Elterngespräch ein paar ausgesuchte Fragen stellen würde.

Zwei Sportlehrer-Kollegen diskutierten halblaut über die Aufteilung der Sporthalle in der kommenden Woche, und von irgendwoher roch es plötzlich nach frischen Zwiebeln.

»Puh, Franzi, bist du das?«, beschwerte sich Sandra, die ein paar Plätze weiter links saß.

»Was denn?«, fragte Franzi neben ihr unschuldig und hob ihr dick belegtes Brötchen.

»Du hast Zwiebeln auf deinem Weckle!«, warf Sandra ihr vor.

Aha, die ewige Klage. Amüsiert wandte sich Thomas ein wenig nach links, um die beiden Kolleginnen besser beobachten zu können.

Franzi hob das Brötchen zum Mund. »Genau! Zwiebeln sind präbiotisch und sehr gesund. Und sie passen wunderbar zu dem Käse, dem Ei, den Gurken, den Tomaten und dem Salatblatt.« Sie biss herzhaft hinein.

Sandra verdrehte die Augen. »Aber doch nicht am Vormittag!«

»Wieso nicht? Bist du etwa schwanger?«

»Nein, natürlich nicht, wie kommst du denn darauf?« Sandra schüttelte den Kopf.

»Als Hannah in anderen Umständen war, mochte sie auch keinen Zwiebelgeruch«, stellte Franzi fest.

»Um den nicht zu mögen, muss ich mich nicht erst in diesen Zustand versetzen lassen.«

»Hey, Thomas, hast du meinen grünen Ordner gesehen? Verflixt! Wo kann das Ding bloß sein?«

Thomas wandte den Kopf und sah zum Platz rechts neben sich. Sein Kollege und Freund Micha stand am Tisch und schob einen Stapel Hefte zur Seite. Er wirkte ziemlich genervt.

»So ein Ordner kann nicht einfach verschwinden, dazu ist er zu groß. Also wirst du ihn irgendwo liegen gelassen haben.« Thomas grinste. Micha war im Kollegium dafür bekannt, seine Sachen zu verlegen.

»Ich hatte doch heute noch gar keinen Biounterricht«, erklärte Micha und bückte sich, um auch unter dem Tisch zu suchen. »Und ich nehm das Zeug nie mit zu Mathe.«

»Sicher?«

»Hm.« Micha geriet ins Grübeln. »Zugegeben, ich war heute für die erste Stunde ziemlich knapp dran, und vielleicht hab ich da … Muss doch noch mal in der 7a vorbeischauen. Aber jetzt brauch ich zuerst 'nen Kaffee.«

»Dann tu besser mal was in die Kaffeekasse. Sandra sammelt schon wieder«, informierte Thomas ihn. »Ich hab das Gefühl, das macht sie in immer kürzeren Abständen.«

»Logisch, es wird auch jeden Morgen später hell, und irgendwie muss man ja wach werden, bevor man auf die Kids losgelassen wird. Und dann reden die Leute davon, dass sie die Sommerzeit ganzjährig beibehalten wollen, weil es im Sommer abends so schön lange hell ist – so'n Quatsch! Denken die nicht an den Sonnenstand im Winter? Wir können doch im Dezember und Januar nicht den halben Vormittag mit dem Gefühl arbeiten, dass es draußen ewig dunkel ist! Und mit ›wir‹ meine ich nicht nur dich und mich. Für die Teenies ist es noch schwerer, morgens aus den Federn zu kommen und die Wissenschaft …«

Micha brummelte weiter vor sich hin, während er hinüber zur Kaffeemaschine ging. Thomas blickte ihm nach, bis Micha sich einen Becher aus dem Schrank nahm, dann sah er aus dem Fenster.

Obwohl Micha seit der europaweiten Abstimmung zur Zeitumstellung das Thema zu seinem bevorzugten Erregungsfaktor erkoren hatte, musste Thomas ihm heute zustimmen. Es war einer dieser trüben, unangenehmen Dezembertage. Es nieselte und schien gar nicht so richtig hell werden zu wollen. Hoffentlich war das Wetter morgen besser, wenn sein Ältester kam. Henry war am Samstagabend zum Geburtstag einer früheren Klassenkameradin eingeladen und hatte angekündigt, schon mittags zu ihm kommen zu wollen. »Damit du mich mal wieder siehst!«

Seine Stimme hatte sich angehört, als ob er etwas mit seinem Vater besprechen wollte. Angedeutet oder gar gesagt hatte er jedoch nichts. Das war nicht Henrys Art. Wahrscheinlich würde er erst nach einer ganzen Weile damit rausrücken, was ihn bedrückte. Aber das war okay.

Wenn es nicht gerade regnete, konnten sie zusammen in die Natur gehen. Für ein vertrauliches Gespräch war ein Waldspaziergang immer am besten geeignet, fand Thomas. Er durfte ihn nur nicht Wanderung nennen, auf dieses Wort reagierte Henry seit seiner Pubertät allergisch.

Der Gong, der das Ende der Pause verkündete, riss Thomas aus seinen Gedanken. Er griff nach der Shakespeare-Lektüre mit seinen Notizen. Macbeth. Mal sehen, wie die Schülerinnen und Schüler des Leistungskurses mit den Aufgaben zurechtgekommen waren, die er ihnen gestellt hatte.

Auch nach Unterrichtsschluss hatte Anja noch nicht auf seine Mail geantwortet.

Thomas stand unter der kahlen Kastanie neben seinem Fahrrad, starrte auf das Display und schüttelte über seine eigene Ungeduld den Kopf. Wer sagte denn, dass sie sich überhaupt noch einmal meldete? Sie wusste jetzt, was aus ihm geworden war, ihre Neugier war somit befriedigt. Vielleicht wollte sie ihm auch nur eine Weihnachtskarte schicken und daher wissen, ob er der richtige Empfänger war.

»Die Woche wär geschafft! Jetzt geht das echte Leben los«, raunte Micha ihm im Vorbeigehen zu.

Thomas zuckte zusammen.

»Hab ich dich erschreckt? Oder ertappt. Zeig mal!« Micha beugte sich über Thomas' Handy. »Och, nur schnöde Mails! Wie langweilig.«

»Ich warte auf 'ne Nachricht.«

»Von wem?«

»Von meinem Versicherungsvertreter«, log Thomas.

»Ist das nicht wenigstens eine Vertreterin?«

»Sorry, nein.«

»Du enttäuschst mich. Keine neue Frau am Horizont?«

Thomas schüttelte den Kopf. »Ich bin die letzte noch keine drei Monate los. Vorerst ist mein Bedarf an Frauen, die mich umerziehen wollen, gedeckt.«

»Versteh ich. Das war auch einfach die falsche. Hatte ich mir gleich gedacht, ihr hattet ja nicht allzu viel gemeinsam. Mach ruhig mal ein Päusle, bevor du an 'ne Neue denkst.« Micha schlug ihm kameradschaftlich auf die Schulter.

»Klar«, antwortete Thomas.

Natürlich dachte er unwillkürlich an Anja. Doch das zählte nicht. Das war so wie mit dem rosa Elefanten. Irgendjemand sagte: »Denk nicht an einen rosa Elefanten!« Und schon ...

Nur weil Anja und er vor Ewigkeiten verliebt ineinander gewesen waren, durfte er sich keine unrealistischen Hoffnungen machen! Außerdem wusste er nicht einmal, ob er das wirklich wollte.

Jetzt war Schluss mit dem Unsinn, er musste noch zum Optiker fahren und seinen losen Brillenbügel reparieren lassen und danach Brot kaufen. Seine E-Mails würde er wie gewohnt bearbeiten, wenn er nach Hause kam.

Sie hatte geschrieben! Söten und Gröten. Küsse und Grüße. Oder eben einfach süße Grüße, nette Grüße ...

Es bedeutete nicht zwingend etwas, weil man Briefe in Ostfriesland so unterschrieb, wenn man eine freundschaftliche Beziehung hatte. Das hatte Anja ihm damals in ihrem unvergleichlichen norddeutschen Tonfall lang und breit erklärt. Und das galt bestimmt auch für E-Mails.

»Es ist nicht alles einfach so zu übersetzen. Platt ist eine eigene Sprache, kein Dialekt, und es hat wunderbare Redewendungen«, hatte sie doziert.

Unwillkürlich musste er grinsen, als ihm einfiel, welches Wort sie ihm damals genannt hatte, um das zu verdeutlichen.

»Man sagt ja zum Beispiel ›Schietbüdel‹ zu kleinen Kindern, und jeder wäre entsetzt, würde man ein Kind als Scheißbeutel titulieren. Das wäre die eins zu eins Übersetzung.«

»Das geht im Alemannischen genauso. Ein Schietbüdel wär bei uns ä Hoseschisserle – auch ganz liebevoll!«

Sie hatten sich vor Lachen ausgeschüttet und sich mit weiteren Wörtern bombardiert. Der Löwenzahn als Bettseicherle – Bettnässerchen – hatte letztlich den Vogel abgeschossen.

Söten und Gröten. Nette Grüße. Von Juist. Also nicht von ihr?

Nun, er hatte ja geschrieben, dass sie die Insel grüßen solle. Da war die Antwort doch logisch.

Oder überinterpretierte er wieder einmal? Thomas neigte dazu, jedes Wort auf die Goldwaage zu legen. Als Deutschlehrer passte das, aber im Privatleben war es eher lästig. Nur wenige gingen mit der Sprache immer korrekt oder sorgsam um, und auch die Sache mit der Ironie war für viele Menschen nicht einfach. So manches Mal waren seine eigenen, oft eher schwarzhumorigen Bemerkungen schon auf Unverständnis gestoßen, daher hielt er sich bei Fremden damit inzwischen zurück.

Anja war also Krankenschwester geworden. Das konnte er sich sehr gut vorstellen. Sie hatte immer so ein tröstendes Lächeln gehabt, wenn er ihr sein Herz ausschüttete. Sicher fühlten sich ihre Patientinnen und Patienten gut aufgehoben, wenn sie sich um sie kümmerte.

Sie war verheiratet gewesen, und ihr Mann war gestorben. Hirntumor klang nach einer leidvollen Geschichte, aber sie schien ihr Leben zu meistern, wenn auch eine gewisse Traurigkeit zwischen den Zeilen zu ihm sprach.

Und ja, natürlich – jetzt, wo sie es in ihrer Mail erwähnt hatte, erinnerte er sich wieder an den Run auf die Etagendusche. Und an den dicken Zigarrenraucher, der überall die Luft verpestet hatte.

Thomas grinste und las Anjas Worte noch einmal in Ruhe von vorne. Sie hatte ihn auf dem alten Foto von damals gut wiedererkannt, was kein Wunder war, wenn sie sich an ihn erinnerte, aber warum schrieb sie gar nichts zu dem neuen? War beim Senden etwas schiefgegangen?

Er überprüfte seinen E-Mail-Ausgang und stellte enttäuscht fest, dass er wohl vergessen hatte, das zweite Foto, das aus dem vergangenen Sommer, anzuhängen. Vielleicht war das sogar gut so. Jetzt hatte er auf jeden Fall einen Grund, ihr wieder zurückzuschreiben.

Ich würde mich freuen, ab und zu von dir zu hören.

Ab und zu.

War gleich heute zu oft?

Vielleicht.

Was, wenn er ihr eine Ansichtskarte schickte? Grüße aus dem Schwarzwald an die Nordsee? Das war im Grunde die unverfänglichste Art der Kommunikation, und hoffentlich würde sie Anja freuen. Wenn er die Karte gleich noch zum Briefkasten brachte, würde sie sie morgen haben. Oder übermorgen – er wusste ja nicht, wie die Fähre fuhr. Zur Insel dauerte es mit der Post schon mal ein, zwei Tage länger.

Halt, nein, übermorgen war Sonntag. Bis Montag war es weit. Dann also doch eine Mail mit dem Foto. Vielleicht würde Anja ihm eines von sich zurückschicken? Er würde zu gerne mehr von ihr wissen.

Thomas griff nach dem alten Urlaubsbild des Händchen haltenden Pärchens am Strand, das noch immer auf seinem Schreibtisch lag. Er ertappte sich dabei, dass sein Daumen über ihre Wange strich. Fast glaubte er, beim Anblick der Nordsee im Hintergrund die salzige Meeresluft riechen zu können. Er wandte seine Aufmerksamkeit dem jungen Mädchen zu und versuchte sich vorzustellen, wie Anja nun aussah. Wahrscheinlich trug sie ihr Haar nicht mehr lang. Und es war auch bestimmt nicht mehr so dunkel, außer sie ließ es färben.

Aber ihr Lächeln! Er glaubte fest daran, dass ihr Lächeln noch immer dasselbe war.

Hi Anja,
heute kommt nur ein kurzer Gruß. Ich hab gerade viel zu tun, Weihnachten naht, und es sind eine Menge Klausuren

zu konzipieren und natürlich auch zu korrigieren, damit sich im Januar zum Halbjahresende nicht alles knubbelt.
Ich wollte dir aber noch ein aktuelles Foto von mir schicken, das ich in der letzten Mail leider vergessen hatte.
Vielen Dank für deine ausführliche Antwort. Dass du deinen Mann verloren hast, tut mir sehr leid. Es scheint, als wärt ihr lange zusammen und glücklich gewesen, dann ist das sicher schwer für dich.
Wie schön, dass du dich jetzt gerade auf Juist und im Friesenhof wohlfühlst. Ich war dieses Jahr zum ersten Mal seit damals wieder dort im Hotel. Zwar haben wir ein paarmal Familienurlaub auf der Insel gemacht, aber da hatten wir immer eine ausreichend große Ferienwohnung für zwei häufig streitende Jungs. Henry und Nicolas waren nicht unbedingt pflegeleicht.

Thomas zögerte. Anja hatte keine Kinder. Gewollt? Ungewollt? Es war sicher feinfühliger, ihr seine Söhne nicht unbedingt in jeder Mail unter die Nase zu reiben. Er löschte die letzten Zeilen und schrieb erneut:

… aber da hatten wir immer eine Ferienwohnung. Im Loog, gleich um die Ecke vom Küstenmuseum. Dort haben wir uns gerne bei einer netten alten Dame eingemietet und wurden bestens und liebevoll umsorgt.
Erinnerst du dich an unseren Museumsbesuch? Ich war so fasziniert von der Geschichte der See- und Küstenfischerei, dass ich mir am liebsten sofort selbst ein Boot gekauft hätte, um den Naturgewalten zu trotzen. Und du hast dich halb kaputtgelacht!
Na ja, ich hatte bis dato natürlich keine Ahnung von der Fischerei. Ich wusste nicht mal, dass die ungeschälten

Nordseekrabben eigentlich Granat heißen. Aber du siehst, bis heute profitiere ich von deinem Nachhilfeunterricht. Leider muss ich los. Wenn du magst, melde ich mich wieder und freue mich, von dir zu hören.

Erinnerungen
an den Sommer blitzen auf
wärmen bis heute

Herzlich
Thomas

Ein wenig hatte er gelogen. Er musste nicht los. Er hatte heute nichts Besonderes mehr vor, wollte nur noch ein bisschen Gitarre spielen und lesen. Aber so klangen seine Worte nicht ganz so verbindlich. Nicht so, als ob er sich extra hingesetzt und lange überlegt hatte.

Er las seine letzten Zeilen noch einmal. Sollte er das Haiku lieber wieder löschen? Nein. Anja hatte seine Dreizeiler immer gemocht. Und hatte sie seinen Namen im Gästebuch des Hotels nicht überhaupt erst durch sein Haiku entdeckt?

Außerdem war es wahr: Die Erinnerung an ihren Zaubersommer beschwor ein Lächeln auf seine Lippen.

Kapitel 5

Anjas Nacht war hart gewesen, denn Thomas' Mail gestern hatte sie aus dem Konzept gebracht. Das Foto, dieses Haiku …

Sie war unsicher, wie sie mit alldem umgehen sollte.

Wollte sie engeren Kontakt? Sie hatte doch genug mit sich selbst zu tun. Die Trauer, der Stress auf der Arbeit … Ein anderer Mann machte die Situation nicht besser.

Trotzdem gelang es ihr nicht, Thomas aus den Gedanken zu verbannen. Es war fast, als säße er wie ein Kobold auf ihrer Schulter, und wenn sie ihn gerade vergessen glaubte, tippte er sie vorsichtig an und verlangte Aufmerksamkeit.

Folglich klickte Anja das Foto an diesem Samstagmorgen noch einmal an und verglich es mit dem von der Schulhomepage. Thomas sah gut aus. Auf der Seite der Schule wirkte er ernst und seriös. Diese Verbindlichkeit war ein Teil von ihm, und die hatte sie sehr gemocht. Das private Foto zeigte ein Stück von dem anderen Thomas. Locker und fröhlich, aber von beidem nicht zu viel. Anjas Herz schlug ein bisschen schneller, und sie drückte das Bild weg.

Anschließend las sie auch die Mail noch einmal. Er war auf Jans Tod eingegangen, das musste er ja, es wäre sonst unhöflich gewesen. Natürlich tat es Thomas leid, dass ihr Mann gestorben war, und er hatte sein Bedauern zum Ausdruck gebracht.

Trotzdem war es ihm vermutlich schwergefallen, denn was sagte man einer trauernden Witwe, wenn es nicht banal klingen sollte? Wie weit konnte man gehen, wenn einem der Verstorbene unbekannt war?

Klammheimlich war Anja froh, dass Thomas ihr bislang keinen Schicksalsschlag mitgeteilt hatte, und sie hoffte, dass er glimpflicher als sie davongekommen war. Sie wäre verdammt unsicher, wie sie darauf reagieren sollte.

Auf jeden Fall war Thomas zwischendurch auch ein paarmal auf Juist gewesen. In einer Ferienwohnung. Wahrscheinlich mit seinen Söhnen.

Vor ihrem geistigen Auge sah sie Thomas in Shorts und T-Shirt mit den Jungs am Strand Ball spielen. Juchzend fielen sie in den Sand, balgten sich ... So, wie sie und Jan es sich immer mit eigenen Kindern vorgestellt hatten.

Anja seufzte. Solche Erlebnisse waren ihnen leider verwehrt geblieben.

Wie viele Versuche Jan und sie gestartet hatten, damit sie endlich schwanger wurde, wusste Anja nicht mehr, doch sie waren sich einig gewesen, auf alle künstlichen Hilfsmittel zu verzichten.

Jeder Monat endete damals mit der Qual der Gewissheit, versagt zu haben. Nein, Jan hatte es ihr nie vorgeworfen, obwohl er sich eine große Familie gewünscht hatte. Aber sie selbst war maßlos von sich und ihrem Körper enttäuscht gewesen.

Irgendwann mussten sie es akzeptieren, stellten ihr Leben um auf eines zu zweit. Hatten andere Wege gesucht. Mal waren es schmale Pfade, die im Nichts geendet hatten, dann wieder hatten sie eine große Ebene entdeckt, die ihnen Möglichkeiten in alle Richtungen bot. Und am Ende hatten sie ihre Erfüllung in den zahlreichen und weiten Reisen gefunden. Die Welt zu entdecken war das Trostpflaster auf dem unerfüllten Kinderwunsch, das dafür sorgte, dass sie ihre Unbeschwertheit zurückerlangen konnten.

Wo sie überall gewesen waren! Sie hatten auf Kuba die bunten Häuser und die Oldtimer und das lockere Lebensgefühl genossen. Die weißen Strände mit dem türkisfarbenen Meer auf den Seychellen. Sie waren in Südafrika von einem wild gewordenen Elefanten verfolgt worden und hatten an der portugiesischen Algarve in lauschigen Buchten vor den rotgelben Felsen im eisigen Atlantik gebadet. Anja und Jan hatten so viel gesehen von der Welt, dass sie ganze Reisebücher hätten füllen können.

Jetzt, nach Jans Tod, wusste Anja, dass es dennoch nur eine Flucht gewesen war, denn sie war nie angekommen, egal, wo auch immer sie sich befand, egal, wie schön es auch anderswo war.

Bis sie seit so langer Zeit wieder auf Juist gestrandet war. Plötzlich war da diese Bindung, das Heimatgefühl, verbunden mit einem Frieden, der sie zwar noch nicht erreicht hatte, der aber greifbar war.

Dieses kleine Stück Zuhause, das Heimelige, was ihr auf den Reisen gefehlt hatte. Kaum war sie allerdings hier …

Anja schob den Gedanken beiseite und stand auf. Wenn sie noch in Ruhe frühstücken wollte, musste sie sich sputen. Sie sollte den Quatsch mit Thomas vergessen und ihre Zeit allein genießen, so, wie sie es sich vorgenommen hatte. Schon bald war Weihnachten, und sie mochte sich an den Feiertagen nicht noch einsamer fühlen, weil sie Thomas und seine Mails vermisste. Denn er würde sie wohl kaum übers Fest kontaktieren, wenn er es mit seinen Söhnen gemeinsam vor einem eigenen Baum verbringen würde. Und nicht wie sie, allein. Entweder in ihrem Appartement oder im Aufenthaltsraum des Hotels, wo die Weihnachtstanne schon jetzt bunt geschmückt auf die Gäste wartete.

Anja atmete einmal tief durch. Sie beschäftigte sich viel zu sehr mit diesen blöden Mails.

»Weil sie eben nicht blöd sind«, gab sie halblaut zu. »Weil er sich offenbar freut, wenn du ihm antwortest.«

Anja zuckte zusammen, als ihr einfiel, *wie* sie die letzte Nachricht unterschrieben hatte. Mit Söten und Gröten.

O nein, hoffentlich erinnerte er sich daran, dass es nicht zwangsläufig ein Liebesbeweis war!

Wie konnte sie nur so dumm sein! Bestimmt deutete er jetzt sonst was in diese Mail hinein. Sie grinste. Der Mann war Lehrer, und die interpretierten und analysierten immer! Diese Macke war vermutlich auch nicht an ihm vorübergegangen.

»Wird schon alles gut sein«, beruhigte Anja sich selbst.

Sie hatte sich einfach vom ostfriesischen Flair der Insel mitreißen lassen und wollte ein bisschen originell sein.

Trotzdem nahm sie sich vor, also, wenn sie ihm tatsächlich noch einmal schrieb, förmlicher zu sein. Nicht dass er dachte, sie erhoffte sich wieder was von ihm. Alte Witwe auf Männerschau. Wie peinlich war das?

Das wäre ein gefundenes Fressen für ihre Kollegen zu Hause gewesen! Jeder Patient, der sie freundlich angelächelt hatte, wurde zum potenziellen Kandidaten erklärt, sofern er Single war. Jeder neue Pfleger oder Arzt sofort unter die Lupe genommen, ob er sich nicht doch ein kleines bisschen als Partner für Anja anbieten würde. Auch wenn es gut gemeint gewesen war, hatte es sich irgendwann für sie angefühlt wie ein Spießrutenlauf. Sie war einfach noch nicht bereit für eine neue Beziehung.

Die Einzige, die Anja verstanden hatte, war Mina, die

auf derselben Station arbeitete. Sie hatte dem Ganzen dann ein Ende bereitet, weil sie wusste, wie sehr es ihre Freundin belastete.

Zum Glück waren die Kollegen in den nächsten Wochen weit weg und konnten sie nicht nerven.

Anja duschte, zog sich ihre gefütterte, gemütliche Hose an und schlüpfte in den dunkelgrünen Fleecepullover.

Ihr schlug ein bisschen Weihnachtsduft entgegen, als sie den Frühstücksraum betrat. Auf den Tischen standen Adventsgestecke, auf denen rote Kerzen brannten.

Die Teller waren mit Schokoweihnachtskugeln, etwas Stollenkonfekt und Spekulatius geschmückt. Anja lief schon beim Anblick das Wasser im Mund zusammen. Sie liebte die Weihnachtszeit, allein der Leckereien wegen.

Sie naschte rasch einen Spekulatius und ging dann zum Büfett, das wie immer reichlich war. Vermutlich würde sie am Ende ihrer Auszeit die Hosen nicht mehr zubekommen.

Nach dem ausgiebigen Frühstück beschloss sie, auf dem Otto-Leege-Pfad an den Dünen entlang zu den Goldfischteichen zu spazieren. Ein bisschen frischer Wind würde ihr alle Gedanken an Thomas aus dem Kopf treiben.

Dick eingemummelt mit Winterjacke, grellgelber Mütze, Schal und Boots stand sie kurze Zeit später vor dem Hotel und wandte sich nach Osten. Zuerst durchquerte sie das Dorf mit schnellen Schritten. Es war kühl, und jedes Mal, wenn sie ausatmete, entstand eine große weiße Wolke vor ihrem Mund.

Anja lief am Tennisplatz vorbei in die Dünen und genoss die Landschaft, die sich vor ihr auftat. Sie fand es immer wieder imposant, wie sich die mit Strandhafer und Dünengras bewachsene Dünenkette über die Insel erstreckte. Anja erklomm den nächsten Kamm und genoss das Gefühl, ringsumher von der See eingeschlossen zu sein.

Nach Süden befand sich das Wattenmeer, das durch Ebbe und Flut immer wieder suggerierte, es wäre ein einfaches Entkommen von hier, obwohl auf den Inseln jedes Kind wusste, wie gefährlich dieser Trugschluss war und wie tödlich es enden könnte, wenn man sich allein und ohne Kenntnisse zu weit ins Watt wagte.

Östlich von Juist lag die Insel Norderney, westlich befand sich Borkum, und augenscheinlich nur einen Steinwurf entfernt hielt die Vogelinsel Memmert ihren jahrhundertealten Schlaf. Dort durften die Touristen nicht hin, damit die Vögel ungestört brüten konnten.

Und am gesamten nördlichen Dünenstreifen entlang verlief die offene Nordsee. Sie versprach unendliche Weite, am Horizont küsste der Himmel das Meer.

Anja juchzte einmal laut auf. Den einzigen verständnislosen Blick erntete sie von einer Silbermöwe, die ebenfalls aufschrie, sich mit ihren breiten Schwingen erhob und ein paar Meter entfernt landete.

Anja stapfte weiter, denn ihr war gleich wieder kalt geworden. Es war zwar heute sonnig, aber der Wind wehte kräftig, sodass sie erneut einen forschen Tritt anschlug.

Kurz darauf gelangte sie zur Klangschale. Sie hatte vorher im Juist-Prospekt nachgeschaut, was es damit auf sich hatte.

Es handelte sich um eine überdimensionale, türkisfarbene Schüssel, die auf einem runden Holzstamm angebracht und mit zwei Griffen versehen war.

Das darin befindliche Wasser war heute von einer dünnen Eisschicht bedeckt und lud keinesfalls dazu ein, die Hände zu befeuchten und die Griffe zu reiben. Dadurch entstanden wohl sonst kleine Wellen, und es ertönte ein dumpfer Klang.

Der Wind wehte aus Nordwest und blies Anja das Haar aus der Stirn. Sie blieb eine Weile mit geschlossenen Augen stehen und genoss die Brise auf ihrer Haut, die sich trotz der Kälte wie ein Streicheln anfühlte. Als sie den Blick danach über die weite Dünenlandschaft schweifen ließ, durchfuhr es sie wie ein Stromstoß, denn ihr wurde bewusst, wo genau sie sich befand.

Hier in der Nähe war damals das Foto aufgenommen worden, das Thomas ihr geschickt hatte. Hatte sie der Zufall oder eine Intuition hierhergetrieben?

Schon wieder Thomas, dachte sie. So langsam reichte es. Sie musste sich dringend mit anderen Dingen beschäftigen. Immerhin wollte sie sich erholen und ein bisschen bei sich selbst ankommen. Das war schwierig, wenn sie so oft in der Vergangenheit bei ihm weilte.

Überhaupt, warum schickte er ihr Fotos? Sie würde ihm keins von sich zukommen lassen.

Anja hatte sich sehr verändert. War etwas kräftiger geworden und ein bisschen grau. Bestimmt mochte er das gar nicht.

Sie wollte eben umdrehen, als sie vom Weinen eines Kindes aus ihren Überlegungen gerissen wurde. Anja versuchte zu orten, woher das Geräusch kam, und lief den Dünenpfad weiter Richtung Osten. Schließlich entdeckte sie hinter einem Sanddornbusch ein kleines Mädchen. Es war etwa fünf Jahre alt, hatte blonde, geflochtene Zöpfe und saß nur mit einem Pullover bekleidet völlig verfroren auf der Erde.

Anja näherte sich vorsichtig der Kleinen, denn sie wollte sie nicht erschrecken.

»Wer bist du?«, fragte sie und hockte sich neben sie nieder. Sie griff nach der Hand des Kindes, die eiskalt war.

»M...Mieke«, brachte das Mädchen bibbernd hervor. »Ich friere.«

»Was macht du denn hier ohne Jacke? Ohne Mütze und Schal und auch noch ganz allein?« Anja zog rasch ihre

Jacke aus und umwickelte die Kleine damit. »Wo sind deine Eltern?«

Miekes Lippe zitterte. »Ich … ich wollte doch nur zum Weihnachtsmann. Aber der ist nicht hier.«

Anja zog das Mädchen hoch.

»Wir gehen jetzt, so schnell du kannst, zurück ins Dorf, und du sagst mir bitte, wo ich deine Eltern finde. Dabei kannst du mir ganz in Ruhe erklären, warum du den Weihnachtsmann ausgerechnet hier in den Dünen suchst.«

Mieke nickte. »Ich will nur noch, dass mir warm wird.«

Da war es das Beste, wenn die Kleine sich bewegte. Sie war ohnehin zu schwer, als dass Anja sie zurücktragen könnte.

»Kannst du laufen?« Immerhin war die Jacke sehr voluminös und reichte der Kleinen bis zum Boden.

Anja stülpte ihr auch noch die Mütze über und umwickelte sie mit ihrem Schal. Dadurch wurde ihr zwar augenblicklich kalt, und Mieke sah ziemlich merkwürdig aus, aber das Ganze erfüllte seinen Zweck.

»Ja, das geht.«

»Wie lange stromerst du denn schon allein draußen herum?«, fragte Anja und nahm sie an die Hand.

»Tante Agnes hat beim Frühstück zu mir gesagt, dass der Weihnachtsmann dieses Jahr nicht kommt, weil sein Schlitten in den Dünen zerbrochen ist. Ich wollte ihm helfen.« Mieke zog einen Holzspielzeughammer aus der Tasche. »Guck mal, ich hab auch einen Hammer.«

Anja musste lächeln. »Der Weihnachtsmann hat doch seine Wichtel, die machen den Schlitten schnell wieder ganz.«

Sie umfasste die Hand des Kindes fester und fragte sich, warum jemand einem kleinen Mädchen so etwas Blödes erzählte.

Sie spürte Miekes Finger – und sofort war diese Sehnsucht wieder da. Was wäre es schön gewesen, Kinder zu haben. Einmal Oma zu werden. Anja seufzte.

Im Dorf angekommen versuchte Anja herauszufinden, wohin sie Mieke bringen sollte. Immerhin zitterte die Kleine nicht mehr so stark, denn Anjas Jacke war gefüttert. Dafür fror sie selbst inzwischen erbärmlich und sehnte sich nach einem warmen Raum.

Eigentlich müsste sie Mieke nun zur Polizei bringen, aber sie hatte vergessen, wo sich die Wache befand, und weil ihr dermaßen kalt war, beschloss sie, das Problem anders zu lösen.

»Weißt du was? Ich nehme dich jetzt mit ins Hotel, und von dort machen wir deine Eltern ausfindig.«

»Nicht meine Eltern. Tante Agnes. Mit der bin ich da.«

Diese Tante würde vermutlich schon außer sich vor Sorge sein. Trotzdem brauchte sie eine Ansage! Weil sie Mieke Angst gemacht hatte, hätte Schlimmeres passieren können!

Anja hatte als Kind lange an die Existenz vom Weihnachtsmann geglaubt und konnte Miekes Antrieb, ihm zu helfen, sehr gut verstehen.

Schließlich standen sie im Friesenhof im Warmen vor der Rezeption, und sie konnte dort ihr Problem schildern.

»Dann mal fix ins Kaminzimmer, da bekommt die Lütte einen heißen Kakao. Ich sag bei der Polizei und Feuerwehr Bescheid. – Und was möchten Sie haben?« Die Inhaberin des Hotels nahm schon den Hörer in die Hand, wies aber vorher noch den gerade vorbeilaufenden Kellner an, sich um Anja und Mieke zu kümmern.

»Heißer Kakao klingt himmlisch«, sagte Anja.

Das Getränk wärmte beide schnell auf, und Mieke begann

nach mehrmaligen Nachfragen endlich zu erzählen, wie sie den Weihnachtsmann gesucht hatte.

»Aber der war da gar nicht. Der fliegt immer noch rum. Dann gibt es doch Geschenke. Zum Glück.«

Etwa eine halbe Stunde später stürmte eine brünette Frau um die fünfzig ins Hotel und stürzte zu Mieke. »Mein Gott, habe ich mir Sorgen gemacht!«

Sie riss sich die blaue Pudelmütze vom Kopf, schälte sich aus dem dicken grünen Steppmantel und reichte Anja die Hand.

»Entschuldigen Sie bitte. Ich bin Agnes Meins, Miekes Tante.«

»Anja Marquart. Ich mache hier im Hotel Urlaub und habe Mieke gefunden.«

»Wo hat sie denn gesteckt?«

»Ich habe sie in den Dünen aufgelesen, weil sie den Weihnachtsmann mit dem Schlitten gesucht hat«, erklärte Anja kühl.

Immer wieder schüttelte Frau Meins den Kopf. »Ich bin schier wahnsinnig geworden vor Angst, das können Sie mir glauben! Schließlich habe ich doch die Verantwortung, und dann geht die Lütte bei der Kälte einfach allein in die Dünen!« Sie umschlang ihre Nichte und drückte sie ganz fest. »Mensch, Mieke, was hast du dir bloß dabei gedacht?«

Mieke wiederholte ihre Geschichte, und ihre Tante schlug die Hände über dem Kopf zusammen. »Ich war doch nur sauer, weil du deine ganzen Einhörner rumliegen lassen hast und ich mir wirklich wehgetan habe, als ich darauf getreten bin.«

Dann entschuldigte sie sich wortreich bei Anja und endete mit den Worten: »Ich bin leider oft etwas überfordert, aber das darf ja nicht Miekes Problem sein. Was nun passiert ist – das hätte nicht sein dürfen.«

»Das sehe ich auch so«, sagte Anja, biss sich aber auf die Zunge. Eigentlich hatte sie einen scharfen Kommentar ablassen wollen, doch wider Erwarten war ihr Agnes sympathisch, und sie tat ihr ein wenig leid.

»Darf ich dich wieder besuchen kommen?«, fragte Mieke, die inzwischen etwas aufgetaut war, zum Abschied. »Der Kakao war so lecker. Den trinkt der Weihnachtsmann bestimmt auch immer, und vielleicht kommt er mal hierher. Dann kann ich ihn sehen.«

Anja musste lachen. »Du kannst mich gern besuchen, selbst wenn ich nicht sagen kann, ob der Weihnachtsmann weiß, dass der Kakao hier besonders lecker ist.« Sie strich Mieke übers Haar.

»Au fein, das mach ich. Das war jetzt auch keine Lüge? Ich darf wirklich kommen?«

Anja lächelte. Mieke war entzückend. »Aber ja, das darfst du. Ich würde mich freuen.«

Frau Meins schien das Angebot peinlich zu sein. Sie druckste herum. »Mieke, du kannst dich nicht einfach irgendwo einladen! Du kennst Frau Marquart doch gar nicht!«

»Ist schon in Ordnung«, sagte Anja. »Wenn Mieke ab und zu vorbeischaut, würde ich mich wirklich freuen.«

Sie überlegte kurz. »Ich bin allein hier und bis nach Silvester da. Melden Sie sich einfach, damit wir uns nicht verpassen.« Sie nannte Miekes Tante ihre Zimmernummer. »Ich könnte mit der Kleinen dann einen Strandspaziergang machen.«

»Wirklich?«, fragte Frau Meins. »Mit Mieke und mir …« Sie druckste herum. »Es ist nicht immer leicht.«

Anja mochte nicht weiter nachfragen und sah den beiden lange hinterher, als sie Hand in Hand das Hotel verließen.

Etwas stimmte da nicht, aber wenn sie wiederkämen, könnte sie das Geheimnis lüften.

Anja warf einen Blick zur Uhr. Hunger verspürte sie nicht, und warmes Essen gab es erst am Abend. Sie könnte in ihr Appartement gehen und Thomas' Mail noch einmal lesen. Nur so, ganz unverbindlich.

Das tat sie auch, und mit einem Mal fand sie sich selbst albern, weil sie so ein Theater wegen dieser Mails machte. Wie von allein begannen ihre Finger zu tippen.

Moin Thomas,
danke für deine Fotos. Das alte wurde damals in den Dünen aufgenommen, wo heute der Otto-Leege-Pfad vorbeiführt. Fast an derselben Stelle befindet sich die Klangschale. Du kannst mal googeln, was das ist. Würde sich gut für ein Haiku eignen.
Reibung, Wellen, Dünenwind oder so was. Im Dichten warst du schon immer besser als ich.
Aber rate mal, was mir da passiert ist? Ich habe ein kleines Mädchen gefunden, das mit einem Spielzeughammer den Schlitten vom Weihnachtsmann reparieren wollte. Die Lütte war völlig durchgefroren.
Ich habe sie in meine Jacke gesteckt und mit zum Friesenhof genommen, wo wir sie mit einem Kakao zum Leben erweckt haben. Nee, so dramatisch ist es nicht gewesen.
Sie macht mit ihrer Tante Urlaub auf Juist, aber irgendwas stimmt da nicht.
Ich mochte die kleine Mieke sofort. Ab und zu darf ich nun mit ihr am Strand spazieren gehen.
Mir ist heute wieder klar geworden, wie gern ich selbst Kinder gehabt hätte und wie sehr es mir fehlen wird, auch keine Oma sein zu dürfen.

Aber so ist das Leben, dafür habe ich die Welt gesehen – um festzustellen, dass es nichts Schöneres gibt als das Töwerland.
Einen zauberhaften Gruß an den Haiku-Meister

Nein, zauberhaft konnte Thomas auch missverstehen, besser sie blieb neutral. Also strich Anja das Wort und ersetzte es durch verfroren, denn sie zitterte noch immer.

Einen verfrorenen Gruß von Juist
Anja

Kapitel 6

Thomas summte die Melodie von *Feliz Navidad* vor sich hin und lud seinen Wochenendeinkauf aus dem Kofferraum. Meist fuhr er schnell mit dem Fahrrad, um in einem der nahe liegenden Supermärkte einzukaufen, aber dieses Mal hatte er seine Wein- und Sektvorräte für die bevorstehenden Feiertage auffrischen wollen und deshalb das Auto genommen. Nächste Woche würden zudem Micha und seine Frau auf einen Glühwein vorbeikommen, und Sandra hatte ebenfalls zugesagt.

Er mochte sie, die Zwiebelgeruch verpönende, neue Kollegin, die nach den Herbstferien als Lehrerin für Mathe und Physik bei ihnen an der Schule angefangen hatte. Sie war wegen dieser Stelle erst vor zwei Monaten hierhergezogen, und er wollte ihr gerne behilflich sein, sich in Offenburg einzugewöhnen. Auch wenn sie Schwäbin war.

Er grinste in sich hinein und trug den Rotweinkarton in den Hausflur. Die Arme hatte es mit ihrem deutlich schwäbischen Akzent hier in Baden nicht unbedingt leicht. Die spielerisch gepflegte Feindschaft führte zu den üblichen Witzen über die Kehrwoche und übertriebene Sparsamkeit, aber Sandra trug es mit Fassung.

»Als ich in Amerika gelebt habe, hat man mir immer unterstellt, ich käme aus *Bavaria*«, erklärte sie mit einem Seufzer, wenn die Sticheleien gar zu heftig wurden. »Ihr Gelbfüßler hier wisst wenigstens, dass ich keine Bayerin bin!«

Thomas schlug den Kofferraumdeckel seines alten Ford Fiesta zu und trug die letzte Tasche – die mit den Lebkuchen, Marzipan und Weihnachtsbrödle – ins Haus. Die süßen Vorräte würden hoffentlich bis über die Feiertage reichen, auch wenn jemand überraschend vorbeikam. Er empfand nicht die geringste Lust auf weiteres Gedrängel mit vollen Einkaufswagen.

Angesichts von Henrys Besuch heute Nachmittag hatte er extra ein wenig mehr gekauft – er kannte schließlich seinen ältesten Sohn. Wenn irgendetwas mit Schokolade überzogen war, aß er es sofort. Christine hatte in seiner Kindheit immer gespottet, dass sie demnächst Rosenkohl mit Schokosoße kochen würde. Natürlich hatte sie das nicht getan. Aber es wäre wirklich interessant gewesen zu sehen, ob Henry auch dabei kräftig zugelangt hätte.

Es dauerte ein Weilchen, bis Wein und Sekt im Keller verstaut und alle Lebensmittel in der Küche weggeräumt waren. Thomas sah auf die rote Uhr in Teekannenform, die ihm Henry und Nicolas vor Jahren geschenkt hatten, damals bei der gemeinsamen Englandreise, unmittelbar bevor Christine gegangen war. Es war nicht der schönste Urlaub gewesen, zu oft hatte seine Ex keine Lust auf irgendwelche Unternehmungen gehabt, und er war allein mit den Jungs losgezogen. Dass hinter Christines Verhalten nicht etwa ein Wechseljahre-Problem steckte, sondern ein Mann namens Ralf, hatte er erst nach der Rückkehr erfahren.

Dennoch – die Uhr aus billigem Plastik war ihm lieb, denn sie erinnerte ihn vor allem an die glücklichen Momente mit Henry und Nicolas. Die beiden hatten ihre letzten englischen Pfundmünzen zusammengelegt und ihm die Uhr geschenkt, weil darauf *Keep Calm and Drink Tea* stand.

Es war noch genügend Zeit, sich mit einem Kaffee und

einer Butterbrezel ins Wohnzimmer zu setzen und die Zeitung etwas gründlicher zu lesen. Ach ja, und vorher kurz auf dem Laptop in den Maileingang zu schauen.

Ob Anja sich gemeldet hatte? Es war fast lächerlich, wie sehr er darauf wartete, von ihr zu hören. So viele Jahre hatte er ohne einen Gedanken an sie gelebt, und jetzt konnte er sie kaum noch aus dem Kopf kriegen.

Er schnitt die Laugenbrezel durch, schmierte sich Butter darauf und klappte sie wieder zusammen. Inzwischen war der Kaffee fertig. Er biss in den dünneren, knusprigen Teil der Brezel, der für seinen Geschmack zu wenig Salz abbekommen hatte, legte sie auf einen Teller und packte alles auf ein kleines Tablett. Kauend ging er damit hinüber ins Wohnzimmer und stellte es auf dem Couchtisch ab.

Er setzte sich aufs Sofa und nahm den Laptop, den er dort gestern Abend liegen gelassen hatte, auf den Schoß. Während der Computer hochfuhr, biss Thomas erneut ein Stück von seiner Brezel ab und trank ein paar Schlucke Kaffee.

Endlich war es so weit, und er öffnete das Mailprogramm. Seine Augen überflogen die Eingänge – Newsletter, Werbung, eine Rundmail der Kollegen – *Anja@zauberland-insel.de.*

Da!

Sie hatte geschrieben! Anjas Nachricht war erst vor wenigen Minuten eingegangen, und er stellte sich vor, wie sie in ihrem Appartement am Laptop saß, während vor ihrem Fenster die Möwen schrien. Er öffnete die Mail und begann zu lesen.

Sie hatte also in den Dünen ein kleines Mädchen gerettet. Das passte zu ihr und ihrem großen Herzen. Wie schade, dass sich ihr Kinderwunsch nicht erfüllt hatte. Aber ja – natürlich fiel dann auch das Omasein weg. Wobei er selbst nicht unbedingt begeistert wäre, wenn er jetzt schon großväterliche Pflichten hätte.

Oh, nein – war es das, was Henry heute mit ihm besprechen wollte? Hatte er wieder eine neue Freundin und die beiden …

Bevor Thomas den Gedanken zu Ende denken konnte, klingelte es dreimal hintereinander – das Familiensignal. So früh? Er hatte erst in einer halben Stunde mit seinem Sohn gerechnet und sich gerade mit Anjas Erlebnissen beschäftigen wollen. Aber die Mail lief schließlich nicht weg.

Thomas klappte den Laptop zu, eilte zur Tür, um den Summer zu drücken und zu öffnen. Die Haustür unten knallte ins Schloss, und eilige Schritte brachten die alte Holztreppe zum Knarren. Henry war nie ein leises Kind gewesen.

»Hi, Papa«, begrüßte er Thomas und umarmte ihn kurz, aber kräftig.

»Hi, Sohn!«

Henry ließ Jacke und Schuhe im Flur an der Garderobe und ging ins Wohnzimmer.

»Oh, stör ich dich grad beim Essen? Du hast nicht zufällig noch ’ne Brezel? Und ’n Kaffee würd ich auch nehmen.« Er ließ sich in den Sessel fallen.

»Du erinnerst dich doch sicher, wo in dieser Wohnung die Küche ist. Da findest du alles.«

Henry verdrehte die Augen. »Jaja. Ich weiß, selbst ist der Mann. Hast du mir früher oft genug gepredigt.« Er stand auf und kam kurz darauf mit einem Becher Kaffee und einer schief durchgeschnittenen, aber dafür extra dick mit Butter bestrichenen Laugenbrezel zurück.

»Na prima. Du musst also weder hungern noch dursten. Alles gut bei dir?«

»Alles gut. Gibt’s was Neues in Offenburg?«

»Nichts, was nicht in der Zeitung steht.« Thomas schob

Henry das Offenburger Tageblatt hin. »Da ich die aber noch nicht richtig gelesen hab, kann ich dir keine Details mitteilen.«

»Hm. Du weißt, dass ich diese großen Papierbögen nicht gerne in der Hand halte. Und besonders kommunikativ ist Zeitunglesen ja auch nicht. Also behalt mal dein OT, und leg los mit der Märchenstunde.«

»Es war einmal ein alter Mann …«, setzte Thomas an.

Henry verdrehte die Augen. »Bitte nicht!«

»Okay, dann erzähl du mir was. Gibt's was Neues in Freiburg?«

»Wusst ich doch, dass ich was vergessen hab«, sagte Henry und schüttelte den Kopf. »Ich hätt dir 'ne Zeitung mitbringen sollen.«

Thomas lachte. »Fein, dass du da bist. Hast du nachher Lust auf einen Spaziergang an der Wolfsgrube? Das Wetter ist so schön, und heute müsste gute Sicht sein.«

Henry betrachtete den kümmerlichen Rest seiner Brezel und runzelte die Stirn. »Dann hätt ich mir den Appetit besser für einen Flammenkuchen dort im Schützenhaus aufbewahrt.«

»Oh, ich bin mir sicher, dass eine zusätzliche Mahlzeit für dich kein Problem wär«, beruhigte ihn Thomas.

Henry grinste. »Haben die jetzt im Winter überhaupt auf?«

»Das werden wir sehen. Wahrscheinlich nicht. Vermutlich wird man nicht auf der Terrasse sitzen können, es sei denn, wir nehmen uns jeder eine Wärmflasche und eine Decke mit«, entgegnete Thomas. »Hast du in den letzten Tagen was von Nicolas gehört?«

»Meinem Brüderchen geht's gut, ich hab ihn gestern mal angerufen, weil er sich ja nie meldet.«

»Er hat jetzt das Praktikum im Labor, da wird er abends müde sein. Chemie ist ein hartes Studium.«

Henry verdrehte die Augen. »Wenn du meinst.«

Er nahm nun doch das Offenburger Tageblatt vom Tisch und suchte sich den Lokalteil heraus. Er überflog die Überschriften und legte die Zeitung wieder weg.

»Ist wirklich derzeit nichts Besonderes los hier«, wiederholte Thomas.

Henry nickte.

In einträchtigem Schweigen aßen sie ihre Brezeln auf und tranken den Kaffee.

»Sollen wir dann los?«, fragte Thomas schließlich.

Henry stand auf. Sein Sohn sah auf einmal sehr ernst aus, wie früher, wenn er etwas ausgefressen hatte.

»Du hast recht gehabt mit der guten Sicht heute – guck, man sieht sogar das Straßburger Münster«, sagte Henry und wies in die Ferne.

Thomas hatte den Wagen auf dem Waldparkplatz am Schützenhaus abgestellt. Sie schlugen den schmalen Weg oberhalb der Weinberge ein, der am Weißen Kreuz vorbeiführte. Der Blick von hier aus auf das sonnenbeschienene Rebland war auch jetzt im Winter herrlich, die Stadt breitete sich gleich dahinter in die Rheinebene aus, und im Hintergrund erhob sich beeindruckend die blaugraue Silhouette der Vogesen.

Das Wetter meinte es gut mit ihnen. Zwar war es kalt, und der Himmel zeigte sich verhangen, aber ab und zu öffnete sich die Wolkendecke, bis ein größerer Flecken Blau zu sehen war.

Schon nach wenigen Schritten blieb Thomas stehen, zog sein Handy aus der Tasche und machte ein paar Fotos von der wunderschönen Aussicht. Vielleicht konnte er eines davon an Anja schicken, wenn er ihre Mail beantwortete? Das wäre ein netter Gruß. Nicht zu persönlich, aber eben doch ein kleiner Einblick in sein Leben.

»Wie oft hast du diesen Ausblick schon fotografiert?«, fragte Henry. »Zwei Millionen Mal?«

»Könnte hinkommen«, bestätigte Thomas. »Ich find das hier immer wieder so schön. Vielleicht sollte ich mal 'ne Ausstellung organisieren? Es soll doch Leute geben, die über Jahre an jedem Geburtstag ein Selfie machen, oder Naturfotografen, die jeden Tag dasselbe Stück Wiese knipsen. Würde passen.«

Henry verdrehte die Augen.

»Und Nic und mich bei den Tieren hast du auch immer fotografiert. Damals gab's hier aber mehr Gehege, oder? Ich erinner mich an den Silberfasan und an Rehe. Und dann hat Mama die Gummibärchen ausgepackt, und Nic hat die meisten von seinen an die Ziegen verfüttert.«

»O ja, das hatte ich fast schon vergessen.«

Thomas atmete die frische, klare Luft tief ein und aus. Wieso schwelgte Henry heute in seinen Kindheitserinnerungen? Das sah ihm gar nicht ähnlich. Sollte er nachfragen, was los war?

Nein, beschloss Thomas, er würde bis zum Ende des Spaziergangs warten. Wenn sein Sohn dann nicht mit der Sprache herausgerückt war, war immer noch Zeit, ihn auszuhorchen.

Sie setzten ihren Weg schweigend fort. Automatisch fielen sie in denselben ruhigen, gleichmäßigen Schritt. Der Weg führte weiter in den Wald hinein, es ging nun bergauf.

»Fühlst du dich eigentlich manchmal einsam?«, fragte Henry plötzlich.

Thomas zögerte ein paar Sekunden lang. »Nicht wirklich«, sagte er schließlich. »Ich hab gute Freunde und bin auch gern allein, das weißt du ja. Besonders nach einem lauten Schultag.«

Worauf wollte der Junge hinaus?

»Also, ich hab mich in der letzten Zeit manchmal ziemlich einsam gefühlt«, gestand Henry.

»Ach ja?«

»Und dann hab ich da jemanden kennengelernt. Aylin heißt sie.«

Verflixt – lief das etwa doch auf die Opa-Sache raus? Thomas atmete tief ein.

»Aylin also. Eine Therapeutin?«

»Papa!«

»Na, was soll ich denn sonst denken? Du erzählst, dass du dich manchmal einsam fühlst und dass du dann diese Aylin kennengelernt hast. Könnt ja sein, dass sie dir psychologischen Beistand leistet.«

»Aber doch nicht so! Die Aylin und ich – wir sind zusammen. Seit sieben Wochen. Ich wollt es dir schon länger sagen, aber ich wusste zuerst nicht so richtig, wie ernst es ist.«

»Und?«

»Es ist ernst.«

Thomas lächelte seinen Sohn an.

»Freut mich für dich, Henry. Bring sie doch einfach beim nächsten Mal mit. Ich verspreche, dass ich mich gut benehmen werde.«

»Papa!«

Thomas schmunzelte. »Okay, und jetzt rück raus! Irgendwas willst du doch noch loswerden.«

Henry blieb stehen.

Thomas, der dies erst zwei Schritte später gemerkt hatte,

blieb ebenfalls stehen und drehte sich nach seinem Sohn um. O weh, jetzt kam's!

»Also, die Aylin kommt aus Köln«, setzte Henry an. »Und sie möchte zu Weihnachten dorthin zu ihrer Familie fahren. Sie hat mich gefragt, ob ich nicht mitkommen will. Aber eigentlich feier ich doch immer mit dir und Nic den Heiligabend.«

Erleichterung ergriff Thomas. Kein Opa-Geständnis.

»Und? Was möchtest du denn dieses Mal machen?«, fragte er.

»Ich würd schon gern mit nach Köln fahren, wenn ich ehrlich bin.«

Das konnte Thomas gut verstehen.

»Dann mach das. Nic und ich kriegen den Abend auch alleine hin.«

Henry grinste erleichtert. »Cool.«

Thomas klopfte ihm auf die Schulter. »Ich hoff aber, ich krieg diese Aylin bald mal zu Gesicht.«

»Klar.«

Der Weg bog erneut nach links, und sie schwiegen kurz, bevor sich ihr Gespräch anderen Themen zuwandte.

Nach einer guten Stunde Waldspaziergang fuhren sie zurück, leider ohne Flammenkuchen gegessen zu haben, da das Schützenhaus tatsächlich geschlossen war. Und anders als Thomas erwartet hatte, wollte Henry auch nicht zu Kaffee und Weihnachtsgebäck bleiben. Seine Aylin schien ihn wie ein Magnet zurück nach Freiburg zu ziehen.

»Du fährst jetzt extra noch mal hin und her, um sie abzuholen, damit sie mit dir heute Abend zu Fabias Geburtstag gehen kann?«

»Ja. So weit ist das nicht.«

»Du hättest sie aber ruhig mitbringen können, sie hätte

ja in der Küche warten können, bis wir beide unseren Vater-Sohn-Kram besprochen haben«, witzelte Thomas.

»Das war leider nicht möglich, weil sie noch jobben musste. Aber ich bin mir sicher, dass sie den Aufenthalt in deiner Küche sehr geschätzt hätte. Beim nächsten Mal vielleicht. Oder auch nicht. Also, eher nicht.«

Sie verabschiedeten sich mit einer Umarmung an Henrys Wagen, der hinter seinem eigenen direkt vor Thomas' Haustür parkte.

»Also, mach's gut, Henry. Und falls wir uns vorher nicht mehr sehen, viel Spaß in Köln. Weiß deine Mutter schon Bescheid? Du bist dann ja am ersten Weihnachtstag auch nicht bei ihr.«

Henry seufzte und stieg ein. »Ich hab's ihr noch nicht gesagt. Als ich heute Vormittag bei ihr war, hat sie Streit mit Ralf gehabt, und da dacht ich, das kommt grad nicht so gut. Jetzt wird's außerdem einfacher, weil du ja schon zugestimmt hast.« Er grinste verschmitzt und schlug die Autotür zu.

Thomas wartete, bis der Wagen seines Sohnes um die Ecke gebogen war, dann ging er hinauf. Er hatte jetzt Lust auf ein paar Hildabrödle und Lebkuchenherzen. Und seltsamerweise nicht mehr auf Kaffee, sondern auf einen schönen Ostfriesentee.

Mit seinem Kännchen Tee und dem hübsch angerichteten Gebäckteller ging er ins Wohnzimmer. Er zündete zwei der dicken roten Kerzen auf dem Adventskranz an. Henry würde also in diesem Jahr erstmals sein eigenes Weihnachtsfest feiern. Mit Aylin. Er hätte mir wenigstens ein Bild zeigen können, dachte Thomas, davon hat er bestimmt jede Menge auf seinem Handy.

Nun, er hätte ihn ja auch einfach darum bitten können. Aber der Gedanke kam ihm erst jetzt. Er würde Henry später eine Nachricht schicken, dann konnte der ihm immer noch ein Foto senden.

Es war Zeit, in Ruhe dort weiterzumachen, wo er unterbrochen worden war.

Anja.

Thomas biss in ein Schoko-Lebkuchenherz und stutzte. Wie blöd, er hatte die falschen erwischt. Er mochte die gefüllten viel lieber. Die fruchtige Aprikosenmarmelade hob den Geschmack der Zartbitterschokolade hervor. Na ja, diese waren auch nicht übel.

Zu einigen Schlucken Tee las er Anjas Mail noch einmal. Er spürte die Stärke, die aus den Zeilen sprach. Sie klagte nicht über das, was das Schicksal ihr auferlegt hatte, verschwieg es aber auch nicht – der frühe Tod ihres Mannes, ihre Kinderlosigkeit. Ob sie einsam war? Oder war sie einfach nur froh, auf Juist Ruhe zu haben von der sicher oft hektischen Arbeit im Krankenhaus?

Nun, über einen kleinen Schwarzwaldgruß würde sie sich hoffentlich freuen.

Er schloss sein Handy an den Laptop an und sichtete am Bildschirm die Fotos, die er vorhin auf dem Spaziergang gemacht hatte. Er suchte eines aus, verwarf es wieder, wählte ein anderes. Ja, dieses hier war besonders scharf geworden, weil die Wolken die Sonne freigegeben hatten. Rechts im Bild war inmitten des Oberrheintals der Turm des Straßburger Münsters deutlich zu erkennen.

Wer nicht hier aus der Gegend kam, war oft überrascht, wie nahe Straßburg und damit Frankreich lag. Auch Anja war damals verblüfft gewesen, als er ihr erzählt hatte, dass er mit zwei Freunden ab und zu eine Radtour über die Grenze dorthin machte.

Inzwischen nahm er für die Strecke doch lieber den Zug,

das war schneller und bequemer. Aber er fuhr immer noch gerne über den Rhein in die Europastadt und freute sich darüber, dass die Grenzkontrollen seiner Kindheit Vergangenheit waren.

Sicherheitshalber, damit er es ja nicht vergaß, hängte er das Foto sofort an die noch leere Mail. Dann begann er zu schreiben:

Liebe Anja,
ich war vorhin mit Henry, meinem ältesten Sohn, auf einem Spaziergang im Wald und will dir die schöne Aussicht, die wir zu Anfang auf Offenburg und das Elsass hatten, nicht vorenthalten. Entdeckst du rechts im Hintergrund den Turm des Straßburger Münsters? Ja, er ist klein und nicht völlig scharf, aber er ist schließlich etwa fünfundzwanzig km entfernt, und je nach den Wetterverhältnissen kann man ihn oft gar nicht sehen. Wir hatten heute Glück, es blieb trocken, und ab und zu kam sogar die Sonne durch.
Die Geschichte mit der kleinen Mieke ist ja niedlich – sie wollte also wirklich dem Weihnachtsmann helfen, den Schlitten zu reparieren? Und hatte Werkzeug dabei? So viel Hilfsbereitschaft sollte unbedingt belohnt werden. Aber das war dann ja der Fall – sie hat dich kennengelernt!
Wie gut, dass du sie gefunden hast. Wenn man dem Wetterbericht glauben darf, ist es wohl da oben bei dir gerade schon ziemlich kalt, und so hätte für die Kleine alles ganz anders ausgehen können.
Was meinst du damit, dass da etwas nicht stimmt? Mit der Tante? Oder mit dem Kind? Oder mit den Eltern? Halt mich bitte auf dem Laufenden, du hast mich neugierig gemacht.

Thomas zögerte. War es zu aufdringlich, Anja so um weitere Mails zu bitten? Ach was, wenn sie keine Lust hatte zu antworten, würde sie ihn das schon wissen lassen.

Dann wünsch ich dir also schöne Strandspaziergänge mit Mieke. Sicher werdet ihr dabei tolle Muscheln finden und vielleicht sogar Bernstein? Ich hatte leider nie das Glück.

Das Mädchen am Strand
hält Muscheln in den Fingern
ihren größten Schatz

Herzliche Grüße
Thomas

Kapitel 7

Anja hatte ausgiebig gefrühstückt. Sie saß am späten Vormittag auf dem Zweiersofa in der Ecke des Appartements und versuchte, sich in den Roman zu vertiefen. Doch sie konnte sich nicht so recht auf den Text konzentrieren, weil sie die Mail von Thomas mal wieder viel zu sehr beschäftigte. Genervt ließ sie das Buch sinken und schaute aus dem Fenster. Schon am Morgen hatte sie gesehen, dass sich dicke Wolken über der Nordsee aufgetürmt hatten. Da es draußen noch immer kalt war, konnte es jeden Moment schneien.

Das wäre traumhaft. Ihr Töwerland im Schnee versunken! Leider gab es das äußerst selten. Aber auch ohne richtiges Winterwetter würde Anja eine schöne Zeit auf der Insel haben. Und heute ganz besonders.

Gleich hatten sich Mieke und Agnes angekündigt, sicher hatte die Kleine Lust, am Strand herumzutollen, so wie Thomas es vorgeschlagen hatte.

Schon wieder Thomas, dachte Anja.

Sie war überrascht, dass er so schnell geantwortet hatte. Und erneut mit diesem süßen Haiku. Das konnte er wirklich gut. Warum nur fieberte sie seiner Antwort jedes Mal viel zu sehr entgegen? Dabei wollte sie das gar nicht.

So lange war Jan noch gar nicht tot, und wenn sie sich auf die Mails eines anderen Mannes mit einer solchen Intensität freute, war das nicht Betrug?

Sie reagierte paranoid, aber Anja war unsicher, wie sie mit der Situation umgehen sollte.

Ich könnte einfach nicht antworten und alles ganz langsam einschlafen lassen, dachte sie. Das wäre das Beste für ihren Seelenfrieden, denn wenn sie wegen harmloser Mails schon unruhig schlief, war das ein schlechtes Zeichen.

»Wie albern«, rüffelte sie sich selbst, schließlich hatte sie mit Thomas keine Affäre! Es war bislang nicht die Rede davon gewesen, dass sie sich treffen wollten. Wahrscheinlich würde die Sache ohnehin schnell einschlafen, wenn sie die wichtigsten Dinge miteinander besprochen hatten. So wie es auf Klassentreffen mit alten Schulkameraden war.

Mit Schaudern erinnerte Anja sich an zwei solcher Veranstaltungen. Sie war ohnehin keine Freundin von unverbindlichen Small Talks.

Warum war es so schwer, sich ganz normal mit Menschen von früher zu unterhalten, war man doch viele Jahre gemeinsam in dieselbe Schule gegangen? Nur waren damals die Interessen anders gewesen. Wir gegen die Lehrer und den Rest der Welt. Eine feste und eingeschworene Gemeinschaft.

Und dann? Alle waren geformt vom Leben und neuen Umfeld. Sie hatten sich nichts mehr zu sagen, und sämtliche Gespräche liefen gleich ab.

»Wie geht es dir?«

»Gut.«

»Ich bin verheiratet.«

»Ich nicht.« – »Ich bin geschieden.« – »Ich habe einen Hund.«

»Kinder?«

»Ja.« – »Nein.« – »Ich habe eine Katze.«

»Hast du ein Haus?«

»Ja, eine Villa.« – »Ein Einfamilienhaus.« – »Ich reise viel.«

»Ich fahre einen Jaguar.«

»Tesla, wegen der Umwelt.« – »Noch immer Ente, Oldtimer sind angesagt.« – »Bus und Bahn.«

Ja, das war es dann, und genauso würde es hier auch laufen. Schon bald wären ihre Themen erschöpft.

Und natürlich würde Thomas sie nicht treffen wollen, genau wie sie das für sich ausschloss.

Wie auch, Weihnachten stand vor der Tür, und er wohnte am anderen Ende Deutschlands.

»Halt den Ball flach«, murmelte Anja. »Mach keine größere Nummer daraus, als sie ist.«

Der Besuch von Agnes und Mieke würde eine wunderbare Abwechslung sein, und sie hatte einen Grund mehr, Thomas nicht gleich zu antworten. Obwohl er sie doch darum gebeten hatte, ihm weiter von Mieke zu berichten. Er zeigte Interesse an dem, was sie bewegte.

Ach, dachte Anja mit einem Seufzen. Ich überlege es mir und entscheide heute Abend spontan, ob ich mich zurückziehe oder ihm schreibe. Manchmal war etwas Abstand eine gute Lösung. Und es war vernünftig, dass sie dem gestrigen ersten Impuls, ihm sofort zu antworten, widerstanden hatte.

Anja legte das Buch auf den kleinen Couchtisch, stand auf und füllte den Wasserbehälter der Kaffeemaschine. Ein Koffeinkick würde ihr sicher guttun, bevor Mieke und Agnes kamen.

Anja drückte den Knopf, lauschte dem Glucksen und genoss es, wie sich kurz darauf der verführerische Duft im Zimmer verbreitete. Sie trank den frisch gebrühten Kaffee stets schwarz und freute sich auf den bitteren und aromatischen Geschmack auf der Zunge.

Genüsslich nahm sie den ersten Schluck. Der weckte ihre Lebensgeister.

Kurz darauf polterte es vor ihrer Tür. Sie warf einen Blick auf die Uhr. Mieke und Agnes waren etwas früher dran als abgesprochen, aber das machte nichts, sie hatte ja Zeit. Anja stellte die Kaffeetasse aufs Büfett und öffnete die Tür. Mieke kam sofort zu ihr und blieb an ihrer Hüfte gelehnt stehen. Anja rührte das, schließlich hatten sie sich erst gestern kennengelernt.

»Moin, da sind wir schon«, erklärte Agnes verlegen. »Mieke war nicht aufzuhalten.«

Anja musterte sie. Agnes war sehr blass und hatte rote Augen, als ob sie geweint hätte.

»Sie sehen nicht gut aus«, begann Anja vorsichtig.

»Sagen Sie doch Agnes und Du zu mir. Bitte!«

»Gern – Anja. Aber was bedrückt dich so?«

Agnes presste die Lippen aufeinander und bedeutete Anja mit einem Kopfschütteln, nicht weiterzusprechen. Sie verstand sofort. Mit einer sanften Bewegung schob sie Mieke, die noch immer an ihrem Oberschenkel klebte, von sich fort.

»Pass auf. Wir gehen jetzt an den Strand und machen einen Spaziergang. Was meinst du?«

»Au fein. Dann kann ich vielleicht sehen, ob der Weihnachtsmann im Sand Spuren hinterlassen hat.«

Agnes lächelte. »Gute Idee, Anja, und wir können dort reden.«

Anja schüttete den Rest Kaffee in die Spüle, schlüpfte schnell in ihren dicken, langen Mantel, umwickelte den Hals mit dem Schal und griff nach Handschuhen und Mütze.

Sie verließen das Hotel und wandten sich gleich nach rechts in Richtung Strand. Mieke hüpfte fröhlich voraus, und ein paar Minuten später standen sie auf dem Dünenkamm. Vor ihnen rollten die mächtigen Wellen der Nordsee an den

Spülsaum. Die Gischt spritzte hoch, und die dunklen Wolken hatten sich merklich genähert.

»Das sieht gruselig aus«, sagte Agnes. »Bedrohlich, oder? Ich finde, die Kraft der Natur wird direkt am Meer besonders deutlich. Ich merke immer, wie klein und unbedeutend ich bin, wenn ich hier oben stehe und zum Horizont blicke. Kommen dann auch noch so schwarze Wolken auf mich zu …« Agnes sprach nicht weiter, aber Anja wusste, was sie meinte.

Mieke war derweil den Dünenweg hinuntergerannt. Ihre rote Norwegermütze mit den blauen Sternen war verrutscht, und ihre Wangen glühten, als sie winkte. »Kriegt mich doch!«

»Los, hinterher!«, rief Anja und stürmte zum Strand. Agnes folgte ihr mit ausgebreiteten Armen, als würde sie fliegen. Unten angekommen tanzten sie übermütig und laut juchzend umeinander herum. Mieke kreischte fröhlich mit.

»Wie die kleinen Kinder«, sagte Anja zum Schluss lachend. »Gut, dass uns hier keiner kennt.«

»Da hast du recht«, japste Agnes vollkommen aus der Puste.

»Jetzt zum großen wilden Meer!«, schrie Mieke.

Sie rannten um die Wette, bis sie am Spülsaum angekommen waren und ehrfürchtig auf die See mit dem grandiosen Wellenspiel schauten. Hier unten wirkten die Brecher noch um vieles imposanter als vom Dünenkamm aus.

»Komisch, es herrscht kaum Wind, und das Meer gebärdet sich beinahe wütend«, sagte Agnes. »Ob das an der schwarzen Wand liegt, die sich über der See austobt?«

»Sie kommt immer näher. Wahrscheinlich ist auf offener See eine Menge los. Der Nordostwind kann ganz schön scharf sein, und wenn er weht, wird es kalt.«

»Kommt mit dem Wind der Weihnachtsmann schneller geflogen?«, fragte Mieke. »Dann ist es mir egal, ob ich frieren muss.«

Sie bückte sich nach einer Austernschale und untersuchte sie.

»Nein«, meinte Anja. »Der Weihnachtsmann kommt erst am Heiligen Abend, gleichgültig wie stark und von wo der Wind weht. Deshalb konnte sein Schlitten nicht kaputt in den Dünen liegen«, fuhr sie fort. »Das wäre ja auch ausgesprochen blöd, wenn man sich nicht mehr darauf verlassen könnte, wann der Weihnachtsmann kommt, und vorher den Wetterbericht gucken müsste. Was meinst du, wie viele Kinder dann für die Rentiere nicht rechtzeitig etwas bereitlegen könnten, und die Milch wäre eventuell sauer, falls Flaute herrscht.«

»Was ist Flaute?«, fragte Mieke.

»Wenn es windstill ist«, erklärte Agnes.

Mieke schob die Zunge in den linken Mundwinkel und dachte einen Moment nach. »Ihr habt recht. Das wäre doof. Aber zum Glück ist es ja nicht so. Dann warte ich eben weiter bis Heiligabend.«

Mieke legte die Austernschale vorsichtig zurück in den Sand.

»Besser wäre es, wenn er nicht mal nur so kurz vorbeischaut, sondern mehr Zeit hätte. Kommt er nämlich nur am Weihnachtsabend, ist er sehr in Eile.« Nach einer kleinen Pause meinte sie altklug. »Mama sagt immer, wer hetzt, macht Fehler.«

Agnes und Anja lachten.

»Warum? Meinst du, dann bekommst du mehr Geschenke?«, hakte Anja nach. »Also wenn er sich mehr Zeit nehmen würde?«

»Nee, nur die richtigen.« Mieke hüpfte ein Stück weiter, weil sie einen Seestern entdeckt hatte. Sie hockte sich daneben und legte den Kopf schief, um ihn genauer in Augenschein zu nehmen.

»Der ist leider tot«, sagte sie und stand auf. Sie grub mit der Stiefelspitze ein kleines Loch und schubste den Seestern hinein. »Nun hat er ein Grab«, erklärte sie, kam zu Agnes und schob ihre Hand in ihre.

»Warum meinst du denn, dass du das falsche Geschenk bekommen hast?«, fragte ihre Tante. »Ich dachte im letzten Jahr, dass du deine Wünsche alle erfüllt gekriegt hast.«

Mieke spitzte die Lippen, bevor sie antwortete. Sie schien zu überlegen, ob sie sagen durfte, was ihr auf der Zunge lag. Dann rang sie sich doch durch. »Ja, ich habe schon alles bekommen, trotzdem hatte der Weihnachtsmann zu viel zu tun. Er muss sich einfach mehr Zeit nehmen. Er hat meinen Wunschzettel zwar angeschaut, aber nicht richtig gelesen. Beim Einhorn jedenfalls stimmte es nicht.«

»Das verstehe ich nicht«, entgegnete Agnes. »Ich kann mich erinnern, dass du dir im letzten Jahr ein weißes Einhorn gewünscht hast. Ich habe es selbst aufgeschrieben, so wie du es mir diktiert hast. Das lag doch unter dem Tannenbaum.«

Mieke sah Agnes kopfschüttelnd an und krauste die Nase. »Ich wollte aber ein weißes Einhorn, das hellblau ist. Also hat der Weihnachtsmann nicht richtig gelesen.«

Anja musste sich bei dieser Kinderlogik beherrschen, um nicht loszukichern. Miekes Miene wurde plötzlich ernst. Anja blieb das Lachen förmlich im Hals stecken, als Mieke sagte: »Dieses Jahr wäre es aber ganz schlimm, wenn er wieder nicht richtig hinguckt.«

»Warum das?«, fragte Agnes. Sie wirkte etwas hilflos.

»Weil ich mir gewünscht hab, dass Mama an Weihnachten zu Hause ist.«

Spontan strich Anja der Kleinen über die Mütze. Der Wunsch war gefährlich. Was, wenn er unerfüllbar blieb? Würde Miekes Seele dann Schaden nehmen? Agnes musste sie behutsam darauf vorbereiten, dass der Weihnachtsmann nichts dafürkonnte, falls es anders war.

Noch während Anja nachdachte, plapperte Mieke weiter.

»Dafür will ich dieses Jahr keine Geschenke, nicht einmal das hellblaue weiße Einhorn.« Sie presste kurz die Lippen zusammen und stampfte kräftig mit dem Fuß in den Sand.

»Aber was ist, wenn er das wieder falsch liest, mir blöde Geschenke bringt und Mama deshalb im Krankenhaus bleiben muss?«

Der Blick der Kleinen war so bittend, dass es Anja fast das Herz zerriss. Sie wusste nicht, was sie sagen sollte, und auch Agnes hatte es die Sprache verschlagen.

Agnes zuckte mit den Schultern und formte mit den Lippen ein »Später«.

Anja war froh, dass sie dieses Problem nicht würde lösen müssen. Manchmal hatte es doch Vorteile, keine Mutter, Oma oder Tante zu sein.

Mieke hatte derweil die Hand ihrer Tante losgelassen und turnte schon wieder am Spülsaum herum. Sie quietschte laut auf, als eine Welle fast ihr Hosenbein durchnässte.

»Was hat ihre Mutter denn?«, wagte Anja dann zu fragen, als die Kleine ein Stück weg war. »Du hast vorhin so traurig gewirkt, und ich tippe mal darauf, dass es mit der Krankheit der Mutter zusammenhängt.«

Agnes seufzte laut. »Ja, das tut es. Sabrina hat Morbus Crohn, eine Darmerkrankung, und man hat sie Anfang Dezember operiert. Gestern ging es ihr aus unerfindlichen

Gründen wieder schlechter. Ich weiß nicht, ob sie Weihnachten zu Hause sein kann.«

»Oje, und dann wünscht sich Mieke ausgerechnet, dass es anders ist. Da können wir wohl nur hoffen, dass alles in Ordnung kommt und die Kleine nicht maßlos enttäuscht wird.«

»Das stimmt«, meinte Agnes. »Ich werde heute Abend mal mit Mieke sprechen müssen. Sie ist so auf den Weihnachtsmann fixiert und darauf, dass er schon alles im Griff hat.«

»Kann die Lütte ihre Mutter denn besuchen?«, fragte Anja.

Agnes wiegte den Kopf. »Sabrina lag eine ganze Weile auf der Intensivstation. Da durfte Mieke nicht hin, weshalb ich dachte, wenn wir einen Inselurlaub machen, will sie nicht ständig wissen, warum wir ihre Mama nicht besuchen können.«

»Und wie sieht es jetzt aus?«

»Vor drei Tagen hat man sie auf die Bauchchirurgie verlegt. Aber dann kam gestern dieser Schub, deshalb meinte der Arzt, wir sollten mit dem Besuch noch warten. Auch, um in Mieke keine Hoffnungen auf eine schnelle Genesung zu wecken. Es ist wirklich alles offen.«

»Und der Vater?«

Wieder seufzte Agnes. »Den gibt es nicht. Oder besser gesagt, der interessiert sich keinen Deut für Mieke und Sabrina. Sie ist alleinerziehend. Deshalb springe ich ständig ein. Für die Kleine wäre es gut, wenn er sich mal melden würde, aber so viele Weihnachtswünsche kann sie wohl gar nicht aussprechen, damit das passiert.«

Anja stieß heftig die Luft aus. Eine solche Verantwortungslosigkeit machte sie immer wütend.

»Sobald Miekes Mama wieder einigermaßen auf dem Damm ist, sollte die Lütte sie meiner Meinung nach schnellstmöglich besuchen. Das wird ihr guttun, selbst wenn es mit dem Fest nicht klappt. Ich denke, sie malt sich sonst wer weiß was aus. Ich kenne Mieke ja erst kurz. Aber sie macht mir den Anschein, als hätte sie eine blühende Fantasie.«

»Grundsätzlich sehe ich das auch so«, antwortete Agnes. »Es ist leider sehr aufwendig, das zu organisieren. Ich möchte vorerst auf Juist bleiben, um Mieke nicht zu verunsichern. Sie hat es gerade als Urlaub akzeptiert. Ich bete, dass sich Sabrinas Zustand schnell verbessert. Sollte sie nicht rechtzeitig entlassen werden, ist es für Mieke einfacher, das Fest hier auf Juist zu erleben als mit mir allein in der Wohnung zu Hause.«

»Ich bin übrigens Krankenschwester«, sagte Anja freundlich. »In welcher Klinik liegt Miekes Mutter denn?«

»In Wilhelmshaven. Immerhin kannst du mein Dilemma einschätzen.«

»Allerdings.«

»Bist du auch dort beschäftigt?«

Anja schüttelte den Kopf. »Nein, ich arbeite nicht in der Stadt.«

Gemächlich setzten sie ihren Spaziergang fort, spielten zwischendurch mit Mieke Fangen und suchten nach weiteren Austernschalen.

Dann aber frischte der Wind stärker auf und trieb die mächtigen Wolken auf die Insel zu. Es wurde unangenehm am Strand. Sie liefen zurück zu den Dünen und erklommen den Kamm. Dort drehten sie sich noch einmal zum Meer um, das nun fast Grau in Grau mit dem Horizont verschmolz.

Agnes hob die Nase in die Luft. »Es riecht nach Schnee.«

»Kann man das riechen?«, fragte Anja lachend.

»O ja, probiere es mal!«

Anja war erst versucht, Agnes' Worte als Spinnerei abzutun, aber dann schloss sie die Augen und spürte dem Duft der klaren Winterluft nach. Fühlte den Wind, der an ihrer Kleidung zerrte. Hörte inmitten des leichten Tosens die Schreie der Möwen, die sich von den Böen tragen ließen, und schmeckte das Salz auf ihren Lippen.

»Das ist ja merkwürdig.« Anja atmete noch einmal tief durch. »Es stimmt. Man kann den Schnee riechen. Die kalte Luft kitzelt den Gaumen und hat einen scharfen Unterton.«

»Siehst du«, sagte Agnes. »Jede Jahreszeit hat ihre eigene Melange. Du musst sie nur erkennen.«

Anja schaute Agnes nachdenklich an.

Sie war seit Jans Tod viel zu sehr auf sich fixiert. Auf ihre Trauer und die Dunkelheit um sie herum, sodass sie das wahre Leben mit seinen bunten Facetten gar nicht mehr richtig wahrgenommen hatte. Alles war so alltäglich gewesen, und sie hatte verlernt, dem Dasein Farbe abzugewinnen und ihm nachzuspüren.

Fast war sie Agnes ein bisschen dankbar, dass sie sie auf diese kleine Sinneswahrnehmung gebracht hatte. So war Anja auf eine leichte Art deutlich geworden, in welchem Kokon sie saß. Ein Kokon, der nur durch einen kleinen Riss frische Luft hereinließ.

Mit der nächsten Böe öffnete der Himmel seine Schleusen, und es begann heftig zu schneien. Sofort waren sie von dicht fallenden, dicken Flocken umgeben, die Juist binnen kürzester Zeit mit ihrem weichen Vlies bedeckten. Auf ihren Mützen türmten sich schnell kleine Schneehauben, und ihre Gesichter wurden vom geschmolzenen Flaum nass.

»Was für ein wunderbar duftender Schnee«, sagte Anja mit einem Glitzern in den Augen, während sie sich in Richtung Inseldorf kämpften.

»O ja, das kann man wohl sagen!«, antwortete Agnes.

Mieke legte den Kopf in den Nacken, öffnete die Arme weit und begann zu tanzen.

Anja saß nun schon eine Weile in ihrem Appartement vor dem aufgeklappten Laptop und las Thomas' Mail zum zehnten Mal. Sie war noch immer unschlüssig, ob sie ihm bereits heute zurückschreiben wollte. Daran hatte auch der Ausflug ans Meer nichts geändert.

Ich werde ihm antworten, dachte sie. Er hat so freundlich gefragt, da wäre es unhöflich, einfach zu schweigen. Sie waren schließlich keine kleinen Kinder mehr, die, ohne den Grund zu nennen, den Kontakt abbrachen. Außerdem lag Anja die Rolle der Schweigenden nicht.

»Und ich möchte ihm erzählen, was mit Miekes Mama los ist. Dass es schneit, und ich glaube, es wäre gut, Thomas gegenüber einfach ehrlich zu sein«, murmelte sie. »Ihm zu sagen, warum ich zaudere.«

Was sprach denn dagegen? Sie wollte tief im Inneren nicht, dass ihre Unterhaltung versiegte. Dass sie sich in Oberflächlichkeiten verloren und plötzlich Funkstille herrschte. Dazu bedurfte es aber der Offenheit, die über kleine Bilder von Dünen und Schwarzwald hinausging. Immerhin waren sie und Thomas sich einmal sehr nahe gewesen, und er hatte ein Recht auf Ehrlichkeit.

Plötzlich glitten Anjas Finger über die Tastatur, aber zu Beginn tat sie sich noch schwer.

Lieber Thomas,
ich habe mich sehr über deine Mail gefreut.

Anja wusste selbst, dass es förmlich klang, aber sie musste sich erst warmschreiben.

Es klingt so wunderschön, was du vom Schwarzwald schreibst. Berge, Täler, der Blick auf das Elsass … Ich war nur einmal in deiner Gegend. Zusammen mit Jan. Damals waren wir in Staufen, im Münstertal und auf dem Belchen. Es war herrlich. Deshalb kann ich deine Liebe zu dieser Region gut verstehen.

Anja hielt kurz inne. Warum tat sie sich heute so schwer? Es war nicht einfach, Thomas zu sagen, was sie wirklich bewegte.

Dann schreib ich ihm erst von Mieke, dachte sie.

Du hast nach Mieke gefragt, dazu aber nur kurz, ich möchte nicht indiskret sein, weil Agnes mir viel anvertraut hat.

Ich bin mit den beiden vorhin zum Strand gegangen. Ganz so, wie du es vorgeschlagen hast. Anstelle von Muscheln hat die Lütte eine Austernschale und einen Seestern gefunden. Und dann hat Agnes mir erzählt, dass Sabrina, so heißt Miekes Mutter, an Morbus Crohn leidet. Sie wissen noch nicht, ob sie Weihnachten schon entlassen werden kann. Für die Kleine ist das schlimm.

Ich werde mich weiter um sie kümmern und vielleicht mal mit ihr in die Klinik fahren. Hoffentlich kann ich Agnes und ihr irgendwie helfen.

Anja seufzte. Das alles war ein einfacher Bericht und hatte so gar nichts damit zu tun, was sie eigentlich schreiben wollte. Sie spitzte die Lippen und gab sich einen Ruck.

Ach, Thomas, ich eiere hier nur so rum, will aber ganz ehrlich sein. Ich habe gezögert, ob ich dir weiter antworten soll, weil ich Angst habe, dass ich mich in etwas verrenne, was es schon lange nicht mehr gibt und auch nicht mehr

geben wird. Ich trauere noch sehr um Jan und tue mich mit dem Kontakt zu anderen Männern schwer. Das heißt jetzt nicht, dass ich mir Hoffnungen auf dich mache, um Gottes willen, aber es ist für mich einfach komisch, überhaupt in Verbindung mit dir zu sein, selbst wenn wir alte Freunde sind. Ich hoffe, du verstehst, was ich meine.
Als ich vorhin mit Agnes unterwegs war, ist etwas mit mir passiert. Ich bin quasi geschlüpft wie ein Schmetterling. Klingt komisch, ist aber so.
Agnes hat einfach so dahingesagt, man könnte Schnee riechen genau wie die anderen Jahreszeiten. Erst fand ich das albern, doch als ich die Augen geschlossen habe, da war es plötzlich so. Ich habe mich seit Jans Tod endlich wieder gespürt. Mit allen Sinnen. Nicht nur der Schneegeruch, auch die Geräusche, die Kälte, alles.
Und als tatsächlich der Schnee in dichten Flocken vom Himmel fiel, dachte ich: Ich lebe wieder.
Und dann habe ich doch begonnen, dir zu schreiben. Warum aus Furcht eine alte Freundschaft ablehnen? Ich sollte weniger Angst haben. Vor allem vor mir selbst.
Deine Anja

Kapitel 8

Der Montag schaffte Thomas immer wieder. Nicht nur dass er neben dem Vormittagsunterricht noch vier Stunden am Nachmittag durchstehen musste, er hatte auch eine Doppelstunde Englisch mit der 8a, die gerade die provokanteste Klasse der Schule zu sein schien. Besonders dieser Linus brachte seit den Herbstferien mit seinen unqualifizierten Zwischenrufen immer wieder Unruhe in den Unterricht. Thomas musste sich baldmöglichst eine geschickte Strategie einfallen lassen, um das endgültig in den Griff zu kriegen.

Auf dem Heimweg kaufte er schnell Eier, Milch und Brot, dann konnte er es sich endlich zu Hause gemütlich machen. Na ja, natürlich musste er den Unterricht für den folgenden Tag vorbereiten, aber jetzt würde er sich erst mal eine Tasse Tee gönnen. Besser brühte er gleich die kleine Kanne voll. Sahne hatte er im Kühlschrank, und Kluntjes waren auch noch da. Heute konnte er das Ganze stilecht zelebrieren.

Thomas widerstand der Versuchung, sofort an den Laptop zu gehen und seinen Posteingang zu checken. Anja hatte gestern gemailt. Nun war er wieder dran, wenn man das mit dem Dransein so handhabte. Aber er musste zuerst ein bisschen nachdenken.

Anjas Worte hatten ihn bewegt. Ihre Offenheit, die Ehrlichkeit, was ihre gemischten Gefühle und Bedenken betraf.

Er konnte sich gut vorstellen, dass sie noch um ihren Mann trauerte. Die beiden schienen sich sehr nahe gewesen zu sein. Und zwei Jahre waren nicht lang, wenn es um starke Emotionen ging.

Schließlich wollte er nichts von ihr. Also nichts, was über ihren netten, freundschaftlichen Kontakt hinausging. Natürlich beschäftigte sie seine Gedanken, aber das war eben so, wenn man sich mit seiner Jugendliebe wieder austauschte. Da verbanden alte Zeiten und die vielen Jahre, egal ob man sie gemeinsam verbracht hatte oder nicht.

Nach der ersten Tasse Tee ging Thomas ins Bad und sortierte seine Wäsche. Doch die Gedanken an Anja begleiteten ihn. Während er Handtücher in die Waschmaschine steckte und Hosen und Shirts für die nächste Ladung in einen Wäschekorb warf, stellte er sich vor, wie sie mit der kleinen Mieke am Strand herumtollte. Wie sie am Spülsaum tobten, Muscheln sammelten und sich vom Wind durchpusten ließen.

Das Telefon klingelte. Hastig schloss Thomas die Waschmaschinentür, drückte auf den Einschaltknopf und eilte ins Wohnzimmer, um das Gespräch anzunehmen.

»Hi, Thomas.«

»Hi, Christine, was gibt's?«

Was wollte seine Ex-Frau von ihm? Thomas rollte mit den Augen. Passten ihr etwa Henrys Weihnachtspläne nicht? Sie hatte die Tendenz, ihre Söhne nicht wirklich loszulassen. Aber dann sollte sie das mit ihrem Sohn direkt besprechen.

Doch zunächst sagte Christine: »Nichts Besonderes. Ich dachte nur, ich horch mal, wie's dir geht. Wir haben ja schon länger nichts voneinander gehört.«

»Bei mir ist alles okay. Montag eben. Das ist mein langer Tag.«

»Hattest du ein schönes Wochenende?«

Thomas runzelte die Stirn. Was sollte dieser ungewohnte Small Talk? »Warum fragst du?«

»Ach, nur so. Beziehungsweise, weil ich weiß, dass du am Samstag mit Henry gesprochen hast.«

Aha, jetzt kam es.

»Er hat mich gestern Abend angerufen und gesagt, du hast nichts dagegen, wenn er mit dieser neuen Freundin über die Feiertage nach Köln fährt.«

»Nein, wieso sollte ich? Der Junge ist erwachsen, und es ist nur natürlich, dass er eigene Pläne hat.« Thomas schmunzelte, denn er wusste genau, was jetzt kommen würde.

»Also, ich find das nicht gut«, erklärte Christine mit energischer Stimme. »Und es ist auch so kurzfristig. Vielleicht kannst du ihm sagen ...«

»Halt, stopp«, unterbrach Thomas ihren beginnenden Wortschwall. »Ich werde ihm gar nichts sagen. Das ist deine Sache. Für mich ist seine Planung okay. Ich mach's mir mit Nicolas allein gemütlich.«

Einen Augenblick herrschte Stille.

»Nun gut. Dann ist das dieses Jahr eben so«, sagte Christine mit einem Seufzen.

Sie lenkte überraschend schnell ein, fand Thomas, aber das sollte ihm recht sein. Die Zeit, in der sie stundenlange Auseinandersetzungen geführt hatten, war vorbei. Zum Glück.

Natürlich war es manchmal noch schmerzlich, dass sie sich damals für Ralf entschieden und ihn und die Jungs verlassen hatte, aber letztlich war es der richtige Schritt gewesen. Für sie und auch für ihn. Sein Leben war deutlich klarer und weniger anstrengend geworden, nachdem sie sich getrennt hatten. Und ohne einen ausgeprägten Rosenkrieg waren

Henry und Nicolas recht gut aus der Scheidung hervorgegangen.

»Ja, alles verändert sich mit der Zeit«, stimmte Thomas Christine zu.

»Du, sag mal …« Sie zögerte.

Was wollte sie nun noch?

»Könnten wir uns treffen?«, fuhr sie fort. »Ich würde gern mit dir reden und deinen Rat hören.«

»Worum geht's?«

»Das möchte ich nicht am Telefon besprechen. Kann ich nachher vorbeikommen?«

Thomas runzelte die Stirn. Er hatte seinen Abend anders verplant.

»Nachher? Ist es so dringend?«, erkundigte er sich. »Heute passt es mir gar nicht.«

»Nein, so dringend ist es nicht. Was hast du denn noch vor? Damenbekanntschaft?« Ihre Stimme klang anzüglich und ein wenig zu neugierig für Thomas' Geschmack.

Er lachte. »Nichts da. Ich treff mich nachher mit Micha zum Joggen und muss noch Unterricht vorbereiten. Und Klausuren korrigieren.«

Letzteres war gelogen, doch so klang sein Abend ausgefüllter. Er hatte im Augenblick keine Lust, Christine zu sehen und sich mit ihren Problemen zu befassen. Sollte sie nicht besser ihren Kram mit ihrem Mann besprechen als mit ihrem Ex?

»Oh, schade. Morgen ist es bei mir schlecht.«

»Dann meld dich doch später noch mal, und wir sehen weiter«, schlug Thomas vor.

»Ja, mach ich. Also tschüss, mach's gut.«

»Du auch.«

Thomas legte den Hörer zurück in die Ladeschale und

starrte das Telefon an. Diese Unterbrechung seiner hausmännlichen Tätigkeit war unnötig gewesen. Außerdem hatte er das Gefühl, als hätte er etwas Wichtiges vergessen.

Langsam ging er zurück ins Badezimmer. Die Waschmaschine lief, zeigte aber in ihrem Bullauge nicht den gewohnten Anblick von wirbelnder Wäsche und schaumigem Wasser. O nein, er hatte das Waschmittel nicht dazugegeben! Irgendwie war heute nicht sein Tag.

Das Joggen mit Micha half Thomas schließlich doch zurück in sein Gleichgewicht, sie waren zuerst nach Fessenbach gelaufen und dann über allerlei Nebenstraßen und den Platz der Verfassungsfreunde, das ehemalige Kasernengelände, zurückgekommen. Die Bewegung hatte ihm gutgetan und ebenso das kurze Gespräch, das sie unterwegs über die Provokationen von Linus aus der 8a geführt hatten. Der Junge versuchte also nicht nur bei Thomas den Unterricht zu stören, sondern auch in anderen Fächern, dort zum Teil noch um einiges mehr. Da musste man mal ein wenig genauer hinschauen. Vielleicht konnte Sandra als Klassenlehrerin ein Gespräch führen, zunächst mit Linus, aber notfalls auch mit seinen Eltern.

»Bis morgen«, verabschiedete sich Micha im Weiterjoggen.

»Bis morgen! Schönen Abend noch!«

Thomas zog den Schlüssel aus der Reißverschlusstasche seiner Jogginghose, um die Haustür zu öffnen. Er sehnte sich jetzt sehr nach einer heißen Dusche und – nach Anja.

Nein, natürlich nicht so, wie das für einen Außenstehenden klingen mochte. Er hatte nur einfach Lust darauf, ihr zu schreiben. Der Gedankenaustausch mit ihr war anregend, es war spannend, diese erwachsene Anja kennenzulernen, und ihm war unterwegs endlich eingefallen, was er ihr antworten konnte, damit sie nicht doch auf einmal aufhörte, sich zu melden.

So setzte er sich schließlich frisch geduscht und mit noch nassen Haaren aufs Sofa. Er nahm seinen Laptop zur Hand und las ihre Worte ein weiteres Mal, bevor er schrieb:

Liebe Anja,
ich bin sehr froh, dass du mir geantwortet hast. Und dass du so offen und ehrlich bist. Deine Trauer kann ich verstehen und auch, dass dich das, was wir jetzt hier neu haben, verunsichert. Ich hab übrigens nie gedacht, bestimmte Hoffnungen in dir zu wecken, sondern nur, dass du neugierig bist, wer ich geworden bin. Das bin ich umgekehrt ebenfalls.
Mach dir bitte keine Gedanken, wenn wir unsere Freundschaft nun per E-Mail auffrischen. Ich versteh das schon richtig. Du brauchst nicht zu denken, dass es unpassend sein könnte; sollte dich doch etwas belasten, schreib mir, dann klären wir das.
Ich war vorhin mit Micha, einem befreundeten Kollegen, joggen, das hat mir sehr gutgetan, obwohl ich kein ausgesprochener Läufer bin. Aber ich habe montags immer einen besonders anstrengenden, langen Schultag, und da hilft es, sich körperlich auszupowern. Außerdem konnten wir mal ganz formlos über einen unserer Schüler sprechen, der im Augenblick etwas schwierig ist. Das ist bei einem Vierzehnjährigen zwar im Rahmen des Normalen, aber Micha, der die Eltern ein wenig kennt, meint, seine Provokationen könnten auf Probleme zu Hause hinweisen. Wir werden da also mal nachhaken. Ansonsten krieg ich ihn meistens mit etwas Humor wieder gebändigt.
Hier riecht es bisher noch nicht nach Schnee, es ist zu

warm, aber der Wettermann hat behauptet, ab morgen wird es anders. Ich kenne das übrigens auch, dass man Jahreszeiten oder das Wetter manchmal förmlich riechen kann. Und ich freue mich, dass du diese Erfahrung machen konntest und dich jetzt wieder besser spürst. Das ist doch sehr wichtig, um glücklich zu sein.
Ich würde am liebsten sagen, grüß die kleine Mieke von mir, aber das wäre Nonsens, weil sie mich ja nicht kennt. Dass ihre Mutter vielleicht über die Feiertage im Krankenhaus sein muss, ist traurig. Gerade Weihnachten ist doch für Kinder immer so ein überaus wichtiges Fest. Mieke hat es wirklich gut, dass ihre Tante sich um sie kümmert. Und du jetzt auch.

Thomas hielt inne. Bisher war er praktisch nur auf ihre Worte eingegangen. Was konnte er ihr von sich noch schreiben? War es besser, den Abschnitt über Linus aus der 8a wieder zu löschen? Aber tatsächlich hatte der Junge ihn heute gedanklich sehr beschäftigt, und warum sollte er das verschweigen?

Was würde sie interessieren? Was war noch passiert?

Christine hatte angerufen. Das war jedoch kein passendes Thema für Anja.

Und gestern?

Am gestrigen Sonntag war ich noch einmal im Schwarzwald unterwegs, dieses Mal zu einer Wanderung mit mir alleine. Das mache ich ab und zu ganz gerne, ist so ein bisschen wie Meditation für mich. Leider habe ich vor lauter Wandern, Gucken und Entspannen völlig vergessen zu fotografieren, sonst könnte ich dir jetzt zeigen, wie schön es im Kinzigtal aussah. Der kahle Laubwald und die dunklen Tannen – dieser Anblick fasziniert mich immer

wieder. Bis ich daran dachte, ein Foto für dich zu machen, war es bereits zu dämmrig, es wird ja so früh dunkel.
Du warst also schon mal im Südwesten. Hier im mittleren Schwarzwald sieht es allerdings etwas anders aus als auf dem Belchen oder auf dem Feldberg oder sonst wo im Hochschwarzwald. Falls es dich mal hierher verschlagen sollte, könnte ich dir ein paar hübsche Orte zeigen.

Wieder zögerte Thomas. War das zu anbiedernd? Würde Anja am Ende denken, er fordere sie auf, ihn zu besuchen? Er löschte den letzten Satz und setzte neu an.

Bewaldeter, und natürlich sind die Berge nicht so hoch. Obwohl, relativ gesehen eigentlich doch. Es gibt auch hier steile Hänge. Und Aussichtspunkte, von denen du weit über die Wälder und ins Tal schauen kannst.

Jetzt wurde er zum Reiseführer. Besser er machte Schluss und schrieb ihr wieder, wenn er wirklich etwas zu erzählen hatte. Nur noch ein Haiku. Er musste ein wenig an den Zeilen feilen, bis er zufrieden war.

Dezembersonntag
Winterluft weht durch das Land
zarten Duft nach Schnee

Alles Liebe
Dein Thomas

Er sandte die E-Mail ab, ohne sie noch einmal durchzulesen. Auch er musste sich darauf einlassen, sich nicht ständig zu hinterfragen und zu überlegen, wie seine Worte wirken würden. Was sollte das für eine Freundschaft sein, bei der man nur höflich umeinander herumtänzelte?

Und das wusste er sicher: Er wollte Anjas Freund sein. Nicht mehr, aber auch nicht weniger.

Kapitel 9

Es schneite, als gäbe es kein Morgen. So viel Schnee hatte Anja an der Küste lange nicht erlebt. Am Mittag war die Sonne kurz rausgekommen und hatte die Insel in ihrem weißen Zauberkleid glitzern lassen, aber seit einer halben Stunde spuckte der Himmel von Minute zu Minute mehr Flocken.

Anja stand neben Agnes am Deich, und sie schauten Mieke zu, wie sie den Schlitten, den das Hotel Anja freundlicherweise geborgt hatte, heraufzog, um anschließend erneut den kleinen Hügel hinunterzurodeln.

Nicht mehr lange und die Dämmerung würde einsetzen, aber sie wollten den Wintertag bis zum Schluss auskosten.

»Wahnsinn, was da runterkommt.« Anja warf einen Blick zum Himmel. Sie hatte auf ihrer Mütze schon einen richtigen Schneeberg, streifte das Weiß ab und schüttelte sich, als es ihr in den Nacken fiel.

Frau Holle ist überaus fleißig, schoss es ihr durch den Kopf, und sie musste innerlich über sich selbst lachen. Sie dachte schon wie Mieke.

»Ja, fantastisch«, sagte Agnes. »So vergisst die Kleine all ihren Kummer.« Über ihr Gesicht glitt ein Strahlen, als das Mädchen fröhlich aufjauchzte.

»Wie geht es ihrer Mutter?« Anja winkte Mieke, die schon wieder ein Stück entfernt mit hochroten Wangen auf der Deichkrone stand.

»Nicht so gut. Sie ist noch sehr schwach, aber sie vermisst ihr Kind.« Agnes zuckte bedauernd mit den Schultern. »Zum Glück können wir immer telefonieren, und wenn das Netz gut ist, sehen sie sich beim Videocall übers Handy. Inzwischen bin ich da ein echter Profi«, sagte sie schmunzelnd. »Ich glaube, Mieke könnte das sogar schon allein. Kinder gehen mit den technischen Neuerungen meist sehr entspannt um.«

So plauderten sie weiter über dies und das. Es wurde immer vertrauter zwischen ihnen, und kurz war Anja versucht, Agnes von Thomas zu erzählen, aber bevor es ihr herausglitt, stürzte Mieke, und sie begann zu weinen. Beide Frauen rannten sofort zu ihr und trösteten sie.

»Geht es wieder?« Anja half Mieke auf und ruckelte ihre Mütze zurecht.

Die Kleine schniefte. »Ja, ist besser. Aber nur, wenn du jetzt auch rodelst und aufhörst zu quatschen.« Sie schenkte Anja ein entwaffnendes Lächeln, das den Worten die Schärfe nahm.

Anja musste selbst grinsen. Mieke war so süß, und sie konnte ihrem bittenden Blick einfach nicht widerstehen.

»Natürlich rodle ich mit dir«, sagte sie und fügte würdevoll hinzu: »Es ist mir ein Vergnügen, junge Lady!«

»Mir auch!« Mieke wirkte richtig glücklich.

»Setzt euch doch hintereinander auf den Schlitten«, schlug Agnes vor. »Dann müsst ihr nicht einzeln rodeln, und ich kann ein wunderbares Foto von euch beiden machen!«

»Au fein, für Mama!« Mieke freute sich. »Komm, Anja. Ich sitz vorn, du hinten!«

Agnes zückte das Handy, musste aber die Linse gleich wieder freipusten, weil sie von Schneeflocken bedeckt wurde. Sie versuchte es ein paarmal. Am Ende war es nötig, das Glas mit einem Papiertaschentuch zu reinigen. »Sonst haben wir nur Streifen oder Wassertropfen«, erklärte Agnes und schoss mehrere Fotos, die sie kritisch betrachtete. »Jetzt sieht es allerdings toll aus«, sagte sie zufrieden. »Seht mal dieses eine!«

Es war eine mystische Aufnahme, denn durch das dichte Schneetreiben sah man hinter den beiden, wie sich die orange gefärbte Sonne langsam auf den Weg in die Nacht machte und alles ringsumher in ein warmes Licht tauchte, vor dem die Flocken tanzten.

Mieke hatte kein Verständnis für die Schönheit des Fotos, ihr schoss sichtlich eine weitere Idee durch den Kopf. Sie grinste verschmitzt. Ihr Sturz war längst vergessen. »Und jetzt ein Video, Tante Agnes! Wenn wir rodeln. Das ist viel schöner, als nur ein Foto zu machen. Dann hat Mama mehr zu gucken. Sie langweilt sich da im Krankenhaus.«

Anja wollte erst protestieren, weil es bestimmt ziemlich verunglückt aussah, wenn sie in ihrem Alter den Deich hinabrodelte und womöglich eine Schneelandung hinlegte. Aber was hatte sie Thomas geschrieben?

Ich spüre mich wieder.

Warum denn eigentlich nicht? Sie hatte doch nur Spaß. Etwas, was sie sich so lange nicht gegönnt, ja nicht einmal erlaubt hatte. Und was war schon dabei, falls sie wirklich hinfiel? Sie würde den Schnee abklopfen und einfach wieder aufstehen. Fröhlich in die Kamera winken und sich später, wenn sie das Video ansah, daran erfreuen, wie lustig es gewesen war. Und noch lange den kalten und nassen Schnee im Gesicht spüren.

»Na, dann los!«, sagte sie zu Mieke.

Gemeinsam zogen sie den Schlitten auf den Deich. Anja setzte sich wieder hintendrauf und umarmte Mieke, die sich vorn zurechtruckelte.

»Bist du bereit, Tante Agnes?« Mieke schaute sich vergewissernd um. »Und du auch, Anja? Nicht dass du dir wehtust, weil du nicht mehr so gelenkig bist!«

Anja musste schon wieder lachen. Es waren kleine Frechheiten, die Mieke losließ, aber sie äußerte sie so niedlich, dass sie ihr einfach nicht böse sein konnte.

Agnes hob den Daumen. »Ich bin startklar, meine Damen!«

Anja holte Schwung, stieß sich mit den Füßen ab, und dann sausten sie los.

»*Highspeed*!«, jubelte Mieke, und Anja konnte sich bei diesem Schlachtruf vor Lachen kaum mehr auf dem Schlitten halten, schaffte es aber doch, ohne zu stürzen am Deichfuß anzukommen.

»Woher hast du denn so etwas?«, fragte sie, und auch Agnes kicherte.

»Das sagt man doch, wenn man schnell sein will«, antwortete Mieke ernsthaft. »Weißt du das nicht?«

»Na klar weiß ich das«, beeilte sich Anja zu sagen.

Mieke sprang derweil vom Schlitten und stapfte durch den Schnee zurück zu ihrer Tante. »Ist das was geworden? Du hast nämlich gelacht. Hab ich genau gesehen!«

»Das Video ist trotzdem nicht verwackelt«, beteuerte Agnes. »Sieh nur!«

Sie wollte es abspulen, aber nun setzte ein regelrechter Schneesturm ein, und es wurde merklich dunkler. »Ich glaube, wir gehen erst zurück ins Trockene und schauen uns dann alles an. Es wird jetzt richtig ungemütlich hier.«

Anja stimmte zu, denn inzwischen konnte sie vor Kälte ihre Zehen und Hände kaum noch spüren.

»Krieg ich im Hotel einen Weihnachtsmannkakao?«, fragte Mieke. »Der wärmt von innen. Sagt meine Mama immer. Also vom Kakao, wenn der heiß ist. Und der vom Weihnachtsmann macht das sicher noch stärker«, plapperte sie munter weiter. Mieke schienen die beißende Kälte und der heftige Schneefall gar nichts auszumachen.

Anja strich ihr über den Kopf und griff nach dem Schlittenband. »Ich denke, da lässt sich was machen mit dem Kakao. Es ist schließlich wichtig, dass wir uns alle ganz schnell wieder aufwärmen. Ich kann auch einen Kaffee oder heiße Schokolade brauchen.«

Agnes stimmte zu, und sie machten sich auf den Weg zurück. Es war unangenehm, weil ihnen der Schnee von kräftigen Böen immer wieder ins Gesicht gepustet wurde. Anja versuchte, Mieke zu schützen.

»Wir müssen eben schneller laufen.« Mieke bibberte. Jetzt, wo sie nicht mehr vom Schlittenfahren abgelenkt war, störten sie die Kälte und der eisige Wind wohl doch.

Kurz darauf waren sie am Hotel Friesenhof angekommen und konnten den Schlitten zurückgeben. Fragend schaute Anja die beiden an. Agnes warf einen Blick auf die Uhr und schüttelte bedauernd den Kopf.

»Ich will aber einen Weihnachtsmannkakao!«, sagte Mieke und stampfte sogar mit dem Fuß auf. »Das hat Anja mir versprochen.«

Das war zwar richtig, nur war der Kleinen inzwischen so kalt, dass ihr das Kinn zitterte. Es war wichtig, dass sie sich rasch umziehen und aufwärmen konnte.

»Wir müssen zurück, Mieke. So schade es ist. Und in einer halben Stunde wollen wir mit deiner Mama telefonieren. Ich glaube, das ist wichtiger als der Weihnachtsmannkakao im Hotel.«

»Außerdem gibt es diese Sorte nicht nur im Friesenhof, sondern auch in eurer Ferienwohnung«, erklärte Anja.

»Zufällig weiß ich nämlich, dass deine Tante Agnes die weltbeste Weihnachtsmannkakao-Köchin der Welt ist.«

Dankbar sah Agnes sie an und griff den Faden auf.

»Ich koch dir eine Tante-Agnes-Schokolade nach dem Rezept vom Weihnachtsmann, und darauf kommt ein dicker Klecks Sahne.«

Mieke gab sich zum Glück zufrieden. »Mit Schokostreuseln?«

»Auch das.«

»Gut, dann bin ich einverstanden. Mir ist jetzt richtig kalt.« Sie gab Anja die Hand. »Tschüss und danke für den schönen Nachmittag!«

»Gern geschehen, junge Lady!«, erwiderte Anja.

Sie wollte sich eben von Agnes verabschieden, als ihr noch etwas einfiel. »Kannst du mir bitte die Bilder und das Video schicken?«

»Aber klar!«

Agnes und Mieke marschierten los. Die Kleine drehte sich noch einmal um. »War wirklich schön mit dir, Anja!«

Anja hatte ausgiebig geduscht und sich frische Sachen angezogen. Die dicken Schuhe trockneten im Bad unter der Heizung. Was war das für ein wunderbarer Nachmittag gewesen! Inzwischen war es fast dunkel, der Mond war bereits aufgegangen. Neumond war vorbei, und so stand wieder eine schmale Sichel am Himmel, die von kommender Fülle zeugte.

Ihr blieben noch zwei Stunden bis zum Essen.

So richtig verspürte Anja keine Lust, sich schick zu machen, und deshalb schlüpfte sie vorerst in ihre Jogginghose und einen weiten, bequemen Pullover. Dann warf sie die Kaffeemaschine an, setzte sich anschießend mit dem Becher auf das Sofa und hüllte sich in eine Wolldecke ein. Jetzt war ihr so richtig kuschelig warm, und sie genoss das Alleinsein. Wie lange hatte sie das nicht mehr gemacht? Einfach dazusitzen und kein schlechtes Gewissen zu haben, nichts zu tun? Ja, die Minuten in sich aufzusaugen und in Gedanken wie einen Schatz zu umschließen? Es war wunderbar gewesen in Agnes' und Miekes Gesellschaft, aber es war nun ebenso wunderbar, allein in ihrem Appartement zu sitzen.

Trotz Dunkelheit konnte Anja durch die große Fensterfront sehen, dass die Wolken noch immer dicke Flocken auf die Insel spien. Die Brüstung des Balkons hatte eine zentimeterhohe Schneehaube. Es war unglaublich, was da vom Himmel kam.

Morgen baue ich einen Schneemann, dachte Anja. Und dann waren sie wieder da. Diese Gedanken, die sie beim Zusammensein mit Mieke und Agnes fast verdrängt hatte.

Die Gedanken an Thomas! Wie hatte sie ihm gestern bloß eine so bescheuerte Nachricht schicken können?

..., weil ich Angst habe, dass ich mich in etwas verrenne, was es schon lange nicht mehr gibt und auch nicht mehr geben wird. Und dann so blöde Sachen wie: Ich habe mich endlich wieder gespürt.

So etwas schrieb man doch keinem Freund, sondern allenfalls seinem Tagebuch. Deshalb würde sie heute gar nicht erst nachschauen, ob es von Thomas eine Antwort gab. Vermutlich hatte er sich nur an die Stirn getippt und abgewinkt. Überdrehte und frustrierte Alte, oder so. Womöglich glaubte er sogar, sie hätte es nur geschrieben, um genau das Gegenteil zu bewirken. Damit er sagte: »Hey, ich würde dich gern wiedertreffen, weil ich dich nie vergessen habe.«

Wenn es sich so verhielt, wäre es überaus peinlich.

Es gab Leute, die zum Beispiel behaupteten: »Ach ich sehe so alt aus«, damit sie als Antwort bekamen: »Niemals, da übertreibst du aber. Du bist sehr attraktiv!« *Fishing for Compliments* nannte man das. Anja umschloss den Becher und nippte versonnen am Kaffee.

Nein, sie würde Thomas heute einfach nicht antworten und ihm damit deutlich machen, dass ihr wirklich nichts an ihm lag. Nicht so.

Anja war mit ihrer Entscheidung sehr zufrieden.

Ihr Handy plinkte, und sie sah, dass Agnes die Fotos und das Video geschickt hatte. Neugierig rief Anja die WhatsApp-Nachrichten auf, denn sie war nicht nur auf das Filmchen gespannt, sondern wollte sich auch die wunderschönen Fotos in Ruhe ansehen.

Als sie das Bild von sich und Mieke sah, glitt ihr ein Lächeln übers Gesicht. Sie beide wirkten glücklich. Agnes hatte den optimalen Augenblick eingefangen. Es war nicht nur der fantastische Hintergrund, auch ihre Mimik war hervorragend und bis ins Detail getroffen.

Hochrote Wangen umrahmt von bunten Mützen, auf denen kleine Schneekristalle und Eisbröckchen zu sehen waren. Miekes süße Milchzähne und ihre Grübchen. Und sie selbst?

Leuchtende Augen, die im Licht der tief stehenden Sonne dunkel, fast geheimnisvoll gesprenkelt wirkten. Sie spiegelten eine Unbeschwertheit, die Anja in diesem Moment tatsächlich genau so empfunden hatte.

Anschließend schaute sie sich das Video an und musste bei Miekes Ruf schon wieder laut lachen. Ja, es war schön gewesen. Wunderschön.

Was hätte sie selbst gern Kinder gehabt, damit solche Augenblicke keine Ausnahme waren! Anja seufzte und trank den restlichen Kaffee aus. Plötzlich erschien er ihr zu bitter, obwohl sie ihn doch zuvor noch als sehr schmackhaft empfunden hatte.

Anja rief sich den wunderschönen Nachmittag erneut ins Gedächtnis, weil die Erinnerung daran ihre Laune hob. Also schaute sie sich den Film noch ein paarmal an, und schon waren die trüben Gedanken wieder verschwunden.

Ich schreib mal Mina, beschloss Anja, denn sie war durchaus neugierig, wie es sich bei ihr entwickelt hatte. Auch wenn Mina ihr Bescheid geben wollte, konnte Anja ihre Neugierde nicht länger zügeln. Sie klickte die Nummer der Freundin an und tippte ihre Nachricht.

Hey Mina, was macht die Liebe?

Anja musste nicht lange auf eine Antwort warten.

Schläft.

Kurz und knapp.

Oje, also ein Satz mit X.

Aber so was von. Weitere Nachfragen unnötig.

Das tut mir leid.

Muss es nicht. Hab voll ausgekostet, was ging.
Und bei dir? Alles im Lot?

Ja, nichts Neues.

Anja hatte ein schlechtes Gewissen, weil ihre Nachricht nicht der Wahrheit entsprach, aber sie mochte nichts über ihren Fauxpas mit Thomas schreiben.

Dann ist ja gut. Ich muss jetzt los, die Arbeit ruft. Bis denne.

Sie legte das Handy auf den Tisch. Mina war also weiterhin solo. Schade.

Anja verbrachte den Rest des Tages damit, ein bisschen zu lesen, ging dann zum Abendessen, und als sie so richtig schön satt und zufrieden vom Tag war, kehrte sie in ihr Appartement zurück. Das Handy hatte sie während des Essens auf dem Tisch liegen lassen, aber nun sah sie, dass es aufleuchtete und ihr einen Maileingang anzeigte. Mist, sie hatte vergessen, die Benachrichtigungsfunktion auszuschalten.

Sie konnte nicht widerstehen und schaute nach, vom wem die Nachricht kam. Wieder diese Mischung aus Hoffen und Sehnen, die sie doch gar nicht wollte. Und dann dieses freudige Hüpfen ihres Herzens, als sie erkannte, dass die Mail von Thomas kam.

Anja zögerte, ob sie sie wirklich lesen sollte, denn sie hatte sich geschworen ... Sie musste nun standhaft bleiben.

Wie von selbst klickten ihre Fingerspitzen die Nachricht an. Es konnte nicht schaden, wenigstens zu schauen, ob er sie richtig verstanden oder eben doch als »Hintenrumanmache« aufgefasst hatte.

Sie las die Mail und schluckte. Thomas hatte wirklich begriffen, was sie ihm sagen wollte. Er fand es weder peinlich noch dumm, sondern wusste genau, wovon sie sprach.

Gab es diese gemeinsamen Schwingungen doch bis heute, die sie damals durch den Sommer getragen hatten? Als sie keinerlei Worte bedurften, um sich zu verstehen. Ging etwas über eine so lange Zeit, auch wenn sie inzwischen erwachsen geworden waren?

Anja schürzte die Lippen und überlegte.

Sie musste sich nicht mehr zurückhalten. Es war alles geklärt. Sie durfte ihm schreiben. Einfach so. Ihre Befürchtungen waren umsonst gewesen.

Lieber Thomas,
du glaubst gar nicht, was für eine Furcht ich hatte, dass du meine letzte Mail affig findest. Oder überdreht, peinlich … was weiß ich. Stattdessen …
Ich bin so froh, dass alles gut ist zwischen uns.
Es hat hier fast gar nicht aufgehört zu schneien. Das ist sehr ungewöhnlich, aber alle genießen es.
Schade, dass bei euch kein Schnee liegt, da hat der Süden wohl mal mit dem Norden getauscht. Sonst ist es immer umgekehrt. Dann joggst du also über graue Wege und wanderst über grüne Wiesen, während wir uns auf Juist darum balgen, einen Schlitten abzubekommen.

Anja hielt inne. Jetzt würde sie etwas ganz Mutiges tun. Nicht mehr viel schreiben, sonst kam nachher wieder so ein Kram wie beim letzten Mal heraus.

Ich schicke ihm das Foto von Mieke und mir, dachte sie. Da sieht er, wie schön es am Deich war. Auf diese Weise konnte er es selbst miterleben. Und es war unverfänglich.

Ich schicke dir mal ein Foto, worauf du siehst, wie viel Spaß wir hatten.

Anja hängte das Foto an, stoppte aber. Warum nur das Bild? Weshalb nicht auch das Video?

Mit einem weiteren Klick war es passiert. Sie fügte dem Satz den Hinweis auf das Filmchen zu.

Ich bin so froh, dass wir uns wieder getroffen haben (also indirekt, wir schreiben ja nur). Und dass alles zwischen uns geklärt ist. Nun werde ich kein bisschen mehr darüber nachdenken, ob es in Ordnung ist, dir eine Mail zu schicken. Fotos und Videos. Wenn ich dich als Freund an meinem Leben teilhaben lasse.
Das ist fast wie eine Befreiung.
Liebe Grüße von der Zauberinsel
Anja

PS: Und untersteh dich, jemals mit deinen Haikus aufzuhören. Sie sind das Sahnehäubchen auf den Mails.

Kapitel 10

Tatsächlich hatte Thomas dieses Mal die Zeit zum Korrigieren der Klausuren ein wenig unterschätzt. Die Schülerinnen und Schüler des Deutsch-Leistungskurses waren besonders gut, und es machte ihm viel Spaß, die Arbeiten zu lesen – aber es waren eben auch lange Texte, die er vor allem inhaltlich genau überdenken und überprüfen musste.

Ein solch sorgsames Vorgehen war Thomas sehr wichtig. Ihm selbst war es als Schüler nämlich passiert, dass seine damalige Deutschlehrerin die Interpretation einer Szene von Schillers *Kabale und Liebe* kurzerhand als »falsch« bezeichnet und schlecht benotet hatte. Dennoch war er bis heute der Ansicht, dass seine Sicht der Dinge ebenso berechtigt war wie die ihre.

Wer wusste denn schon absolut gewiss, was Friedrich Schiller sich beim Schreiben gedacht hatte? Oder was er unterbewusst noch hatte einfließen lassen? Solange eine Interpretation schlüssig war, würde er sie nicht verwerfen.

Natürlich war es wesentlich einfacher, eine Matheklausur zu korrigieren, bei der es nur eine richtige Lösung gab. Aber gerade die Auseinandersetzung mit verschiedenen Ansichten und Meinungen war doch das, was das Leben interessant machte. Und das galt eben auch für Interpretationen von literarischen Texten in Deutsch-Leistungskurs-Klausuren.

Als schließlich nur noch drei Klausurbögen vor ihm lagen und er auf die Uhr sah, zeigte diese bereits zwanzig Minuten nach Mitternacht.

Thomas gähnte ausgiebig. Zwar war er trotz der späten Stunde versucht, weiterzuarbeiten und auch die letzten Klausuren durchzugehen, aber das war unvernünftig. Seine Konzentration hatte zuletzt doch sehr nachgelassen. Also stand er auf, knipste die Schreibtischlampe aus und ging ins Bad, um sich für die Nacht fertig zu machen.

Der Morgen kam viel zu schnell. Thomas fuhr aus seinem Traum auf. Was genau er geträumt hatte, konnte er nicht sagen, aber die vagen Bilder hatten immerhin ein angenehmes Gefühl hinterlassen. Dennoch: Jetzt im dunklen, kühlen Schlafzimmer unter der warmen Decke hervorzukriechen, war nicht gerade das, was er sich unter einem freudigen Start in den Tag vorstellte.

Er schielte auf den Wecker auf dem Nachttisch.

Halb zwei? Das konnte nicht sein.

Thomas angelte nach seinem Handy.

Sieben Uhr zweiundzwanzig!

Auf einen Schlag war er hellwach: In weniger als zwanzig Minuten war Unterrichtsbeginn! Shit! Er hatte tatsächlich verschlafen. Das war ihm seit Ewigkeiten nicht mehr passiert – normalerweise wachte er sogar kurz vor dem Wecker auf.

Hastig schlüpfte er in Jeans, Shirt und Pullover. Gut, dass er das meiste, was er für den heutigen Unterricht brauchte, im Lehrerzimmer hatte und jetzt nicht alles zusammensuchen musste. Fehlte nur noch der Stick mit der Präsentation für die 5a. Thomas eilte an seinen Schreibtisch.

Der Laptop stand bereit für die Morgenroutine aus digitalem Zeitunglesen und Mailchecken, doch dafür war jetzt keine Zeit. Thomas fluchte erneut.

Für einen Kaffee oder gar ein Frühstück reichte es nicht, das musste er auf die dritte Stunde verschieben, in der er freihatte. Ein kurzer Blick in den Spiegel – immerhin sah er nicht völlig übernächtigt aus. Und zum Glück trug er Bart.

Handy. Rucksack. Schlüssel. Noch acht Minuten.

Sieben Minuten brauchte er normalerweise mit dem Fahrrad, heute war er schneller.

Genau zum Schulgong betrat Thomas mit großen Schritten das Lehrerzimmer, legte hastig seine Sachen ab und schnappte das Schulbuch, das er gleich für den Englischunterricht brauchen würde.

»Was ist denn heute mit dir los?«, fragte Franzi, die gegenüber am Tisch ihre Unterlagen sortierte.

»Verschlafen!« Thomas hetzte aus dem Lehrerzimmer.

Franzis herzliches Lachen erinnerte ihn auf einen Schlag daran, von wem er geträumt hatte. Anja.

Endlich kam die große Pause mit Thomas' anschließender Freistunde. Es gelang ihm glücklicherweise, vor dem Ansturm in der Mensa ein Käsebrötchen zu erstehen, und als er ins Lehrerzimmer kam, war der Kaffee schon gekocht. Der aromatische Duft zog verlockend durch den großen Raum.

Auf dem langen Tisch, an dem er wie die meisten der Kolleginnen und Kollegen seinen Platz hatte, brannte – trotz offiziellen Verbots wegen der Feuergefahr – eine dicke rote Kerze auf einem Adventsgesteck. Natürlich würde niemand zugeben, sie angezündet zu haben, aber Thomas tippte auf Franzi. Die saß nämlich zurückgelehnt auf ihrem Stuhl und starrte gedankenverloren in die Flamme.

Thomas nutzte die Gelegenheit und ging direkt zur Kaffeemaschine. Er nahm sich einen der bunten Becher aus dem Schrank – sinnigerweise stand darauf: Morgenstund hat Gold im Mund! Nun, es würde ihm auf jeden Fall besser gehen, wenn er was Nahrhaftes im Mund beziehungsweise im Magen hatte.

Er goss den Becher voll. Auf Milch würde er heute verzichten.

Schade, dass Hannah nicht mehr da war, sie hatte in den letzten Jahren in der Adventszeit immer selbst gebackene Kekse mitgebracht. Wie es ihr wohl gehen mochte? Soweit er wusste, hatte sie sich noch bei niemandem gemeldet, seit das Kollegium sie verabschiedet hatte. Wahrscheinlich gab sie sich in diesen letzten Wochen vor der Geburt ganz den von ihr so geliebten adventlichen Tätigkeiten Backen und Basteln hin.

»Darf ich auch mal?« Sandra schob Thomas zur Seite.

Erst jetzt bemerkte er, dass er noch immer an der Kaffeemaschine und somit im Weg stand.

»Sorry. Ich war grad in Gedanken.«

»Hab ich gemerkt. Hoffentlich waren's nicht allzu schlechte, du siehst ein bisschen mitgenommen aus. Hast verschlafen, hab ich gehört.«

»Das hat sich ja schnell rumgesprochen! Aber zu deiner anderen Frage – nein«, versicherte Thomas. »Ich hab nur gerade an Hannah gedacht und dass das hier ohne sie deutlich weniger weihnachtlich ist.«

Sandra goss ihren Kaffeebecher halb voll, dann füllte sie ihn mit Milch auf.

»Na ja, wie man's nimmt. Wenn ich mir vorstelle, sie hätte wieder so eine Dekowut entwickelt wie zu Halloween mit den Kürbissen und Gespenstern und künstlichen Spinnweben …« Sie seufzte tief. »Nicht zu vergessen, die schwarzen Glitzerkatzen. Eins von den Dingern ist in meine Tasche gefallen, und noch Tage später haben die Bücher geglitzert!«

Thomas lachte. »Stimmt, die Katzen hatte ich schon vergessen.«

»Und erinnerst du dich an das Theater, das der Hausmeister gemacht hat, weil die Fenster voller Window-Color-Blätter waren?«

»Klar, aber du musst zugeben, dass das amüsant war und dass Hannahs buntes Herbstlaub sehr hübsch aussah!«

»Ach, Thomas, du bist ein alter Romantiker!«

»Warum? Weil ich rote und gelbe Blätter mag, die das Grau da draußen verbergen? Außerdem hätte der gute Hausmeister nur den Föhn in die Hand nehmen müssen, um das Zeug abzukriegen. Wozu also das Theater?«

Sandra zuckte mit den Schultern und blickte in den Raum.

»Du hast recht«, sagte sie. »Es ist hier wirklich ein wenig karg. Aber letztlich kommt's ja auf solche Äußerlichkeiten nicht an. Wir sollten in dieser Zeit einfach ein bisschen innehalten und uns mehr mit schönen Dingen beschäftigen. Und mit den Menschen, die uns wichtig sind. Und mit Kaffee.«

Sie zwinkerte und ging zu ihrem Platz.

Schöne Dinge.

Menschen, die uns wichtig sind.

Anja, schoss es ihm durch den Kopf. Der Mailaustausch mit ihr gehörte dazu, und ja, sie war ihm in den letzten Tagen wichtig geworden. Aber jetzt, hier in der Schule, war kein Platz für sie in seinen Gedanken. Er musste erst mal was essen und sich dann um die Unterrichtsplanung kümmern.

Mit einem leisen Seufzen ließ Thomas sich schließlich an seinem Platz nieder, trank einen ersten Schluck Kaffee und packte das Käsebrötchen aus.

Die Flamme der Kerze auf dem Adventsgesteck flackerte. Franzi saß immer noch bewegungslos da und starrte hinein. Sie wirkte entspannt, vielleicht war dies eine Art Meditation?

Plötzlich schlug ihm jemand mit der Hand auf die Schulter. »Hey, hab dich vorhin vor der ersten Stunde gar nicht gesehen.« Micha schien bester Laune. »Hast du das von dem Unfall auf der A5 gelesen? Dolles Ding.«

»Ich hab heut noch gar nichts gelesen außer meinem eigenen Tafelanschrieb«, erklärte Thomas zwischen zwei Bissen. »Ich hab verschlafen! Der Wecker hat um halb zwei den Geist aufgegeben, und 'ne halbe Nacht zu korrigieren und danach morgens fit aufzuwachen, ist wohl doch nichts mehr für mich.«

Micha schmunzelte, setzte sich neben ihn und begann in einem seiner Ordner zu blättern.

Mit kleinen, vorsichtigen Schlucken trank Thomas den heißen Kaffee und fragte sich, warum alle so amüsiert über sein Missgeschick schienen. Wahrscheinlich, weil er sonst immer einer der Ersten hier war. Glücklicherweise blieb es bei schmunzelnden Gesichtern und vielsagenden Blicken. Nun ja, wenn in seinem Unterricht jemand zu spät kam und erzählte: »Ich hab verschlafen«, zog er jedes Mal seine Augenbrauen hoch. Immerhin hatte er es noch pünktlich in die Schule geschafft, wenn auch knapp.

Er aß das Käsebrötchen auf, entsorgte die Serviette und zog das Handy aus der Tasche.

»Unfall auf der A5 sagst du? Sonst noch was Wichtiges in der Welt?«, fragte er Micha.

»Nicht wirklich.«

Gut. Dann zuerst die Mails. Thomas öffnete das Programm und überflog die Absender der eingegangenen Nachrichten. Sein Blick blieb automatisch an *Anja@zauberland-*

insel.de hängen. Sie hatte geantwortet! So schnell! Warum nur hatte er gestern Abend nicht mehr nachgeschaut?

»Du strahlst ja auf einmal so – gute Nachrichten?«, fragte Micha.

»Eine alte Freundin«, antwortete Thomas kurz und öffnete die Mail.

»Alt?« Micha grinste. »Wie alt?«

»So alt wie ich.«

»Interessant.«

Thomas sah ihn streng an. »Mensch, Micha, jetzt lass mich doch mal in Ruhe meine Mails lesen. Hast du nichts Sinnvolles zu tun?«

»Was ist schon sinnvoll! Aber na gut, dann hol ich mir eben noch 'nen Kaffee.« Er stand auf.

Anja hatte nicht nur geschrieben, sie hatte auch ein Foto und sogar ein Video angehängt. Ein Bild von sich? Hoffentlich. Thomas' Herz klopfte ein wenig schneller, als er das Foto öffnete.

Und da war sie.

Anja saß hinter einem kleinen Mädchen auf einem Schlitten und sah genau so aus, wie er sie in Erinnerung hatte. Älter natürlich, aber ihre Augen – dieser strahlende Blick war nicht zu verkennen. Und ihr Lächeln. Sie wirkte unbeschwert und glücklich.

»Ist sie das?« Micha hatte sich von hinten über Thomas' Schulter gebeugt. »Großartiges Foto mit dem Sonnenuntergang und dem Schnee«, kommentierte er. »Und deine alte Freundin sieht nett aus – ist das ihr Enkelkind?«

»Nein.« Thomas legte seine Hand auf das Bild. »Wie kann man nur so neugierig sein …«

»Wo hat's denn jetzt Schnee?«

»Auf Juist.«

»Ist das nicht so 'ne Nordseeinsel?«

Thomas nickte und schloss das Bild. Später würde er es sich noch einmal in Ruhe ansehen und Anjas Gesicht näher heranzoomen, denn dies war eine wirklich gute Aufnahme, die Fotografin musste etwas davon verstehen. Doch jetzt, unter Michas Blicken, verzichtete er auf eine genauere Betrachtung. Schließlich hatte er nicht vor, Micha einzuweihen, dass die Frau auf dem Foto seine Gedanken seit Kurzem so außergewöhnlich beschäftigte. Micha war eine alte Plaudertasche und würde das Ganze zusammen mit seiner eigenen Interpretation nur allzu gern verbreiten.

»Ich hab die noch nie gesehen, woher kennt ihr euch?« Micha ließ nicht locker.

»Du solltest dich lieber auf den Weg machen, es gongt in einer Minute«, antwortete Thomas.

»Wir reden später.« Mit diesen Worten, die ein bisschen wie eine Drohung klangen, verließ Micha seinen Platz.

Der Schulgong, der sämtliche Gespräche übertönte, ließ auch die letzten Kolleginnen und Kollegen zu ihren Klassen aufbrechen.

Thomas blieb allein im Lehrerzimmer zurück. Nun ja, allein mit der brennenden Kerze, die niemand ausgeblasen hatte. Seltsam, wie so eine einzige Kerzenflamme doch eine gewisse Adventsstimmung verbreitete.

Oder lag seine frohe Laune eher an der Nachricht, die er bekommen hatte?

Er holte sich einen zweiten Kaffee und setzte sich wieder, um endlich in Ruhe Anjas Mail zu lesen, das Foto zu studieren und sich das Video anzuschauen.

Am Nachmittag hatte die Schneefront auch Offenburg erreicht. Dicke Flocken tanzten vor Thomas' Fenster, als er seine Pizza aus dem Ofen holte und sich an den Tisch setzte. Zwar hatte der Wetterbericht gemeldet, dass es in den nächsten Tagen wieder wärmer werden und der Schnee somit nicht lange liegen bleiben würde, aber im Augenblick sah es da draußen einfach nur schön aus.

Thomas biss in das Pizzastück und nahm eines der Englisch-Büchlein zur Hand, das als neue Lektüre für die Sechser infrage kam: ein Sherlock-Holmes-Fall in einfacher Sprache. Krimi ging doch immer, oder? Allerdings fiel es ihm heute außergewöhnlich schwer, sich auf den Text zu konzentrieren und Ideen zu Aufgabenstellungen zu entwickeln. Ständig wanderten seine Gedanken zu Anja.

Schließlich gab er auf. Er legte das Buch zur Seite und sah hinaus in den Schnee. Er sollte nach dem Essen einfach einen längeren Spaziergang machen, um den Kopf frei zu kriegen. Es war kaum zu verstehen, warum Anjas Video einen solchen Effekt auf ihn gehabt hatte. Die Unbeschwertheit ihres Lachens und der Ruf der kleinen Mieke hatten ihm ein Lächeln auf die Lippen gezaubert, das ihn gar nicht mehr zu verlassen schien. Wie konnte es sein, dass ihn der Anblick so bewegte?

Thomas musste zugeben: Er wollte Anja wiedersehen, so richtig von Angesicht zu Angesicht. Vielleicht konnten sie sich im nächsten Jahr, wenn sie einander ein wenig vertrauter waren, einmal treffen? Irgendwo an der Nordsee, es musste ja nicht unbedingt Juist sein. Das wäre möglicherweise doch zu sehr *catching old times*. Aber Nordsee war gut – dort oben lebte sie ohnehin, und er liebte das Meer. Die Weite und den Wind. Wenn er an der Küste Urlaub machen würde, war es naheliegend, ein Treffen vorzuschlagen.

Überrascht stellte Thomas fest, dass sein Teller leer war. Er hatte die Tiefkühlpizza wohl völlig in Gedanken versunken aufgegessen, ohne es zu merken. Nun ja, so überragend gut hatte sie nicht geschmeckt, dass er viel Genuss versäumt hätte.

Er stand vom Tisch auf, räumte das Geschirr in die Spüle und ging ins Arbeitszimmer.

Der Schnee wurde dichter, und als Thomas aus dem Fenster hinunter in den schon weiß bepuderten Garten blickte, zückte er unwillkürlich sein Handy und fotografierte den herrlich winterlichen Anblick. Dann setzte er sich an den Laptop und öffnete das Mailprogramm.

Liebste Anja,
da du die einzige Anja bist, die ich kenne, kann ich dich problemlos so anreden. :-) Ich kann dir gar nicht sagen, wie sehr ich mich gefreut hab …

Halt, das war zu viel.

Ich hab mich sehr gefreut, dich so fröhlich mit der kleinen Mieke im Schnee zu sehen, und darüber, dass ich daran teilhaben darf. Hier hat es jetzt auch angefangen zu schneien (siehe Foto), und ich hab beschlossen, den unterrichtsfreien Nachmittag zu nutzen und gleich noch ein wenig in den Schnee rauszugehen, bevor alles wieder schmilzt. Weiterarbeiten kann ich auch später. Aber in Maßen, hab ich mir vorgenommen, denn gestern Abend hab ich es ein bisschen übertrieben und bis nach Mitternacht Klausuren korrigiert.
Und stell dir vor, was mir dann heute Morgen passiert ist: Ich hab verschlafen! Schuld war der dumme Wecker, dessen Batterie ausgerechnet letzte Nacht den Geist aufgegeben hat. Aber es ist mir gelungen, nach achtzehn Minuten

gerade noch pünktlich in der Schule zu sein. Zum Glück wohne ich nicht weit davon entfernt und hab ein Fahrrad! Ich kam mir vor, als wäre ich wieder fünfzehn, und musste mir einige Lacher aus dem Kollegium anhören. Sonst bin ich nämlich eher als Pünktlichkeitsfanatiker bekannt. Mehr kann ich dir dieses Mal nicht berichten, aber ich kann dir versichern, dass auch ich sehr glücklich bin, dich wieder als (Mail-)Freundin zu haben. Und ja, lass uns einfach ehrlich und frei sagen und schreiben, was uns in den Sinn kommt. Ich freu mich immer, von dir zu hören. Und hier ist noch etwas für dich, ich hoffe, du findest es nicht zu kitschig:

Schnee zieht übers Land
verbindet uns in Freundschaft
wie ein weißes Band

Alles Liebe
Dein Thomas

Kapitel 11

Draußen schien die Sonne, und die Strahlen kitzelten Anjas Gesicht. Sie rieb die Augen und reckte sich. Dann fuhr sie hoch. Verdammt, wie spät war es?

Anja angelte nach dem Handy und schrak zusammen. Es war beinahe Mittag, das Frühstück hatte sie wohl verpasst.

Unwillkürlich glitt ein Lächeln über ihr Gesicht. Thomas war gestern dasselbe passiert. Wie lustig!

Obwohl es albern war, fühlte sie sich ihm in diesem Augenblick unglaublich nah.

»Du spinnst«, wies sich Anja zurecht. Als ob Verschlafen eine Verbindung zueinander war. Bei ihr war kein Akku leer, sie hatte schlichtweg ihren Handywecker nicht gestellt, weil sie dachte, von allein pünktlich zum Frühstück aufzuwachen, und im Gegensatz zu ihm, der rechtzeitig in der Schule sein musste, war es bei ihr vollkommen gleichgültig, wann sie ihren Tag begann.

Anja schaute zum Fenster. Der Schnee lag nun schon zwei volle Tage und verwandelte Juist weiterhin in das winterliche Zauberland. Noch zehn Tage bis Weihnachten, und die Menschen stimmten sich voller Tatendrang auf die schönste Zeit im Jahr ein. Fast jeder träumte schließlich davon, dass die Welt am Heiligen Abend tief verschneit war, weil dann der Kerzenduft, die Kekse und der Braten einfach besser schmeckten, als wenn draußen Nieselregen fiel oder ein

Sturm tobte. Leider war das weiße Szenario viel zu selten, und es blieb zu befürchten, dass auch in diesem Jahr der Winter keine Kraft hatte, bis zu den Feiertagen mit Schnee und Eis durchzuhalten. Die Wettervorhersagen verhießen nichts Gutes.

Aber die Hoffnung stirbt zuletzt, dachte Anja. Ich halte es mal wie Mieke und wünsche es mir vom Weihnachtsmann. Vielleicht konnte sich Thomas dasselbe noch vom Christkind erbitten, dann musste es einfach klappen!

Anja schmunzelte, weil sie solch kindliche Vorstellungen umtrieben. Aber Juist veränderte sie langsam. Allerdings tat das nicht nur die Insel, auch Thomas trug dazu bei, dass sie Gedanken zuließ, die in den letzten Jahren unvorstellbar gewesen waren. Und dann natürlich die süße, kleine Mieke, der es gelungen war, sie aus ihrer Lethargie zu reißen.

Gestern war sie lange mit Agnes und Mieke am Strand und in der Dünenlandschaft spazieren gewesen, bis sie sich später in der Ferienwohnung der beiden aufgewärmt hatten. Allerdings hatte Agnes nicht gesund ausgesehen, sondern eher so, als würde sie etwas ausbrüten.

Mieke wollte beim nächsten Spaziergang unbedingt zum Hammersee, aber dazu musste es ein bisschen wärmer werden. Ihre Augen hatten förmlich geleuchtet, als Anja davon erzählt hatte.

»Die Insel ist bei einer ganz schlimmen Sturmflut durchgebrochen, und dabei hat sich der Hammersee gebildet. Dort halten sich unglaublich viele Vögel auf. Und der kleine Wald an der Südseite ist ein bisschen gespenstisch. Hängende Äste wie Lianen, ganz niedrige Bäumchen.«

Anja war vollkommen ins Schwärmen geraten, weil sie diesen See so wunderbar in Erinnerung hatte. In der Ferne rauschte das Meer, die riesigen Dünen hoben sich fast majestätisch ab, und der kleine Weg schlängelte sich nah am Ufer entlang durch das verwunschene Dickicht.

»Sobald der Schnee fort ist, gehe ich mit dir dorthin«, hatte Anja versprochen. Denn für Mieke war der Weg zu Fuß oder mit dem Rad zu weit. Sie würden mit der Kutsche zur Domäne Loog fahren müssen, und sie konnten später sicher auch in den Osten zur Domäne Bill kommen, um dort dieses fantastische Rosinenbrot zu essen. Anja lachte schon jetzt innerlich bei der Vorstellung daran, wie erstaunt Mieke schauen würde, wenn sie das riesige und zentimeterdicke Stück Brot mit feiner Butter bestrichen vor sich auf dem Teller liegen hatte. Allerdings musste Anja erst herausfinden, ob sie im Winter überhaupt geöffnet hatten.

Sie reckte sich noch einmal, schälte sich dann aus dem Bett und ging ins Bad. Dort stellte sie auf dem Handy den Sender NDR 1 laut an, putzte sich bei *Es schneit* von Rolf Zuckowski die Zähne und duschte anschließend. Der Gedanke an das Rosinenbrot hatte sie hungrig gemacht. Sie würde sich gleich erst einmal beim Bäcker ein Brötchen holen, denn an Frühstück im Hotel war nicht mehr zu denken.

Aber das tat ihrer guten Laune keinen Abbruch. Es war lange her, dass sie so unbeschwert erwacht war und sich auf den Tag gefreut hatte.

Anja war glücklich, nach Juist gekommen zu sein. Sie war glücklich, Mieke und Agnes getroffen zu haben. Und sie war glücklich, dass sie und Thomas wieder in Kontakt standen.

Seit langer Zeit sah Anja endlich einen breiten Lichtstreif am Horizont.

Als sie fertig angezogen war, überlegte sie, doch nicht nur ein Brötchen auf die Hand und einen Kaffee zum Mitnehmen zu erstehen, sondern ihr Vorhaben gleich mit einem Stück

Juister Kultur zu verbinden. Es war inzwischen elf Uhr vorbei, da konnte es schließlich schon ein richtiges Essen sein.

Sie entschied sich für das *Lütje Teehus*, das ein bisschen versteckt im Januspark in einem typischen Friesenhäuschen untergebracht war. Sie hatte erst gestern die Speisekarte studiert und freute sich schon jetzt auf De Pannkook, einen Pfannkuchen, gefüllt mit Rahmspinat und mit Käse überbacken. Zum Nachtisch könnte sie eine der wunderbaren Waffeln nehmen. Mit heißen Kirschen und Vanilleeis, dazu ein Kännchen Ostfriesentee auf dem Stövchen. Danach würde sie vermutlich platzen, aber das machte nichts. Hauptsache, es ging ihr gut!

Anja schlüpfte in ihre Wintersachen und stapfte los.

Auf den Straßen hatte sich von den Fußgängern und den Pferdefuhrwerken eine feste Schneeschicht gebildet. Die Gäste waren vermummt, denn der Ostwind blies scharf über die Insel. Viele zogen Schlitten hinter sich her, auf denen ebenso dick eingemummelte Kinder saßen. Wenn erst die Ferien begannen, würde sich das Bild sicher noch verdichten.

Anja bog rechts ab und gelangte nach einer Weile zum Januspark, wo das *Lütje Teehus* ihr schon wunderbar geschmückt entgegenstrahlte. Es schien sie förmlich anzulächeln.

Sie hatte Glück und ergatterte einen Sitzplatz in der Ecke, wo sie durch das Sprossenfenster nach draußen schauen konnte. Das Interieur war so strukturiert, dass sie glaubte, ständig etwas Neues, liebevoll Gestaltetes zu erkennen.

Im *Lütje Teehus* herrschte eine gediegene und heimelige Atmosphäre. Die Decke bestand aus dunklen Holzbalken, die Wände waren mit feinen Zeichnungen aus der Seefahrt geschmückt. Holzmöbel und andere Accessoires fügten sich zusammen mit den seitlich gebundenen karierten Gardinen zu einer urig friesischen Gemütlichkeit.

Hinzu kam der Weihnachtsschmuck, der raffiniert in das Gesamtbild eingebaut war. Einerseits nahm der Betrachter ihn kaum wahr, und doch zeigte er sich zugleich präsent. Und so lugten hinter den Accessoires kleine Wichtel hervor, die einander zuwinkten, Häschen hoppelten über die Fensterbänke, und ein Weihnachtsmann schleppte seinen Sack. Auf den Tischen standen Gestecke mit Kerzen, die zusätzlich für eine weihnachtliche Atmosphäre sorgten.

Anja fingerte nach ihrem Handy. Sie konnte nicht anders und musste ein Foto machen, das sie später Thomas schicken wollte. Sie bestellte De Pannkook und genoss es, hier zu sein.

Das Gericht war fast eine Geschmacksexplosion. Zwar war es mächtig und Anja eigentlich schon satt, aber sie konnte der Versuchung nicht widerstehen und bestellte doch noch Tee und Waffel. Davon machte sie ebenfalls ein Foto, weil sie sich vorstellte, wie Thomas jetzt hier säße und die Köstlichkeiten gemeinsam mit ihr genießen würde. Er hatte schon damals gern gegessen und eben nicht nur Burger mit Pommes. Nein, er konnte auch ungewöhnlicheren Speisen durchaus etwas abgewinnen, und sie hatten darüber gewitzelt, einmal zu zweit zu kochen.

Ob er sich noch erinnerte?

Anja spürte leise Wehmut, als sie daran dachte, was für Pläne sie in der ersten Verliebtheit geschmiedet und dass sie keinen einzigen davon umgesetzt hatten.

Und wie sehr sie beim Abschied und danach gelitten hatte, obwohl sie beide nach außen hin völlig cool geblieben waren.

»Wir bleiben in Verbindung. War eine schöne Zeit.«

Nur wenige nichtssagende Worte für eine Wolke voller Hoffnungen, die dann einfach weitergezogen war.

Nächtelang hatte Anja zu Hause in ihr Kissen geheult. So lange, bis es ihr gelungen war, dass der Alltag sie einholen und ins Leben zurückkatapultieren konnte.

Irgendwann war Thomas dann kein Thema mehr gewesen.

Anja überlegte, ob sie die Gunst der Stunde nutzen sollte, ihm von hier zu schreiben, jetzt, wo sie so fest an ihn dachte. Agnes und Mieke planten, heute mit dem Nachmittagsschiff nach Wilhelmshaven ins Krankenhaus zu fahren und Miekes Mama zu besuchen. Sie hatte also viel Zeit. Auch mal wieder schön.

Gerade wollte Anja mit der Mail beginnen, als eine WhatsApp von Agnes einging. Sie hatte schon gestern ein bisschen matt gewirkt, hoffentlich war sie nicht krank.

Liebe Anja,
mir geht es wirklich schlecht. Ich habe furchtbare Halsschmerzen und bin völlig schwach. Deshalb kann ich unmöglich mit Mieke nach Wilhelmshaven fahren. Die Kleine heult sich die Augen aus.
LG Agnes

Oje, dann hatte Anja sich gestern nicht geirrt. Aber die Kleine musste doch zu ihrer Mama! Was wäre Mieke sonst enttäuscht. Anja sah den traurigen Blick des Kindes schon vor ihrem geistigen Auge. Sie seufzte, denn mit ihrer vermeintlichen Ruhe und der vielen Zeit war es nun vorbei. Sie musste einspringen, ob es ihr gefiel oder nicht. Alles andere würde sie sich nicht verzeihen.

Anja sah auf die Uhr. Wenn sie sich sputete, würden sie es schaffen, die Fähre nach Norddeich zu bekommen. Aber dann war wirklich höchste Eile geboten.

Rasch tippte sie in ihr Handy:

Ich komme gleich und hole Mieke ab. Ich begleite sie, und du kannst dich ausruhen.

Die Mail an Thomas musste warten.

Kurzerhand bezahlte Anja, lief zum Hotel und packte ein paar Sachen ein. Ein weiteres Schiff würde heute nicht mehr nach Juist zurückfahren, folglich mussten sie die Nacht auf dem Festland verbringen. Das hatte Agnes sicher längst organisiert.

Hauptsache, sie hatte die Unterkunft noch nicht storniert, weil sie glaubte, nicht fahren zu können.

Anja prüfte, ob sie alles dabeihatte, und verließ das Appartement. Sie steuerte die Rezeption an und sagte dort Bescheid, dass sie kurzfristig aufs Festland müsste.

»Ist etwas Schlimmes passiert?«, fragte die Dame sofort besorgt nach.

Anja schüttelte den Kopf und erklärte kurz, worum es ging.

»Sie sind aber wirklich nett, wenn Sie da einspringen!« In der Stimme der Hotelangestellten schwang ehrliche Bewunderung. »Dann gute Überfahrt, kommen Sie gesund zurück!«

Im Laufschritt verließ Anja das Hotel und steuerte auf die nahe gelegene Ferienwohnung von Agnes und Mieke zu. Sie befand sich zum Glück gleich ums Eck oberhalb des Frisiersalons.

Mieke war schon fertig angezogen und hielt den Griff eines kleinen blauen Trolleys umklammert. Auf dem Rücken hatte sie einen rosafarbenen Rucksack mit einem Einhorn darauf, in der Hand baumelte eine Pippi-Langstrumpf-Puppe. Ihr Hals war bereits mit einem Schal fest umwickelt, auf dem Kopf trug sie eine pinkfarbene Strickmütze.

»Danke, dass du mit mir zu meiner Mama fährst«, sagte sie. »Ich hab Heimweh!«

Anja nahm sie kurz in den Arm. »Das mache ich doch gern. Aber wir müssen uns beeilen, sonst fährt die Fähre noch ohne uns ab.« Draußen war schon das laute Trolleyrollen der ankommenden und abreisenden Gäste zu hören. Kam ein Schiff, wirkte es stets so, als fände auf Juist eine Völkerwanderung statt.

»Wenn wir die Fähre verpassen, dann nehmen wir das Flugzeug!«, sagte Mieke. »Ich wollte das schon vorher, aber Agnes hat Angst.«

Anja strich ihr übers Haar und ging zu Miekes Tante, die auf dem Sofa lag und wirklich sehr krank aussah. Ihre Nase war rot geschwollen, die Augen wirkten glasig und ihre Stimme klang, als hätte sie einen Kloß im Hals.

»Kann ich dich denn allein lassen?«, fragte Anja besorgt.

»Aber ja. Hauptsache, die Lütte sieht ihre Mutter.«

Agnes reichte Anja einen Zettel, auf dem sie die Station und Zimmernummer im Krankenhaus vermerkt hatte.

»Ich habe den Wagen auf dem Großparkplatz in Norddeich geparkt.« Sie erklärte Anja, wo sie ihn genau finden konnte, und reichte ihr den Schlüssel.

»Für die Nacht ist im Hotel Reichshof in Norden ein Zimmer reserviert. Hier ist die Adresse. Gut, dass du gleich geantwortet hast, ich wollte gerade stornieren.« Agnes hustete heftig. »Von dort kommt ihr ohne Probleme mit dem Wagen zum Anleger zurück. Und nun schnell ab mit euch!«

Anja schaute noch einmal zur Uhr. »Gut, dann bis morgen. Und gute Besserung!«

»Danke, Anja.« Agnes winkte matt und wirkte erleichtert, das Kind in guten Händen zu wissen.

Anja schnappte sich die beiden Trolleys und zog mit Mieke los. Am Anleger herrschte das übliche Gedränge, zum Glück kamen sie gerade noch auf die Fähre.

Weil sie spät dran waren, mussten sie im Bauch des Schiffes auf den bereitgestellten Klappstühlen Platz nehmen. Anja war ein wenig unglücklich darüber, aber Mieke freundete sich sofort mit einem großen Bernhardiner an. Vorsichtshalber hakte Anja bei dem Besitzer nach, ob es in Ordnung war, dass Mieke den Hund anfasste, doch der Mann beruhigte sie.

»Dat iis eine Seele von Hund, kann ich wohl sagen. Der tut nix machen, der Harald. Der tut heißen wie der König von Norwegen, nich wahr?«

Mieke setzte sich zu Harald, der ihren Geschichten geduldig lauschte und sich sichtlich gern streicheln ließ.

Anja griff zum Handy. Es war jetzt vierzehn Uhr, und das Schiff brauchte neunzig Minuten bis Norddeich. Mieke war beschäftigt, und sie hatte Zeit, Thomas endlich zu antworten.

Lieber Thomas,
du glaubst gar nicht, wo ich bin! Auf dem Schiff zurück zum Festland, wo ich doch dachte, ich hätte mal einen ruhigen Tag für mich. Ich habe, genau wie du gestern, heute hoffnungslos verschlafen und sogar das Frühstück verpasst. Ich war dann in der Teestube, ein Foto davon und auch von den fantastischen Waffeln hänge ich an.

Das darf ich nicht vergessen, dachte Anja. Sie warf einen prüfenden Blick zu Mieke, die noch immer den Nacken des massigen Hundes kraulte. Harald genoss die Zuwendung mit geschlossenen Augen.

In der Teestube ist mir eingefallen, dass wir uns früher mal zum Kochen verabreden wollten. Ich habe mich damals weit aus dem Fenster gelehnt und behauptet, ich könnte den besten ostfriesischen Grünkohl ever machen. Mit

Pinkel und Kassler, Kochwurst ... Ich wusste, ehrlich gesagt, gar nicht, wie das ging, aber ich wollte bei dir mithalten, weil du für mich ein echtes badisches Gericht kredenzen wolltest. Mir war es peinlich, dass ich nur Spaghetti bolognese konnte. Das hätte ich natürlich niemals zugegeben!

Daraus – und aus so vielen anderen Dingen – ist ja leider nie etwas geworden. Eigentlich schade. :-) Ich esse nämlich noch immer sehr gern so richtig gute Sachen. Am liebsten mehrere Gänge, und inzwischen sind zu den Spaghetti auch noch andere Gerichte hinzugekommen.

Damals hat mir an dir gefallen, dass du nicht der Burger-Fraktion angehangen hast. Ich meine, es war ja schon Kult, in dieses große amerikanische Fast-Food-Restaurant zu gehen, und du bist auf diesen Zug nicht aufgesprungen, sondern hattest eigene Vorstellungen, was gutes und leckeres Essen ist. (Jetzt erzähl mir bitte nicht, dass du auf Fertigpizza umgestiegen bist.)

Ich fand Fast Food schon immer gewöhnungsbedürftig. Bis auf die Milchshakes, die gibt es nirgendwo besser als da.

Du hast damals von Wein geschwärmt, wahrscheinlich trinkt ihr ihn in Baden bereits mit der Flasche? Hier bekommen unsere Babys Jever Pils.

Ich schweife ab.

Meine Ruhe wurde jedenfalls jäh unterbrochen, weil Agnes krank ist und nun nicht mit Mieke ins Krankenhaus fahren kann. Aber die Lütte muss ihre Mutter doch sehen! Na ja, ich bin dann eingesprungen. Nun sitze ich im Bauch des Schiffes, lausche dem Bollern des Motors und bin von merkwürdigen Gerüchen umgeben. Eine Melange aus Motoröl, Hundefell und Knoblauch (neben mir der

Herr war gaaaanz sicher gestern griechisch essen). Ich werde es überleben.
Heute Nacht schlafe ich mit Mieke in einem Hotel in Norden, vielleicht kann ich dir von dort noch schreiben. Falls du bis dahin geantwortet hast. Sonst hörst du nach meiner Rückkehr von mir.
Wie schön, dass es jetzt im Schwarzwald ebenfalls schneit. Das weiß gepuderte Zauberland kann ich leider nicht weiter genießen. Morgen soll das Wetter umschlagen. So klasse der Wintereinbruch auch ist, der beißende Ostwind setzt mir ganz schön zu und lässt mein Gesicht einfrieren, wenn ich mich nicht doll mit einem Schal umwickle.
Liebe Grüße vom Wattenmeer
Anja

PS: Kannst du bei eurem Christkind (hier kommt ja der Weihnachtsmann) mal nachfragen, ob es den Schnee zu Weihnachten noch einmal rieseln lässt? Ich versuche dasselbe bei unserem Rotbemützten. Doppelt hält aber bestimmt besser.

Bevor sie auf »Senden« drückte, hängte Anja noch rasch die beiden Fotos an. Und kurzerhand schoss sie auch eines von den Menschen- und Hundemassen im Schiffsbauch. Sie hoffte, Thomas konnte so erahnen, was sie mit den Gerüchen meinte.

Kapitel 12

Die ganze Wohnung roch nach gedünsteten Zwiebeln. Thomas riss das Küchenfenster auf, um noch einmal richtig durchzulüften, bevor Christine kam. Zu blöd, dass er nicht daran gedacht hatte, die Küchentür zuzumachen, während er die Kässpätzle zubereitete. Ihn persönlich störte der Geruch nicht, er fand ihn eher appetitanregend, aber wenn man von draußen aus der klaren Luft in die Wohnung kam, mochte das völlig anders wirken.

Sicherheitshalber öffnete er auch im Wohnzimmer das Fenster, dann ging er ins Schlafzimmer, um sich ein frisches Hemd anzuziehen.

Die Kässpätzle waren im Ofen, der Ritscherli-Salat – der Feldsalat – vorbereitet, er musste nur noch das Dressing darübergießen, wenn Christine Platz genommen hatte.

Schade, dass es nicht Anja war, die er erwartete. Schließlich hatte sie ihn mit ihrer Mail auf die Idee gebracht, was er heute kochen wollte.

Ja, er erinnerte sich. Sie waren am Spülsaum entlangspaziert, damals auf Juist, und hatten dann am Strand gesessen und sich ausgemalt, zusammen am Herd zu stehen und sich gegenseitig all die Gerichte vorzustellen, die außerhalb der eigenen Heimatregion fremd waren. Er hatte seinen Arm um Anja gelegt, und ihr Kopf hatte auf seiner Schulter geruht, als er ihr von seinen Kässpätzle erzählt hatte.

Thomas seufzte. Wie lange das her war!

Seine Mutter hatte ihn schon als Kind in der Küche helfen lassen, und so hatte er ganz nebenbei kochen gelernt. Früher, in der Zeit mit Christine und den Jungs, hatte er sehr viel und gerne am Herd gestanden, dabei wunderbar seine berufliche Anspannung vergessen können. Aber in den letzten Jahren, in denen er allein lebte, hatte er oft keine große Lust mehr darauf, und manchmal tat es eben auch eine Fertigpizza.

Doch seit er am Nachmittag Anjas Mail gelesen hatte, war ihm beim Gedanken an Kässpätzle – so richtig schön mit gedünsteten Zwiebeln, gebratenem Speck und viel Käse – das Wasser im Mund zusammengelaufen. Und deshalb würde Christine heute in den Genuss einer warmen Mahlzeit kommen, auch wenn sie nicht gerade ein Fan dieses gehaltvollen Gerichts war.

Worüber sie wohl mit ihm reden wollte? Sie hatte vorgestern am Telefon ein wenig seltsam geklungen. Nun, er würde es in Kürze erfahren.

Thomas ging durch die Wohnung und schloss die Fenster wieder. Dann warf er einen Blick in den Backofen. Das sah bereits fertig aus. Nur noch ein bisschen Nachwärme, und die Kässpätzle waren perfekt. Jetzt war zu hoffen, dass Christine pünktlich auftauchte.

Grünkohl hatte er selbst nie gekocht. Aber im Nordseeurlaub natürlich schon mehrfach gegessen. Mit Pinkel. Obwohl das gut schmeckte, war ihm bis heute schleierhaft, warum die Ostfriesen ihre Grützwurst mit einem so unappetitlichen Namen bedacht hatten.

Als Anja das erste Mal von Pinkel gesprochen hatte, war er in pubertäres Gekicher ausgebrochen – was ihm später total peinlich gewesen war. Aber die Heiterkeit hatte eben immer unter der Oberfläche gelauert, wenn er mit Anja zusammen war. Bei jeder Kleinigkeit hatten sie herumgeflachst.

Unwillkürlich lächelte er bei dem Gedanken. Er lächelte auch noch, als es klingelte und er die Tür öffnete.

»Hallo, Christine.«

»Thomas!« Sie umarmte ihn und deutete Küsschen links, Küsschen rechts an. »Ich hoff, ich bin nicht zu spät?«

»Nein, genau richtig. Komm einfach gleich durch in die Küche.«

»Das riecht ja toll hier.«

Während Christine sich an der Garderobe aus den warmen Klamotten schälte, stellte Thomas die Auflaufform und die Salatschüssel auf den gedeckten Tisch, zündete eine Kerze an und holte den Riesling aus dem Kühlschrank.

»Das haben wir lange nicht mehr gemacht«, sagte Christine, als sie sich setzte. »Zusammen gegessen.«

Thomas zuckte mit den Achseln. Warum auch? Wenn er nicht ausgerechnet heute Lust gekriegt hätte zu kochen, hätte er ein paar Nüsse zum Knabbern hingestellt und fertig. Auch wenn er den Tisch sorgfältig gedeckt hatte und eine Kerze brannte, war dies schließlich kein Date, sondern nichts weiter als eine Besprechung mit seiner Ex. Thomas nahm ihr gegenüber Platz.

»Bedien dich.« Er schob Christine die gläserne Salatschüssel hin.

Sie nahm reichlich Feldsalat, von den Kässpätzle dafür nur eine kleine Portion. Thomas schmunzelte. Manche Dinge änderten sich nicht.

»Du siehst gut aus«, sagte sie.

»Danke. Du ...«, er sah Christine an, »eher erschöpft.«

Sie hatte sich »zurechtgemacht«, wie sie es immer nannte, das kinnlange, dunkelbraune Haar war glatt geföhnt und ohne den geringsten Ansatz – sie musste es ganz frisch gefärbt haben. Dazu war Christine dezent geschminkt. Ihren Lippenstift hatte sie genau im Farbton ihres Blusenkragens gewählt – auf so etwas legte seine Ex Wert. Sie sah gut aus, keine Frage, doch sie wirkte nicht gerade wie das blühende Leben. Ihre Fältchen erschienen tiefer als noch vor wenigen Wochen, als sie sich zuletzt gesehen hatten, und ihre Augen müde.

»Stress bei der Arbeit?«, fragte Thomas.

»Auch.«

Das klang gar nicht gut.

»Dann stärk dich erst mal. Zum Wohl.« Er hob sein Weinglas, prostete ihr zu und nahm den ersten Schluck. Wunderbar, der spritzige *Klingelberger Riesling* passte ideal zu diesem Essen. Obwohl er ihn nicht als Baby mit dem Fläschchen bekommen hatte.

Der Gedanke an Anjas Vermutung über Babynahrung im Badischen amüsierte ihn erneut. Er musste ihr unbedingt schreiben, dass er, wie seine Mutter gern erzählte, auch noch im Weinberg zwischen den Reben laufen gelernt hatte.

»An was denkst du? Du warst gerade ganz weit weg«, sagte Christine und zog ihre Brauen leicht zusammen.

Irrte er sich, oder beschwerte sie sich? Ein wenig klang ihre Stimme so, und das hinterließ ein seltsam unangenehmes Gefühl in seiner Magengegend.

Er wich ihrem fragenden Blick aus. »Ich genieße den Wein«, erklärte er und hob sein Glas, um die hellgoldene Flüssigkeit darin anzusehen. »Das vorletzte Jahr war wirklich ausgezeichnet für den Klingelberger. Findest du nicht auch?«

Christine nickte mechanisch, schien aber mit ihren Gedanken nicht bei der Sache zu sein. Ihr Glas war bereits leer.

»Möchtest du noch ein bisschen? Oder bist du mit dem Auto da?«, fragte er, ganz der gute Gastgeber, während er auf die Weinflasche deutete.

Sie schüttelte den Kopf und hielt ihm das Glas hin. »Beate war heute den Nachmittag über bei mir und hat mich dann hierher mitgenommen. Ich muss also nicht fahren. Gieß ruhig nach.«

Thomas runzelte die Stirn. War etwas mit einem der Kinder? Was sonst sollte Christine mit ihm besprechen wollen, was sie nicht schon mit ihrer besten Freundin durchgekaut hatte? Ob es besser war, wenn er sie jetzt gleich darauf ansprach? Nein, falls es tatsächlich ein größeres Problem zu beraten gab, würde das mit vollem Magen bestimmt einfacher sein. Er kannte sich. Sobald er Hunger hatte, war er immer auch ein wenig reizbar. Und auf eine Auseinandersetzung mit Christine legte er nun wirklich keinen Wert.

Er erzählte also unverbindliche, kleine Vorkommnisse aus der Schule und fragte, wie es Beate ging und ob sie ihren Hund inzwischen erzogen hatte. Der Dackel mit dem klangvollen Namen Carlos erwies sich als wunderbar neutrales Gesprächsthema. Thomas erfuhr mehr über Beates Dackel, seine Kapriolen und seine Hundetrainerin, die ihm die Unarten jetzt austreiben sollte, als er je hatte wissen wollen.

Schließlich waren sie mit dem Essen fertig.

»Zum Nachtisch hab ich nichts Besonderes gemacht«, sagte Thomas und räumte das benutzte Geschirr zur Seite. »Ich hab aber noch eine Tafel Schokolade, wenn du was Süßes zum Abschluss möchtest.«

Christine schüttelte den Kopf. »Kann ich kurz auf den Balkon?«

Sie rauchte also wieder.

»Von mir aus, dann mach ich hier inzwischen schon mal klar Schiff.«

Christine sah ihn verdutzt an, sagte jedoch nichts, sondern verließ die Küche ohne eine weitere Bemerkung. War sie überrascht, dass er nicht mit ihr hinausging? Oder irritierte sie die norddeutsche Redensart, die ihm plötzlich herausgerutscht war?

Thomas räumte das schmutzige Geschirr in die Spülmaschine und versorgte die restlichen Kässpätzle, von denen eine schöne Portion für den nächsten Tag übrig geblieben war. Den Salat hatten sie aufgegessen.

Er goss sich noch ein halbes Glas Wein ein und setzte sich wieder an den Tisch, um auf Christine zu warten.

Allzu lange dauerte ihre Rauchpause nicht, vielleicht war es ihr zu kalt an der frischen Luft. Es war ohnehin Zeit, dass er endlich erfuhr, was los war.

Sie setzte sich und griff nach der Weinflasche.

»Ich wusste nicht, ob du noch was willst«, entschuldigte er ihr leeres Glas.

»Schon gut.« Sie goss sich den Rest ein und schien enttäuscht, dass er nur so klein war.

Thomas stand auf, um eine zweite Flasche Wein aus dem Kühlschrank zu holen und zu öffnen. Sie schob ihm ihr Glas hin, und er füllte auf.

Das seltsame Gefühl in seiner Magengrube wurde deutlicher. Christine hatte um einiges mehr getrunken als er, das war eher ungewöhnlich. Von allein schien sie dennoch das Thema, das sie besprechen wollte, nicht anzuschneiden. Also musste er wohl drauflosraten, was sie so beschäftigte.

»Hast du dich damit abgefunden, dass Henry Weihnachten mit seiner Freundin feiern will?«

»Ja, das ist schon okay.«

Es ging nicht um Henrys Weihnachtspläne, obwohl Thomas sich nicht vorstellen konnte, dass Christine wirklich damit einverstanden war. Am besten fragte er doch direkt.

»Gut. Und was ist dann nicht okay?«

Seine Ex-Frau seufzte tief. »Du kennst mich zu gut.«

»Nun, dass was nicht stimmt, war nicht schwer zu erraten. Du hast schließlich gesagt, du willst was mit mir besprechen. Also los!«

Ein wenig druckste Christine noch herum, bevor sie »Ralf« sagte.

»Ralf?« Jetzt war Thomas doch überrascht. »Was ist mit deinem Mann?«

»Ach, weißt du, Thomas, es ist gerade alles so schwierig. Er hat immer so wenig Zeit und überhaupt ...« Christine biss sich auf die Unterlippe, und ihre Augen schienen feuchter als eben noch. Ein flehender Ausdruck lag auf ihrem Gesicht, an den er sich nur allzu gut erinnerte.

Mist, dachte er, sie wird doch nicht schon wieder ...

»Du hast Eheprobleme?«, fragte Thomas direkt. »Und damit kommst du ausgerechnet zu deinem Ex-Mann? Ich bin nicht sicher, ob ich das ganz passend finde.«

»Aber wir sind doch ... Freunde«, wandte Christine ein. »Die Scheidung ist schließlich Jahre her, und wir haben uns immer gut verstanden.«

Thomas schüttelte den Kopf. »Nicht so. Wenn's sich um die Jungs dreht, können wir natürlich gerne alles besprechen. Das hat ja bisher gut funktioniert. Nur werde ich mich auf keinen Fall in die Angelegenheiten zwischen dir und deinem Ralf einmischen. Deine Ehe geht mich überhaupt nichts an, und wenn du jemanden zum Reden brauchst, kann dir Beate ohnehin viel besser helfen.«

Er merkte, dass sich der Ärger, der langsam, aber sicher in ihm aufstieg, in seiner Stimme niederschlug, und atmete einmal tief durch. Immerhin war nichts Schlimmes mit den Jungs. Doch Christines Verhalten brachte ihn trotzdem aus dem Gleichgewicht. Was wollte sie von ihm?

Thomas schwieg. Er hatte geglaubt, Situationen wie diese längst hinter sich gelassen zu haben.

Dieses Mal nicht, dachte er, dieses Mal nicht mehr. Er holte einmal tief Luft.

»Ich glaube, es ist besser, wenn du jetzt gehst.« Er erhob sich.

»Aber ich bräuchte mal die Meinung eines Mannes …«, setzte Christine an, den Blick voller Erwartung.

»Sorry. Ich bin dafür ganz bestimmt nicht der Richtige. Und ich muss auch gleich noch ein bisschen arbeiten.« Er war immer am besten gefahren, wenn er Dinge klar sagte.

Christine schien etwas erwidern zu wollen. Doch sie fügte sich, stand ebenfalls auf und ging ohne ein weiteres Wort zur Garderobe, um sich wieder warm einzupacken.

»Danke trotzdem. Für das Essen und so. War schön mit dir«, sagte sie und umarmte ihn zum Abschied.

Als die Tür hinter ihr ins Schloss fiel, atmete Thomas auf. Er räumte ihr Glas mit dem Lippenstiftrand in die Spülmaschine und goss sich selbst erneut ein. Mit dem Wein ging er hinüber ins Wohnzimmer und fuhr den Laptop hoch, der auf dem Couchtisch bereitlag.

Natürlich musste er in Wirklichkeit weder korrigieren noch Unterricht vorbereiten. Er hatte sich den Abend extra freigehalten und sich tatsächlich auf ein Gespräch mit Christine gefreut. Aber so eines?

Er war zugegebenermaßen durcheinander. Eben an der

Tür hatte sie wieder diese feuchten Augen gehabt, die ihn immer verleiteten, sie in die Arme zu schließen. Doch sie hatte sich damals für Ralf entschieden und ihn verlassen. Für sie da zu sein war nicht mehr seine Aufgabe.

Seine Aufgabe war es, Anja eine nette und fröhliche Mail zu schreiben.

Liebe Anja,
ich hab's ja gesagt, die kleine Mieke kann sich wirklich glücklich schätzen, dass ausgerechnet du sie gefunden hast.
Wie war's im Krankenhaus? Oder geht ihr erst morgen früh da hin?
Den Bernhardiner Harald hätte ich auch gerne kennengelernt, obwohl ich ja eher ein Katzenmensch bin. Ich habe keine eigene Katze, allerdings – wenn irgendwo eine rumläuft, kommt die meistens sofort zu mir. Hast du ein Haustier? Sicher keinen großen Hund, aber vielleicht einen Goldfisch?
Ich hab heute Abend Kässpätzle gemacht. Die wollte ich damals unbedingt für dich kochen. Und dazu Feldsalat, der bei uns Ritscherli heißt. So hast du mich also mit deinen Erinnerungen in der Mail inspiriert, und ich hab auf die Fertigpizza verzichtet.
Einen guten Weißwein habe ich auch getrunken …

Thomas nahm einen Schluck, ließ ihn die Kehle hinunterfließen und überlegte. Er konnte Anja schlecht von Christine und ihrem unpassenden Versuch, ihre Eheprobleme mit ihm zu besprechen, schreiben.

… und an dich gedacht.

Das war kaum geschwindelt, denn fast sofort, als Christine weg gewesen war, waren seine Gedanken schon wieder bei Anja gelandet.

Danke für die Fotos – ich kann mir gerade so richtig gut vorstellen, wo du bist, obwohl ich Juist noch nie verschneit gesehen habe. Bei uns hat es schon wieder etwas getaut, und ein Teil des Schnees ist zu Matsch geworden. Das ist weniger schön.
Bei mir gibt es sonst nichts Neues, was ich dir berichten könnte. Darum mach ich jetzt Schluss.

Die Kerzen brennen
Tannenduft und Zuckerzeug
Lebkuchenhäuschen

Herzliche Grüße
Thomas

Er sandte die Mail an Anja ab, ohne sie erneut durchzulesen. Dann erst fielen ihm noch jede Menge Dinge ein, die er hätte schreiben können. Doch dafür war es jetzt zu spät, und eine zweite Mail hinterherzuschicken würde seltsam aussehen. Was sollte sie denken? Auch mit dem Haiku war er dieses Mal gar nicht zufrieden, er war zwar adventlich, aber eigentlich nichtssagend.

Thomas trank seinen letzten Schluck Wein aus. Er stand auf und ging zum Fenster. Der Himmel war heute bedeckt und zeigte weder Sterne noch den Mond, dessen Anblick Anja und ihn damals in den Dünen so fasziniert hatte. Wie romantisch er sich vorgekommen war, als er sie unter dem sommerlichen Vollmond zum ersten Mal geküsst hatte!

Thomas wandte sich ab. Er würde heute früh ins Bett gehen und lesen. Oder vielleicht noch ein wenig an Anja denken, an sie beide, vor so vielen Jahren.

Sie waren naiv gewesen zu glauben, sie würden nach diesem verzauberten Sommer in Kontakt bleiben können. Was waren Briefe und kurze, teure Ferngespräche im Vergleich damit, ihre Hand zu halten, sie zu umarmen, seine Lippen ihre finden zu lassen? In Anjas strahlende Augen zu blicken, ihre zarte, von der Sonne geküsste Haut zu spüren ...

Anjas Stimme am Telefon hatte die wenigen Male, an denen er sich überwunden und sie angerufen hatte, immer so fremd geklungen, und er selbst hatte auch nicht wirklich gewusst, wie er ihr sagen sollte, dass er sie schrecklich vermisste. Briefe zu schreiben, war ihm erheblich leichter gefallen, doch er hatte die meisten nicht abgeschickt, weil sie ihm zu schmalzig klangen.

Wahrscheinlich war das ein Fehler gewesen, erwachsen aus falschem Stolz und einem gewissen Selbstschutz. Aber Anjas Worte in ihren nicht gerade häufigen Briefen hatte er stets als nüchtern empfunden. Und natürlich hatte er ihr nicht nachlaufen wollen. So was hatte schon damals als uncool gegolten, auch wenn sie das nicht so genannt hatten.

Zudem war da der Abi-Stress gewesen und ... na ja. Es nützte nichts, sich heute zu überlegen, was er als Achtzehnjähriger hätte anders machen können. Sie hatten sich nicht wiedergesehen. Punkt.

Umso schöner war es, jetzt ein wenig an ihrem Leben teilzuhaben und die Wärme zu spüren, die immer noch von ihr ausging.

Thomas brachte sein leeres Glas in die Küche und schaltete das Licht aus. Auf einen Schlag war es dunkel in der

Wohnung. Nur vom Haus gegenüber leuchtete der Stern aus kleinen Lämpchen in sein Fenster.

Er blieb stehen und sah hinaus. Eines war noch zu tun, bevor er ins Bett ging – er musste dem Christkind Anjas Wunsch weitergeben. Er lächelte, als er an ihre kindliche Bitte dachte. Nicht nur, dass er ihre Hoffnung auf weiße Weihnachten gut verstehen konnte, er freute sich auch darüber, dass sie ihn gebeten hatte, sie zu unterstützen. So würden sie beide gemeinsam die weihnachtlichen Mächte anrufen.

Die Worte kamen ganz leicht.

Bitte ans Christkind:
Sende für Anja und mich
Schnee zum Weihnachtsfest!

Kapitel 13

Anja hatte schlecht geschlafen, obwohl das Hotelbett und auch das Zimmer sehr gemütlich waren. Aber der Ostwind brüllte ums Haus, und sie war einige Male von einem Scheppern aufgewacht. Der Sturm war in der Nacht aufgefrischt und hatte im Laufe der Stunden an Fahrt zugelegt. Zudem war Anja nicht daran gewöhnt, ein kleines Mädchen neben sich liegen zu haben, das ständig die kalten Füße an ihren Waden wärmte und ab und zu im Schlaf aufschluchzte. Hin und wieder war Anja versucht gewesen, Mieke in den Arm zu nehmen, aber sie hatte es in der Furcht, sie aufzuwecken, nicht gewagt. Ihr fehlte einfach die Erfahrung mit Kindern.

Jetzt schlug Mieke die Augen auf und lächelte Anja selig an. »Es war gestern so schön bei meiner Mama. Und wenn nächste Woche Weihnachten ist, darf sie bestimmt nach Hause. Mama sagt, sie betet dafür«, erklärte sie ernsthaft. »Und tut man das, dann hört es der liebe Gott ganz sicher.«

Anja musste bei den Erklärungen, die so entzückend aus dem Kindermund klangen, schon wieder schmunzeln.

Es war für die Lütte wunderbar, dass sie endlich ihre Mama hatte besuchen können. Anja war jedoch nur zu Beginn mit ins Zimmer gegangen. Sie musste Miekes Mutter schließlich mitteilen, warum sie und nicht Agnes gekommen war. Ihre Schwester hatte sie jedoch bereits informiert.

Mieke war ihrer Mutter wie aus dem Gesicht geschnitten. Schmal war sie, blond, und sie machte einen zerbrechlichen Eindruck. Allerdings saß sie im Jogginganzug am Tisch und war nicht mehr bettlägerig. Trotzdem wirkte die Umgebung ein bisschen trostlos, daran änderte auch das magere Gesteck mit der künstlichen Teelichtkerze auf dem Tisch nichts.

»Danke, dass Sie mein Kind gebracht haben. Ich bin Sabrina«, sagte sie und wirkte etwas hilflos, wie sie jetzt weiter mit der Situation umgehen sollte. »Wollen wir Du sagen?«

»Gern«, antwortete Anja erleichtert. »Ich kann Mieke hierlassen und sie nach einer abgesprochenen Zeit wieder abholen, wenn dir das nicht zu viel ist«, schlug sie vor.

»Das würdest du tun?«

»Ja, und zwar gerne.« Sie freute sich auf einen Spaziergang, und später würde sie in der Cafeteria, die sich hinter der Halle des Haupteingangs befand, einen Kaffee trinken. Anja war froh, dass sie nicht in derselben Klinik arbeitete und deshalb keinen kannte.

Nach zwei Stunden war sie zurückgegangen, hatte Mieke abgeholt und war mit ihr zurück nach Norden gefahren, wo das Hotel gebucht war, sodass sie heute keine lange Anreise zum Fähranleger hatten.

Anja knuffte die Kleine in die Seite. »Jetzt ziehen wir uns aber an und gehen frühstücken, damit wir nachher das Schiff bekommen. Agnes wartet sicher auf Juist schon sehnsüchtig auf uns.«

Mieke sprang aus dem Bett, schlüpfte in ihre Anziehsachen, und in Windeseile stand sie fertig da.

»Ich brauche allerdings ein kleines bisschen länger.« Anja lachte. »Ich muss morgens duschen, sonst fühle ich mich unwohl.«

»Mama und Agnes auch«, sagte Mieke. »Aber das macht

nichts, ich habe mein Weihnachtsmannbuch mit. Das schaue ich mir an.«

Anja duschte, und während sie sich danach das Haar frisierte, schaute ihr Mieke dabei zu. »Ich finde es voll schön hier«, sagte sie. »Weil du neben mir geschlafen hast. Und weil das Abendessen lecker war. Und weil …«, sie schmiegte sich plötzlich an Anja, »weil du lieb bist!«

Anja ließ die Bürste sinken und nahm Mieke in den Arm. Wie gut die Kleine roch! »Ich freue mich auch, dass wir zusammen sind«, flüsterte sie.

Mit einem Mal schien das ganze Hotel zu scheppern. Mieke drückte sich erschrocken noch enger an Anja.

»Das ist nur der Wind«, erklärte diese. »Er tobt sich heute ein bisschen stärker aus als sonst.«

Mieke löste sich wieder und sagte erleichtert: »Das kenne ich. Mama meint immer, es ist die Windbraut, die tanzt. Und Agnes behauptet, es ist Herr Wolkenpuster. Was stimmt denn nun?«

Anja zuckte mit den Schultern. »Keine Ahnung. Vielleicht sind sie ja verheiratet und arbeiten gemeinsam?«

Das schien Mieke einzuleuchten, Anja sah allerdings, dass es sie beschäftigte.

»Hast du keinen Mann, der auf dich aufpasst?«, fragte sie dann.

Anja schluckte. »Mein Mann ist gestorben und sonst …«

Gibt es Thomas, fügte sie in Gedanken hinzu, aber eigentlich gab es ihn ja nicht wirklich. Nicht so.

»Mein Papa ist weggeflogen. Nach Ägypten«, erzählte Mieke. »Und nicht wiedergekommen, weil er lieber Pyramiden anguckt.« Sie rieb sich nachdenklich die Nase. »Du weißt, was das ist?«

»Ja, das weiß ich«, antwortete Anja ernst. »Kommt dein

Papa dich denn ab und zu mal besu…« Sofort biss sich Anja auf die Zunge, die Frage war jetzt wirklich dumm von ihr, sie wusste doch, was Agnes ihr erzählt hatte.

Mieke schüttelte hektisch den Kopf und rannte aus dem Bad. Das alles erschien Anja sehr verzwickt, wenn dann auch noch die Mutter so krank war, musste es für Mieke eine ziemliche Belastung sein. Wenigstens ging es Sabrina wieder besser.

Anja beeilte sich, und schließlich konnten sie in den Speisesaal gehen. Sie steuerten den Seitentrakt des Hotels an, in dem sich das urige Restaurant befand. Dort wartete auf sie ein opulentes Frühstück, vieles in Bioqualität. Als sie am Empfang vorbeikamen, wurde Anja von der Rezeptionistin angesprochen. »Frau Marquart?«

Sie blieb stehen. »Ja, was gibt es?«

»Sie wollten doch nachher mit dem Schiff nach Juist fahren. Das klappt leider nicht. Wegen des kräftigen Ostwindes wird das Wasser nicht hoch genug auflaufen, und deshalb geht heute keine Fähre.« Bedauernd zuckte die Empfangsdame mit den Schultern.

»Ach, du liebe Zeit«, entfuhr es Anja. »Und jetzt?«

»Sie dürfen das Zimmer gern eine weitere Nacht behalten. Es ist erst morgen wieder vergeben. Dann können Sie noch einen Tag die Stadt Norden erleben oder unsere Wellnessabteilung nutzen. Der Pool ist schön warm, und daneben haben wir ein beheiztes Strandzimmer mit echtem Sand. Das wäre ja auch was für die Kleine. Es gibt Getränke und Obst, wenn Sie mögen. Sauna kommt mit Kind eher nicht infrage, oder?«

Anja bedankte sich. »Ich schau mal, was wir mit dem Tag machen. Aber gern nehme ich das Angebot an, das Zimmer eine Nacht zu verlängern.«

Etwas anderes blieb ihr schließlich nicht übrig. Sie musste nur Agnes noch verständigen.

»Gut, dann trage ich Sie ein«, erklärte die Frau an der Rezeption.

Mieke hatte die ganze Zeit zugehört, und nun glitt ein Strahlen über ihr Gesicht. »Au fein! Wenn wir hierbleiben, können wir Mama gleich noch mal besuchen. Später gehen wir ins Schwimmbad und legen uns in den Sand!«

»Wir sprechen beim Frühstück darüber«, meinte Anja.

Sie hatte Mieke gestern lang und breit erklärt, dass sie nicht in den hauseigenen Pool gehen konnten, weil es viel zu spät war. Nun fehlten ihr die Ausflüchte. Außer dass weder Anja noch Mieke Schwimmzeug mithatten. Das wollte sie eben anmerken, als die Kleine schon weitere Pläne schmiedete. »Wir haben gar keine Badesachen mit, aber bestimmt kann man in Norden so was kaufen. Ich möchte einen Bikini mit Erdbeeren darauf, und dir steht das sicher auch gut. Dann sehen wir aus wie Zwillinge.«

Anja schürzte entsetzt die Lippen, und sie sah, dass sich die Rezeptionistin ebenfalls das Lachen kaum verkneifen konnte.

»Gut, das sehen wir dann ja«, sagte Anja. »Jetzt frühstücken wir, und anschließend können wir wirklich noch einmal ins Krankenhaus fahren. Ich gebe Agnes gleich Bescheid, dass wir erst morgen kommen. Ich hoffe, bis dahin wird es ihr auch wieder besser gehen.« Sie wandte sich erneut an die Rezeptionistin. »Wann geht das Schiff denn morgen?«

Sie reichte Anja den Fahrplan. »Um elf.« Dann schaute sie zu Mieke. »Und für dich gibt es beim Frühstück gleich noch eine Überraschung.«

»Was denn?«

»Heute ist der 15. Dezember, und natürlich haben wir für unsere kleinen Gäste einen Adventskalender. Du musst an dem großen Tannenbaum nur nach der Fünfzehn schauen. Kennst du die Zahlen schon?«

»Klar!« Mieke stürmte so schnell los, dass Anja kaum hinterherkam. Sie fand die Kleine am Baum, wo sie die Äste taxierte und nach dem Päckchen suchte. »Bei Agnes steht auch ein Kalender«, erklärte sie. »Aber ich hab ihn nicht mitgenommen, weil wir heute zurückfahren wollten. Dann kann ich morgen zwei Türchen öffnen!« Plötzlich glitt ein Grinsen über Miekes Gesicht. »Da oben hängt es!« Sie zeigte auf eine rot eingepackte Schachtel, stellte sich auf die Zehenspitzen, zog sie ab und musterte den Baum. »Nach der Fünfzehn kommt die Sechzehn, und für morgen ist da noch eins. Das finde ich gut.« Zufrieden folgte sie Anja zum Tisch, wo sie erst einmal ausgiebig frühstückten.

Trotz des Spaßes, den sie mit Mieke hatte, schüttelte Anja innerlich immer wieder über sich selbst den Kopf. Eigentlich hatte sie dem Krankenhaus und dem Stress entfliehen wollen, Abstand gewinnen. Und was tat sie? Sie nahm sich eines Kindes an, und anstelle sich auf Juist zu erholen, verharrte sie nun auf dem Festland und würde gleich ein zweites Mal in die Klinik fahren. Und trotzdem fühlte sie so etwas wie – Glück.

Mieke hatte sie wunderbar von ihrem Kummer abgelenkt. Anja war sich inzwischen sicher, dass sie auch nach der Abreise der Lütten klarkommen konnte, selbst wenn sie ihr fehlen würde. Sie war dankbar, wie sehr ihr durch die Begegnung mit Mieke und durch diese kleine Flucht mit den Mails an Thomas die Augen für das Wesentliche wieder geöffnet worden waren. Es gab jetzt auch für sie einen Weg, da war sie sicher. Einen schmalen, aber ureigenen Weg, an dessen Seiten wunderbare Blumen wuchsen, die sie nur pflücken musste. Fort war der böse Wolf, der sonst immer versucht hatte, sie davon abzuhalten.

»Wann fahren wir zu Mama?« Mieke hatte alles verputzt und schaute Anja erwartungsvoll an.

»Jetzt. Jetzt fahren wir.«

Mieke strahlte. »Und danach gehen wir die Erdbeerbikinis kaufen!«

Anja erwiderte nichts. Um diese Aktion musste sie noch irgendwie herumkommen.

Auch wenn es eisig kalt war und das angekündigte Tauwetter noch nicht eingesetzt hatte, lag auf dem Festland erheblich weniger Schnee als auf Juist, und so kam Anja, genau wie gestern, gut durch. Inzwischen war Mittagszeit, aber da es keine festen Besuchszeiten gab, war das unproblematisch. Anja parkte im Parkhaus, und kurze Zeit später betrat sie mit Mieke das Krankenhaus über den Haupteingang.

Die Kleine freute sich, dass sie im Fahrstuhl den Knopf drücken durfte. Anja war gestern gar nicht aufgefallen, dass der Flur weihnachtlich geschmückt war. Ein großer Adventskranz mit dicken roten Kerzen und breiten Schleifen hing an der Decke. Die quadratischen Tische zierten Gestecke. Doch nichts täuschte darüber hinweg, dass sie sich in einem Krankenhaus befanden.

Auf dem Gang stand der geöffnete Wagen mit dem Mittagessen, das auf Tabletts serviert und von zwei Schwestern in die Zimmer gebracht wurde. Vor dem Spülraum stapelte sich die Schmutzwäsche, die nicht mehr in die angehängten Wäschesäcke gepasst hatte, auf einem Pflegewagen. Ein Pfleger war bereits dabei aufzuräumen. Zwei rote Klingeln hupten ihren gleichförmigen Ton, und jetzt huschte eine weitere Schwester über den Flur.

Es roch nach Desinfektion, vermischt mit dem Duft von Brühe, Kartoffeln und Soße. Darunter mengte sich der von

Krankheit, wie auch immer Anja ihn definieren wollte, den sie nur allzu gut kannte.

»Mama wird gleich so überrascht sein, weil sie ja nicht weiß, dass wir heute noch mal kommen.« Mieke hüpfte freudig auf die Zimmertür zu. Sie hatte sich die Nummer gemerkt.

»Erst klopfen«, mahnte Anja.

Sie folgte Mieke ins Zimmer, wo Sabrina wieder am Tisch saß, in einer Zeitschrift blätterte und auf das Essen wartete. Sie schaute erstaunt auf und legte die Illustrierte beiseite. »Anja, Mieke! Was macht denn ihr hier?«

»Hallo, Sabrina«, begrüßte Anja sie.

Mieke plapperte sofort los und erklärte den weiteren Besuch, bevor Anja auch nur den Mund aufmachen konnte. Sie fühlte sich schon wie gestern überflüssig und wollte gehen, aber Sabrina hielt sie zurück. »Ich möchte nicht, dass du dich ausgeschlossen fühlst! Andererseits ist es blöd, wenn du mir gleich beim Essen zusehen musst. Mieke werde ich den Nachtisch geben.«

Anja winkte ab. »Wir haben gut und lange gefrühstückt, und ich fühle mich nicht rausgeworfen. Ein bisschen Ruhe ist völlig in Ordnung.« Sie versprach, in einer Stunde wiederzukommen, und ließ die beiden allein.

Anja überlegte, wohin sie gehen sollte, und entschied sich dann erneut für die Cafeteria, denn da konnte sie ungestört ihre Mails checken. Sie hatte heute Morgen schon gesehen, dass Thomas sich gemeldet hatte, aber bei all dem Trubel war sie einfach noch nicht dazu gekommen, die Nachricht zu lesen. Außerdem wollte sie nicht, dass Mieke etwas von Thomas mitbekam. Die Kleine war zwar süß und aufgeweckt, aber manchmal eine Spur zu neugierig. Und die Sache mit ihm ging eben nur Anja was an. Gut, sie hatte Mina von ihm geschrieben. Aber die letzten Tage hatten sie keinen Kontakt mehr gehabt.

Ihre Freundin war nämlich erneut verknallt, und das nahm sie völlig in Anspruch. Mina verliebte sich immer, wirklich immer, unsterblich, gab dann alles und zog sich genauso schnell wieder von den Männern zurück, wie sie am Anfang vor Begeisterung fast explodierte. Anja war gespannt, wie lange ihre Verzückung dieses Mal anhielt. Auf jeden Fall zeigte die Erfahrung, dass es besser war, Mina in dieser Phase in Ruhe zu lassen, zumal sie dann ohnehin nur knapp oder gar nicht antwortete.

Anja war das ganz recht, denn so musste sie auch nichts erzählen, weil sie inzwischen selbst schon gar nicht mehr sagen konnte, was das mit ihr und Thomas war. Sie wusste nur, dass ihr Herz bei jeder seiner Mails ein bisschen zu schnell schlug.

Sie holte sich einen Kaffee und ein Stück Streuselkuchen, suchte einen Platz gegenüber dem Tresen und las, was Thomas geschrieben hatte. Sie musste schmunzeln. Er war von ihr also dazu inspiriert worden zu kochen! Kässpätzle, damit hatte er schon damals angegeben. Anja schüttelte sich bei der Vorstellung, aufgequollene Nudeln mit fettem Käse verdauen zu müssen. Vermutlich war Grünkohl nicht weniger gehaltvoll, aber immerhin ein Gemüse.

Ob sie ein Haustier hätte, fragte er.

Nein. Eine Zeit lang hatte Anja Wüstenrennmäuse gehabt, leider lebten die possierlichen Tiere nicht allzu lange. Bevor sie nach Jerrys Tod eine neue Maus zur Vergesellschaftung hatte anschaffen können, war Tom überraschend verschieden, und danach wollte Anja keine Tiere mehr haben. Sie weinte nämlich auch um Mäuse.

Wenn Thomas Katzen mochte, waren diese Tierchen ohnehin keine gute Wahl.

Was denkst du schon wieder, schalt Anja sich innerlich.

Sie war kurz versucht, ihm gleich zu antworten und von den Mäusen zu schreiben. Aber sie entschied sich dagegen, denn sie brauchte immer eine Weile, ehe sie die richtigen Worte gefunden hatte, und so viel Zeit blieb ihr in der Cafeteria nicht. Außerdem war es ihr jetzt zu unruhig. Dieses ständige Kommen und Gehen, die Krankenhausatmosphäre, die sie auch hier zu spüren glaubte. Dann nahm sie wahr, dass als Hintergrundmusik gerade *O Tannenbaum* erklang.

Das Fest nahte mit großen Schritten. Nicht mehr lange und Mieke würde mit Agnes die Insel verlassen, und vor ihr lagen drei Tage, die die anderen im Kreis der Familie, sie aber allein in einem Hotel feiern würde.

Anja krampfte der Bauch. Plötzlich schmeckte der Kaffee bitter, und der Kuchen war ihr zu süß. Sie hatte in der letzten Zeit so viel Spaß mit Mieke gehabt und war durch Thomas' Nachrichten derart abgelenkt gewesen, dass sie diese Tatsache vollkommen verdrängt hatte. Und nun lag Weihnachten wie ein finsterer Berg vor ihr. Am besten würde sein, wenn sie nach dem Essen gleich schlafen ging und sich in ihre Träume flüchtete. Träume von anderen schönen Zeiten, in denen sie mit ihrem Mann wunderbar gegessen und die Feiertage dabei zelebriert hatte.

Ob Thomas auch allein war? Sie hatten nicht darüber gesprochen, aber sie könnte ihn doch fragen … Oder lieber nicht?

Anja seufzte. Er hatte Kinder. Und er hatte gestern gekocht. Vermutlich nicht für sich allein, schließlich war er noch immer ein attraktiver Mann. Ob es nicht doch jemanden in seinem Leben gab, ging sie nichts an. Vielleicht erzählte er es ihr irgendwann selbst.

Anja schreckte aus ihren Gedanken auf, als sie Miekes Stimme hörte. Gleich darauf traten Sabrina und ihre Tochter in die Cafeteria. »Wir dachten uns, dass du hier bist«, erklärte Miekes Mutter.

»Ich krieg jetzt nämlich ein Eis, obwohl ich schon den Pudding verputzt habe.« Die Lütte rieb sich den Bauch und leckte zugleich ihre Lippen. »Ich nehm Schokolade!«, sagte sie und zeigte auf die Tafel.

Sabrina bestellte, und sie setzten sich zu Anja an den Tisch.

»Es geht dir also schon viel besser?«, fragte Anja.

»Ja, zum Glück. Nun habe ich erst einmal ein bisschen Ruhe.«

»Klappt es denn, dass du Heiligabend entlassen wirst?« Anja trank den letzten Schluck Kaffee, der allerdings schon kalt geworden war.

»Ich hoffe. Im Augenblick sieht es gut aus. Agnes will mit Mieke am 23.12. zurückfahren und alles vorbereiten. Wir essen ohnehin immer nur Kartoffelsalat und Würstchen, und am ersten Feiertag gehen wir ins Restaurant. Der Tisch ist schon bestellt.«

Anja drückte Sabrinas Hand. »Ich freue mich. Für Mieke ist es wichtig, dass du wieder gesund bist.«

Sabrina sah Anja prüfend an. »Und was ist mit dir? Bist du dann allein auf der Insel?«

»Ja«, antwortete sie knapp.

Sabrina schien kurz mit sich zu ringen. »Wenn ich wirklich gesund bin, möchtest du das Fest mit uns verleben? So als kleines Dankeschön, weil du dich so sehr um Mieke kümmerst?«

Anja rührte dieses Angebot. Aber wollte sie das? Weihnachten mit fremden Menschen und einer anderen Tradition verbringen, als sie es gewohnt war? Sie hatte sich auf ein Menü gefreut, weil sie die Sitte mit Kartoffelsalat und Würstchen nicht schätzte. Und sie war doch nach Juist gefahren, um Ruhe zu finden und sich selbst zu suchen. So schön es mit Mieke und Agnes auch war: Es hatte mit Anjas Leben nichts zu tun. Alle würden in ihren Alltag zurückkehren, und sie musste für sich einen eigenen Weg entdecken und eine eigene Zukunft aufbauen, wenn sie langfristig nicht scheitern wollte.

Sie drückte Sabrinas Hand noch einmal. »Es ist sehr lieb, mir das anzubieten, und ich komme gern mal bei euch vorbei, weil ich Mieke unbedingt wiedersehen möchte. Aber die Festtage werde ich auf Töwerland bleiben. Darauf habe ich mich so lange gefreut.«

Schon als Anja es aussprach, wusste sie, dass es wirklich so war. Und notfalls hatte sie ja noch die Nachrichten von Thomas. Er würde ihr bestimmt auch über Weihnachten schreiben.

Endlich lag Mieke schlafend im Bett. Der Wind hatte merklich nachgelassen, dafür schneite es erneut, und von dem zunächst angesagten Tauwetter war keine Spur zu sehen. Auf jeden Fall sollte morgen das Schiff wieder fahren.

Anja setzte sich auf das karierte Zweiersofa und rief Thomas' Nachricht auf. Sie las sie noch einmal ganz in Ruhe, dann begann sie zu schreiben:

Lieber Thomas,
ich bin leider noch immer in Norden, denn die sibirische Peitsche, wie man den kalten Ostwind hier nennt, hat so heftig um sich geschlagen, dass die Schiffe wegen Niedrigwasser nicht gefahren sind. Deshalb war ich mit Mieke sowohl gestern als auch heute in der Klinik. Ihrer Mutter geht es besser, und so werden Agnes und Mieke am 23. wieder nach Hause fahren. Ich verbringe das Fest wie vorgesehen auf Juist.

Stell dir vor, Sabrina hat mich sogar eingeladen, bei ihnen zu feiern. Es gibt dort Kartoffelsalat und Würstchen, aber ich liebe es, Weihnachten richtig gut zu essen. Entweder selbst zu kochen und die Ruhe zu genießen oder, wie in diesem Jahr geplant, mich mit einem Drei-Gänge-Menü verwöhnen zu lassen.
Es fühlt sich für mich richtiger an, auf Töwerland zu bleiben, als mich an eine fremde Familie zu hängen, die sich mir gegenüber dann vielleicht verpflichtet fühlt.
Nein, es ist schon in Ordnung, mein Einsiedlerdasein wieder aufzunehmen. Ich habe mit mir selbst noch ein paar Dinge vor. Deswegen bin ich schließlich auf das Zauberland gefahren. Eben um mich verzaubern zu lassen und danach gestärkt zurück in meine Welt zu gehen, um dort weiterleben zu können. Mieke ist ein Teil dieses Zaubers, aber ich muss loslassen können. Es war eine wunderbare Abwechslung, die mir sehr geholfen hat, nun muss ich den Fokus wieder auf mich richten. Ein paar Tage habe ich noch, weil ich bis kurz nach Neujahr bleibe.
Wenn ich ehrlich bin, merke ich doch langsam, wie anstrengend es ist, sich um ein fremdes Kind zu kümmern. Ich bin den Umgang einfach nicht gewohnt. Versteh mich bitte nicht falsch. Mieke ist absolut entzückend, es macht auch Spaß, aber …
Nein, ich mag dir gar nicht schreiben, was ich heute alles getan habe. Ich muss selbst noch lachen.
Na gut, es ist gemein, es nur anzureißen.
Nachdem wir also vom Krankenhaus weggefahren sind, musste ich (keine Lüge und ich schäme mich in Grund und Boden) zur nächsten Fast-Food-Kette fahren. Ich habe

mich von Mieke breitschlagen lassen, einen Burger mit Pommes zu essen, und glaube, mit dem Ding habe ich noch ein paar Tage zu kämpfen.
Danach sind wir zurück nach Norden gedüst und haben uns dort zwei Badeanzüge gekauft, weil Mieke spitzgekriegt hat, dass das Hotel über einen Pool verfügt. Ich bin im Nachhinein froh, dass das Geschäft zwar eine große Auswahl an Bademoden hatte, die aber nicht dem Geschmack von Mieke entsprachen. Sie wollte nämlich unbedingt einen Bikini mit Erdbeeren darauf und fand es eine wunderbare Idee, wenn ich den gleichen hätte.
Kurzum: Ich musste nicht als Erdbeere in einem knappen Bikini baden, sondern durfte es in einem gut geschnittenen Badeanzug in dezentem Kiwigrün tun, während wir uns bei Mieke auf ein Modell mit Seepferdchen einigen konnten. Ich schwitze noch immer Blut und Wasser bei dem Gedanken, was gewesen wäre, wenn sie Erdbeeren im Angebot gehabt hätten.
Jetzt schläft Mieke, und ich bin froh über ein bisschen Ruhe.
So ist deine eine Frage sicher schon beantwortet. Nein, ich habe kein Haustier (es gab mal zwei Mäuse namens Tom und Jerry), weil ich es in meinem Alter durchaus genieße, unabhängig zu sein und nur Verantwortung für mich zu tragen. Obwohl ein Hund mich sicher so manches Mal über das Alleinsein hinwegtrösten könnte.
Was machst du eigentlich Weihnachten? Bist du allein, oder feierst du mit deinen Kindern und …? Und was isst du? Sag nicht Kässpätzle. :-)
Liebe Grüße. Morgen hoffentlich wieder von Juist!
Anja

PS: Ich schicke dir mal ein Foto von uns beiden Badenixen. Ist ein Selfie, aber man kann sehen, wie viel Spaß wir hatten.
Und noch einmal PS: Es schneit schon wieder. Nix mit Tauwetter! Das soll sich erst morgen ändern.
Und ein drittes Mal PS: Danke, dass du dich beim Christkind für den Schnee einsetzt. Ich bin mir sicher, der Weihnachtsmann und das holde Ding mit dem lockigen Engelshaar können da so richtig was reißen!

Kapitel 14

Thomas starrte auf das Foto, das Anja ihm geschickt hatte. Zwei Badenixen. Obwohl das Bild so vergrößert auf dem Laptop-Bildschirm leicht verschwommen war, konnte er den Spaß sehen, den Anja und die kleine Mieke hatten. Wobei ihn das Kind nur am Rande interessierte.

Anja strahlte ihn an, die kurzen, nassen Haare gaben ihr fast etwas Schelmisches. Der grüne Träger ihres Badeanzugs, der neben Miekes Kopf zu sehen war, passte gut zu ihren Augen. Auch wenn deren Farbe auf dem Foto nicht klar zu erkennen war, erinnerte er sich an das warme Grün, in dem er hatte versinken wollen.

Er atmete tief ein und wieder aus. Anja war auf diesem Bild so lebendig, so fröhlich, so sehr sie selbst, wie er sie in Erinnerung hatte. Und doch konnte er nicht die bisherige Begeisterung aufbringen, ihre Mail sofort und ausführlich zu beantworten. Warum nur war ihm so schwer ums Herz?

Christine, flüsterte eine Stimme in seinem Kopf. Seine Ex-Frau hatte ihn gehörig durcheinandergebracht. Nach ihrem Besuch am Vorabend hatte er in der Nacht von ihr geträumt, von der Zeit, in der sie ein Paar, eine Familie gewesen waren, von der Zeit, bevor sie Ralf kennengelernt hatte. Natürlich hatten sie keine perfekte Ehe geführt, aber dennoch hatte sie Thomas mit ihrer plötzlichen Entscheidung, ihn zu verlassen, überrascht und tief getroffen. Am Anfang hatte er nicht einmal gewusst, dass ein anderer Mann dahintersteckte. Dabei hätte er sich das denken können – Christine war nicht der Mensch fürs Alleinsein.

Ob Ralf wusste, dass sie Thomas gestern besucht hatte? Vielleicht – auch wenn es selten war, trafen sie sich gelegentlich. Allerdings waren ihre Begegnungen seit der Scheidung nie so gewesen wie diese, die ein seltsames Gefühl in seiner Magengrube zurückgelassen hatte.

Christine war also unglücklich mit Ralf. Nach nur vier Jahren Ehe. Mit ihm, Thomas, hatte sie es immerhin zwanzig ausgehalten. Halt, was waren das für Gedanken? Er stand schließlich nicht mit Ralf in Konkurrenz! Und möglicherweise würde sich zwischen den beiden auch alles schnell wieder einrenken.

Andererseits – hatte sie ihm nicht damals genau dieselben Vorwürfe gemacht? Zu wenig Zeit und überhaupt …?

Thomas ertappte sich dabei, dass er immer noch Anjas freudestrahlendes Gesicht auf dem Bildschirm ansah. Nein, es war nicht richtig, die Aufmerksamkeit, die er eigentlich Anja und seiner Mail an sie widmen wollte, mit Gedanken an Christine zu füllen.

Er schloss das Foto, klappte den Laptop zu und stand auf. Es war zwar schon recht spät, doch er wusste, dass es ihm heute schwerfallen würde einzuschlafen. Schade, dass er keinen Hund hatte, der würde ihm jetzt die Gelegenheit geben, Gassi zu gehen.

Herrje, er war doch ein freier Mensch und konnte auch ohne Vierbeiner einen spätabendlichen Spaziergang machen! Ein wenig frische, winterliche Luft würde hoffentlich seine Gedanken klären.

Wie konnte Christine ihn nur so aus der Fassung bringen? Wieder dachte er an ihr Gesicht beim Abschied, die feuchten Augen, den erwartungsvollen Blick. Ja, musste er vor sich selbst zugeben, er war einen Moment lang versucht gewesen, sie in die Arme zu schließen und zu küssen. Einfach, weil sie das zu brauchen schien. Und weil er das früher immer so gemacht hatte.

Nach der Trennung hatte Thomas noch monatelang gehofft, dass sie zu ihm zurückkehren würde. Stattdessen war sie zu Ralf gezogen und hatte ihn bald nach der Scheidung geheiratet. Die beiden hatten so glücklich gewirkt, und Christine schien in ihrem neuen Ehemann endlich den Partner gefunden zu haben, bei dem sie immer die Schulter zum Anlehnen fand, die sie brauchte.

Und jetzt wandte sie sich doch wieder an ihn? Das passte nicht. Er hatte sich sein Leben so eingerichtet, wie es ihm gefiel. Mit einem netten Freundeskreis, Reisen an entspannende Orte und viel Zeit zum Wandern oder Lesen. Es hatte nach Christine andere Frauen gegeben, wenn auch keine, die sein Herz gewonnen hatte. Die meisten hatten ihm eine Weile gutgetan, aber sie hatten stets feststellen müssen, dass es besser war, wieder getrennte Wege einzuschlagen.

Thomas ging zur Garderobe, zog Schuhe, Jacke und Mütze an und griff nach dem Schlüsselbund. Ein flotter Marsch um die Ecken würde ihm guttun. Danach konnte er hoffentlich tief schlafen und morgen in Ruhe überlegen, was er Anja schreiben wollte.

Nach einer traumlosen Nacht sah alles wieder viel heller aus. Wahrscheinlich hatte Thomas Christines Ansinnen, ihn um Rat zu fragen, völlig falsch interpretiert und überreagiert. Er fand es zwar immer noch unpassend, dass sie ihn bei ihren Eheproblemen um Hilfe bat, aber es war natürlich auch ein wenig schmeichelhaft, dass sie ihm so vertraute. Und schließlich lag es an ihm, wie er ein mögliches Gespräch mit ihr handhabte.

Zum Glück war Thomas heute Morgen früh dran, denn als er sein Fahrrad durch den Hausgang zur Straße schieben wollte, hatte es hinten einen Platten. Er fluchte und griff nach der Pumpe. Doch der Reifen wurde nicht praller, stattdessen zischte es leise – irgendwo im Schlauch musste ein Loch sein. Verdammt! Natürlich war jetzt keine Zeit mehr, um den Schaden zu flicken.

Er stellte das Rad wieder ab, warf einen Blick auf die Uhr und machte sich wohl oder übel zu Fuß auf den Weg. Das Auto zu nehmen, war wenig sinnvoll. Einen Parkplatz in Schulnähe würde er um diese Zeit ohnehin nicht kriegen.

»Hallo, Herr Braunmelzer«, rief eine Jungenstimme. »Gehen Sie ruhig schön langsam!« Grinsend radelte Linus an ihm vorbei und winkte.

Auch andere Schülerinnen und Schüler überholten ihn mit ihren Rädern, ein paar davon grüßten, aber die meisten waren so mit ihren eigenen Gedanken beschäftigt, dass sie ihn nicht wahrzunehmen schienen. Er war schon lange nicht mehr zur Schule gelaufen, ein Fahrrad war viel praktischer und schneller. Und er musste seine Tasche nicht tragen wie jetzt, sondern konnte sie einfach auf den Gepäckträger schnallen.

Aber natürlich sah er vom Rad aus weniger von seiner Umgebung. Es war ihm in den letzten Tagen gar nicht aufgefallen, dass eines der Gründerzeithäuser, das auf seinem Weg lag, neu eingerüstet war und in einem kräftigen, dunklen Rotton frisch gestrichen wurde. Der Farbton gefiel ihm um einiges besser als das bisherige, schmutzige Beige. Überhaupt, wenn er so an den vierstöckigen Häuserreihen hinaufschaute, waren viele Details zu entdecken, mit denen die damaligen Architekten ihre Auftraggeber beglückt hatten:

Erker, verzierte Gauben, Stuckelemente, unterschiedliche Fensterformen.

Und es war auch interessant zu sehen, dass Leon aus der Zwölf und Amira aus der Zehn offenbar zueinandergefunden hatten und Hand in Hand um die Straßenecke bogen.

Nur fünf Minuten vor dem ersten Gong betrat Thomas das Lehrerzimmer.

»Na? Wieder verschlafen?« Sandra feixte. »Was oder wer hält dich denn neuerdings morgens so lange im Bett?«

Thomas grinste zurück. »Als ob ich dir das brühwarm erzählen würde! Und da ich wie immer exzellent vorbereitet bin, muss ich nicht wie manch anderer noch eine halbe Stunde meinen Kram zusammensuchen. Also bin ich durchaus rechtzeitig hier.«

Er deutete auf Micha, der in gewohnt chaotischer Weise sein Unterrichtsmaterial zusammenklaubte.

»Ist ja nur, weil die Franzi erzählt hat, dass du normalerweise immer überpünktlich bist.« Sandra zuckte mit den Schultern.

»Wär ich heute auch gewesen, wenn mein Rad keinen Platten hätte.«

Es gongte.

»Schade«, sagte Sandra und griff nach ihrer Tasche. »Über diese Ausrede würde ich jetzt gerne mit dir diskutieren. Aber das machen wir dann eben heute Abend. Vielleicht haben Micha und seine Frau ja mehr Interessantes zum Thema beizutragen. Kommt noch wer?«

»Nein – sonst reicht der Glühwein nicht.« Thomas zwinkerte.

»Um sieben?«

»Ja – und zwar pünktlich! Oder du musst am Ende nachsitzen.«

Sandra lachte. Gemeinsam verließen sie das Lehrerzimmer, dann machten sich beide auf den Weg in ihre jeweiligen Klassen.

Tatsächlich klingelte Sandra am Abend schon um zehn vor sieben.

»Du hast wohl Angst gekriegt vorm Nachsitzen«, witzelte Thomas, als er sie hereinließ.

Sandra zog eine verschmitzte Grimasse, dann sagte sie: »Eigentlich nicht, aber ich dachte, es ist besser, wenn ich kurz mit dir spreche, bevor Micha und seine Frau eintreffen. Ich will nämlich nicht, dass es zu Missverständnissen zwischen uns kommt.«

Thomas wartete, bis sie ihre Sachen an die Garderobe gehängt hatte. Was meinte sie? Oh, nein! Dachte sie etwa, dass er …

Er führte sie ins Wohnzimmer und bot ihr einen Platz auf dem Sofa an. Dann griff er nach den bereitliegenden Streichhölzern und zündete drei Kerzen auf dem Adventskranz an.

Sandra setzte sich, klemmte ihr langes, dunkelblondes Haar hinter die Ohren und lehnte sich bequem zurück. Sie ließ ihren Blick durch den Raum schweifen und schien besonders angetan von Thomas' großer Bücherwand, die durch die aufgehängte Lichterkette einen kleinen adventlichen Touch bekommen hatte.

»Den Glühwein hab ich noch nicht warm gemacht«, sagte er. »Micha und Uli kommen wahrscheinlich erst nach dem akademischen Viertel, wie ich den guten Kollegen kenne. Aber vielleicht kann ich dir bis dahin schon mal was anderes anbieten?«

Sandra schüttelte den Kopf. »Nein, danke. Ich bin nicht am Verdursten. Also …«

Thomas setzte sich ihr gegenüber in den Sessel. »Schieß los!«

»Gut, also – ich find dich total nett, und ich freu mich, dass du mich eingeladen hast. Aber falls du irgendwelche Absichten hast und dir davon irgendwas versprichst, muss ich dich enttäuschen. Ich steh nicht auf Männer.«

Ups. Thomas schmunzelte.

»Kein Problem. Da bin ich echt erleichtert! Ich hab nämlich keinerlei Absichten, außer dass wir uns alle mal in Ruhe unterhalten. Außerdem hatte ich gehofft, dass du mich ohnehin zu alt findest.«

Sandra atmete kräftig aus. Dann zwinkerte sie. »Sehr gut! Aber am Alter liegt es nicht. So blutjung bin ich schließlich auch nicht mehr. Und du siehst nicht schlecht aus.«

»Danke. Du stehst also auf Äußerlichkeiten?«

»Klar. Worauf sonst?« Sie grinste wieder. »Wobei du ja sogar innere Werte zu haben scheinst.«

»Nochmals danke. Ich sehe das bei dir ähnlich. Darauf sollten wir eigentlich anstoßen! Was meinst du?«

»Einen Sprudel würd ich glatt nehmen.«

Thomas stand auf, ging in die Küche und kam mit einer Flasche Mineralwasser und zwei Gläsern zurück. Er goss ihnen beiden ein und hob das Glas.

Sie stießen an und tranken ein paar Schlucke.

»Gut, dass wir das geklärt haben«, sagte Sandra. »Jetzt kann ich den Abend genießen.«

Thomas hob die Brauen. »Ich auch. Eine weitere Frauen-Komplikation in meinem Leben kann ich nämlich gerade gar nicht gebrauchen.«

»Oh, das klingt spannend. Erzähl!«

»Nein, nein, spannend ist das nicht wirklich. Aber eben zurzeit nicht unbedingt ent-spannend.«

Sandra sah ihn fragend an.

»Meine Ex-Frau sendet seltsame Signale«, gab Thomas zu. »Und dann ist da noch …«

Nein, er konnte doch Sandra, die er kaum kannte, nicht einfach von Anja erzählen.

»Ja?«

»Ach, nichts weiter. Ich hab seit Kurzem wieder Kontakt zu einer Frau, die ich mal kennengelernt hab, als wir achtzehn waren. Da werden halt Erinnerungen wach.«

»Deine Jugendliebe?«

Thomas zögerte. Dann nickte er.

»Aha!« Sandra wackelte mit den Augenbrauen.

»Nichts aha! Es ist nur …«

Die Klingel unterbrach im richtigen Moment. Erleichtert ging Thomas zur Tür, um zu öffnen. Er drückte den Summer, verschwand in der Küche und schaltete den Herd ein. Der vorbereitete Topf mit dem Wein würde schnell heiß werden. Thomas' Glühwein war kein Fertigprodukt, sondern ein guter Rotwein mit frisch aufgeschnittenen Orangenscheiben, Zimt, Nelken und ein wenig Sternanis.

Als Micha und Uli die Treppen heraufgekommen waren, zog der Duft der Gewürze bereits langsam durch die Wohnung.

»Das riecht ja gut bei dir!«, begrüßte Uli ihn und schnupperte. »Ich hab uns noch ein paar selbst gemachte Käsestangen mitgebracht.«

»Toll, danke. Hängt euch auf«, scherzte Thomas, »und geht durch ins Wohnzimmer. Sandra ist schon da. Ich guck nach dem Glühwein. Nicht dass er kocht.«

Als er kurz darauf mit vier Bechern des würzigen Getränks auf einem Tablett ins Zimmer kam, war eine lebhafte Unterhaltung im Gange. Uli hatte ihre Käsestangen in einer großen roten Blechdose mit weißen Sternen auf den Tisch gestellt, ein paar adventliche Servietten mit Tannenbaumdruck danebengelegt und redete mit Micha und Sandra gerade über das Skilaufen und andere mögliche Pläne für die Weihnachtsferien.

»Und was hast du dieses Jahr vor?«, wandte sie sich Thomas zu und nahm ihren Becher entgegen. »Weihnachten wie immer mit deinen Söhnen und dann?«

Er verteilte den restlichen Glühwein und setzte sich. Das Tablett lehnte er neben seinen Sessel.

»Zum Wohl!«

Sie hoben ihre Becher und probierten den ersten Schluck.

»Boah, ist der wieder lecker! Das ist doch was anderes als dieses übersüßte Fertiggesöff aus der Flasche, das man sonst kriegt«, lobte Uli.

Sandra und Micha stimmten ihr zu.

»Aber jetzt erzähl!« Uli ließ nicht locker. »Wie sehen deine Weihnachtspläne aus?«

»Diesmal kommt am Heiligen Abend nur Nicolas«, gab Thomas Auskunft. »Henry hat eine neue Freundin. Die ist aus Köln, und er fährt mit zu ihren Eltern. Und was ich nach den Feiertagen mache, kann ich noch nicht sagen. Wahrscheinlich einfach mal ausruhen, viel Lesen und so. Kommt auch aufs Wetter an.«

»Was meint ihr – ob es weiße Weihnachten gibt?« Micha sah erwartungsvoll in die Runde. »Ich sage Nein. Gegenwetten?«

Uli verdrehte die Augen und ging nicht auf den Vorschlag ihres Mannes ein. Stattdessen fragte sie Thomas: »Henry hat also eine neue Freundin, mit deren Familie er Weihnachten feiert? Das hat was zu sagen. Ist dann wohl ernst, gell?«

»Wir werden sehen.«

»Hat Micha dir schon von Silvie erzählt?«

»Nein, was ist mit eurer Tochter?«

Uli warf Micha einen vorwurfsvollen Blick zu. Dann erklärte sie strahlend: »Sie ist schwanger! Wir werden Oma und Opa!«

»Ist das ein Grund, so laut zu jubeln?« Micha schien weniger begeistert von seiner absehbaren Statusänderung. »Ich fühle mich bei dem Wort sofort zehn Jahre älter!«

»Opa Micha«, neckte ihn Uli.

Thomas grinste und gratulierte. Sandra schloss sich seinen Glückwünschen an.

Wie unterschiedlich Menschen die Nachricht, Großeltern zu werden, doch aufnahmen. Ihn hatte neulich die Idee, dass Henrys Freundin schwanger sein könnte, nicht gerade beglückt, allerdings mehr aus Sorge um seinen noch recht jungen Sohn. Aber er dachte auch an Anja, die sich immer nach Kindern gesehnt hatte und bestimmt überglücklich wäre, Oma zu werden.

Anja. Da war sie wieder, obwohl Thomas sich bemüht hatte, zumindest heute Abend einmal nicht an sie zu denken.

Schnell brachte er sich erneut in das Gespräch um Babys und Kleinkinder ein, bei dem sich Sandra sehr kundig zeigte, obwohl sie selbst keine Kinder hatte.

»Aber ich habe fünf Patenkinder«, erklärte sie. »Das jüngste ist ein halbes Jahr, das älteste gerade sieben geworden.«

Die Gesprächsthemen wechselten, der Glühweintopf wurde leerer, und die Zeit verging wie im Flug. Sandra war die Erste, die sich verabschiedete.

»Hab noch ein Date«, verkündete sie.

Thomas begleitete sie zur Tür. Als er zurückkam, wirkte Uli enttäuscht.

»Wie schade. Ich dachte, du wärst ihr Date«, gab sie zu. »Sie ist nämlich sehr sympathisch. Obwohl sie 'ne Schwäbin ist.«

Thomas zuckte mit den Schultern. »Was du immer denkst!«

Auch Micha und Uli blieben nicht mehr lange. Nachdem Thomas sie verabschiedet hatte, aß er Ulis letzte Käsestange und räumte die Glühweinbecher und Wassergläser in die Küche. Er schaltete die adventliche Beleuchtung aus und war gerade dabei, das Wohnzimmer zu verlassen, als sein Blick auf den Laptop fiel, der auf dem Beistelltischchen neben dem Sofa lag.

Anja. Sie würde wahrscheinlich auf seine Antwort warten.

Er holte sich ein frisches Glas Wasser und setzte sich wieder. Den Laptop nahm er auf den Schoß und schaltete ihn ein. Es dauerte länger als sonst, bis er hochgefahren war. Oder kam ihm das nur so vor?

Er trank ein paar Schlucke Wasser und begann schließlich, Anjas letzte Mail zu beantworten.

Liebe Anja,
ich hatte heute einen sehr netten Abend mit meinem Freund und Kollegen Micha, seiner Frau Uli und einer anderen neuen Kollegin, Sandra, die bei uns an der Schule Mathe und Physik unterrichtet. Wir haben selbst gemachten Glühwein getrunken und Ulis Käsestangen gegessen und uns bestens unterhalten.

Thomas zögerte. Was konnte er Anja sonst noch schreiben? Oder sollte er es doch besser sein lassen und ins Bett gehen? Nein, länger wollte er eine Antwort nicht hinauszögern.

Er las Anjas Worte erneut. Wie fröhlich und offen sie

klangen. Sie schien mit sich selbst im Reinen, was er von sich nun wirklich nicht behaupten konnte. Immerhin gab es mit Sandra für ihn keine weiteren Komplikationen. Das war heute Abend eine nette, entspannte Runde mit interessanten Gesprächsthemen gewesen.

Danke, dass du mich an deinem Ausflug mit Mieke hast teilnehmen lassen. Es ist sehr erfreulich, dass es ihrer Mutter wieder besser geht und sie zusammen Weihnachten feiern können.
Bei mir wird es dieses Jahr ein wenig anders sein als sonst. Normalerweise kommen meine beiden Söhne am Heiligabend zu mir, und ich koche. Am 1. Weihnachtstag sind sie dann bei ihrer Mutter und deren Mann zu Besuch. In diesem Jahr will Henry, der Älteste, allerdings mit seiner Freundin zu deren Familie nach Köln fahren, so werden Nicolas und ich uns etwas ausdenken, wie wir den Abend zu zweit verbringen.
Und nein, es gibt als Weihnachtsmenü natürlich weder Kässpätzle noch Fast Food, das ist schon mal klar. Grünkohl übrigens auch nicht.
Ein großartiges Foto ist das von euch Badenixen! Man sieht, wie viel Spaß ihr miteinander im Wasser hattet. Obwohl es natürlich sehr schade ist, dass das mit den Erdbeerbikinis nicht geklappt hat. ;-)
Ja, ich kann mir vorstellen, wie anstrengend es ist, ein fremdes Kind zu betreuen, aber ich bin mir sicher, du hast das ganz wunderbar gemacht. Und so hattest du eine nette Abwechslung …

Halt, der letzte Satz klang fürchterlich gönnerhaft. Er löschte die Worte.

Ich bin jetzt schon ziemlich müde. Aber ich wollte dir heute antworten – du bist ja hoffentlich gut wieder nach Juist gekommen. Ich hab übrigens mit Petrus gesprochen. Das Christkind hat mich an ihn verwiesen, weil ja noch nicht Weihnachten ist – erst dann fällt das Wetter in seinen Zuständigkeitsbereich. Ich habe also Petrus um gutes Wetter für deine Überfahrt gebeten. Hat er das pünktlich geliefert? Sonst bestelle ich das nächste Mal bei einem anderen Lieferdienst!

Haikus im Advent
zum Kerzenlicht schenke ich
etwas Poesie

Hab ein schönes Wochenende!
Herzliche Grüße
Thomas

Kapitel 15

Anja genoss die Zeit allein in ihrem Appartement. Nach ihrer Rückkehr – die Überfahrt war ziemlich schaukelig gewesen – hatte sie Mieke sofort zu Agnes gebracht. Zum Glück war deren Fieber weg, und sie fühlte sich so gesund, dass sie sich wieder selbst um die Kleine kümmern konnte.

Auch wenn Mieke und Anja viel Spaß miteinander gehabt hatten, war es jetzt wunderbar, die eigene Zeit zu genießen. Anja verspürte nicht einmal Lust, hinauszugehen. Deshalb hatte sie den Rest des Tages lesend in ihrem Zimmer vertrödelt.

Kurz vor dem Abendessen war sie ins hauseigene Schwimmbad gegangen und war glücklich, dass sie dort allein ihre Runden hatte drehen können.

Nun war sie satt, zufrieden und müde und machte sich bereit, ins Bett zu gehen. Doch sie konnte nicht widerstehen, in ihre Mails zu schauen. Leider war von Thomas nichts gekommen, aber ihre Freundin Mina hatte geschrieben. Sie wollte alles von ihrem Ausflug wissen, nachdem Anja ihr aus Norden in einer ausführlichen Mail von Mieke und deren Mutter berichtet hatte. Von ihrer neuerlichen Liaison schrieb sie nichts, dann war sie vermutlich bereits im Sand verlaufen.

Anja war ein kleines, wirklich nur ein klitzekleines bisschen enttäuscht, dass Thomas noch nicht geantwortet hatte, wo sie immerhin ziemlich persönlich geworden war und sich ihm sehr nahe gefühlt hatte.

»Du solltest dich nicht so auf ihn versteifen«, murmelte sie. »Freu dich, dass es Mina gibt.«

Sie setzte sich hin und schrieb ihrer Freundin, doch nach drei Sätzen griff sie zum Telefon, ließ aber den Laptop an. Schließlich konnte es sein, dass Thomas sich meldete, und das wollte Anja auf keinen Fall verpassen.

»Hey, Anja, wie schön, dass du anrufst! Ich hätte mich allerdings auch längst melden können, sorry.«

»Ist schon okay, mir geht es ja gut.«

Mehr wollte Anja jetzt nicht erzählen, aber Mina war neugierig und hakte sofort nach.

»Super, was macht dein Thomas?«

Anja wand sich.

»Der schreibt. Ab und zu. Nicht ständig und …«

Mina lachte laut auf. »Also hat er heute noch nicht geantwortet, und meine liebe Freundin wartet darauf?«

Anja fühlte sich ertappt. »So ungefähr, ja. Ich habe ihm sehr persönlich geschrieben, weißt du? Wir kommen uns immer näher, und es gefällt mir ein bisschen zu gut! Beides ist komisch für mich.«

»Genieße es doch einfach«, riet Mina. »Du darfst wieder glücklich sein und leben! Das habe ich dir schon so verdammt oft durch den Hörer geflüstert!«

Anja musste schmunzeln, denn sie wusste ganz genau, wie Mina jetzt ihre Augen zusammenkniff und die Lippen spitzte. »Hast du! Aber was ist, wenn ich mich in etwas verrenne? Es kann doch sein, dass er längst wieder eine Frau hat oder … ach, was weiß denn ich?«

»Möglich! Am einfachsten wäre es, ihn zu fragen!«

»Im Leben nicht, dann denkt er womöglich, ich will was von ihm!«

Mina lachte schon wieder. »Stimmt doch!«

»Nein«, wehrte Anja sofort ab. »Wir sind nur Freunde und haben quasi eine gemeinsame Ebene, auf der man sich wunderbar kameradschaftlich versteht und …«

»Hörst du dir eigentlich selbst zu?«, fiel Mina ihr ins Wort. »Du bist über beide Ohren in ihn verknallt! Gestehe es dir doch ein, und mach was draus.«

Anja fuhr sich durchs Haar. »Es wäre ja so, als wenn ich in ein Phantom verguckt bin. Weil ich ihn so lange nicht gesehen habe, und stell dir vor, ich finde ihn als alten Mann vielleicht gar nicht attraktiv!«

»Du siehst jetzt leider mein Augenrollen nicht«, sagte Mina. »Mann, dann krieg es heraus! Mehr als auf die Nase fallen kannst du schließlich nicht. Und das Wiederaufstehen hast du gelernt in den letzten Jahren. Nun hast du auch wieder Kraft genug, etwas zu wagen. Finde den Mut, Anja. Bitte!«

Anja wusste nicht, ob Mina recht hatte. Deshalb wechselte sie das Thema, und sie plauderten über den Erdbeerbikini, das wilde Winterwetter und was sonst noch so auf dem Festland los war.

Plötzlich sah Anja, dass eine Mail von Thomas eingegangen war. Sie hörte nicht mehr richtig zu und öffnete die Nachricht sofort.

»Anja? Erde an Anja«, kam Minas Stimme. »Bist du noch da?«

»Ja, sorry, ich war kurz abgelenkt.«

»Lass mich raten.« Ihre Freundin schnalzte mit der Zunge. »Thomas hat geschrieben!«

»Ja!« Anja begann die Mail zu lesen.

»Lässt du mich teilhaben?«, fragte Mina. »Sonst würde ich jetzt nämlich gern schlafen gehen, weil ich morgen Frühdienst habe und mich der Wecker leider auch am Samstag um halb fünf aus dem Bett reißt.«

Anja schlug die Hand vor den Mund. »Oje, ich bin echt eine komische Freundin. Ich fasse kurz zusammen: Er schreibt nur belangloses Zeug – immerhin mit einem Smiley –, hatte ein Treffen mit Kollegen … also, ich weiß nicht.« Anja schluckte. »Vielleicht bin ich zu forsch und zu persönlich geworden, und wir haben doch keine so große emotionale Ebene, wie ich gedacht habe?«

»Anja, ich sehe bei euch beiden immensen Handlungsbedarf. Denk mal über meine Worte nach. Ich gehe jetzt aber wirklich schlafen.« Mina machte eine Pause. »Und du bist sicher, dass du die Feiertage allein auf Juist verbringen willst? Du weißt, dass du mit zu meiner Familie kommen kannst!«

»Ich weiß, Mina! Aber ich weiß auch, dass ich gern auf der Insel bleiben möchte. Da bin ich mir sicher!«

»Dann ist ja gut. So, ich bin schon fast im Tiefschlaf. Mach's gut!«

Sie verabschiedeten sich, und Anja legte das Handy beiseite.

Anschließend studierte sie die Nachricht von Thomas ein weiteres Mal. Hatte sie etwas falsch gemacht? Warum war er so förmlich, fast zu höflich?

Na ja, ihr Wunsch, er sollte das Christkind um Winterwetter bitten, war wohl doch kindisch gewesen. So etwas schrieb keine erwachsene Frau, und einem Lehrer durfte man damit schon gar nicht kommen.

Da hatte sie sich völlig blamiert.

Erneut flogen ihre Augen über die Mail, und sie blieben an der Kollegin, dieser Sandra, kleben. War sie vielleicht die Ursache für seine Zurückhaltung? War vorhin mit den beiden etwas geschehen, was die Situation verändert hatte?

Anja seufzte. Gut, was er konnte, das ging von ihrer Seite

aus auch. Sie würde klarkommen und ihm ganz bestimmt keine persönlichen Sachen mehr schreiben.

Thomas hatte ihr gutgetan, genau wie die Begegnung mit Mieke und Agnes. Jetzt aber war es an der Zeit, dass sie sich selbst wieder in den Mittelpunkt stellte und an sich dachte. So wie es von Beginn an geplant war.

»Ich schreibe ihm heute nicht mehr«, beschloss sie. »Das hat Zeit bis morgen.«

Mina hatte zwar insofern recht, dass sie sich ein bisschen in das Phantom Thomas verguckt hatte, aber sie wollte im Hier und Jetzt leben. Nicht in der Vergangenheit und nicht mit der Vorstellung an eine Liebe, die allein der Entfernung wegen gar nicht gelebt werden könnte. Denn ganz bestimmt würde sie niemals vom Meer wegziehen und, so wie es klang, liebte Thomas auch seinen Schwarzwald. Eine Fernbeziehung war so ziemlich das Letzte, was Anja sich wünschte.

Sie klappte den Laptop schwungvoll zu und hob die Arme an! »Schlussstrich!«, sagte sie. »Finito.«

Das angekündigte Tauwetter hatte eingesetzt, und es trug nicht dazu bei, dass sich Anjas Laune hob. Aber sie fühlte sich trotzdem mit ihrem Entschluss wohl, ein bisschen Abstand zwischen sich und Thomas zu bringen. Es reichte, ihm frühestens heute Nachmittag eine ebenso freundlich-kühle Mail zu schreiben. Sie war wahrscheinlich zu weit gegangen, sodass er die Reißleine gezogen hatte.

Es war Anja unangenehm, aber wenn sie jetzt richtig reagierte, konnten sie dieses Gemaile so nach und nach einschlafen lassen, und keiner von ihnen würde das Gesicht verlieren.

Anja hatte gut gefrühstückt und plante, in Richtung Westen zu spazieren. Zum Hammersee war es sicher zu weit, falls der angekündigte Regen kommen würde. Im Augenblick war es nur wolkig und um einiges wärmer als in den letzten Tagen. Mal sehen, wie weit sie kam.

Anja trat vors Hotel und marschierte los. Der Schnee war schon fast überall weggetaut, und da, wo er noch lag, fanden sich lediglich braungraue Hügel, die unterschwellig von Weiß durchsetzt waren. Da es zu Weihnachten in der Küstenregion meist zu warm und oft regnerisch war – eben echtes norddeutsches Schietwedder –, musste sie es wohl akzeptieren, und es würde ihrer Weihnachtsstimmung keinen Abbruch tun. Glühwein schmeckte bei Regen genauso wie die traditionelle Bratwurst auf dem Weihnachtsmarkt.

Was für eine blöde Idee, das Christkind und den Weihnachtsmann um Schnee zu bitten, dachte sie wieder. Niemals hätte sie Thomas so einen Blödsinn schreiben sollen.

Ihr Handy ging an, und Anja sah, dass es eine Nachricht von Agnes war.

Mieke und ich wollten zu den Goldfischteichen. Hast du Lust mitzukommen? Wir fahren schon morgen zurück nach Wilhelmshaven, damit wir das Fest vorbereiten können. Und so ohne ein letztes Treffen …

Natürlich wollte Anja sich von Agnes und Mieke verabschieden. Sie machte also kehrt und spazierte zur Ferienwohnung der beiden.

»Da bist du ja!«, begrüßte Agnes sie.

»Du siehst schon wieder viel besser aus!« Anja war froh, dass Miekes Tante die Erkältung so gut überstanden hatte.

»Ja, alles ist fast wie weggeblasen. Komm rein! Wir sind am Packen. Mieke ist vollkommen aus dem Häuschen vor Freude!«

»Kommt Sabrina eher aus der Klinik?«, fragte Anja.

»Ja, übermorgen. Es ist wunderbar, dass es ihr nun wieder viel besser geht. Das schönste Weihnachtsgeschenk!«

»Anja!« Mieke kam um die Ecke geschossen und fiel ihr in die Arme. »Ich darf zu meiner Mama, aber ich werde dich vermissen!«

»Ich dich auch«, sagte Anja. »Aber wir werden uns auf jeden Fall wiedersehen!«

Damit war Mieke zufrieden. Sie trollte sich, um weiter zu packen.

Ratlos blieb Anja im Flur stehen. »Wolltet ihr nicht zu den Goldfischteichen?«

»Doch, gleich – wenn uns das Wetter keinen Strich durch die Rechnung macht. Lass uns aber erst eine Tasse Kaffee trinken, ich muss dir noch jemanden vorstellen.«

Agnes schob sie in den Wohnraum, wo ein blonder Mann am Tisch saß und sofort aufsprang, als er Anja sah. Ihr blieb beinahe das Herz stehen, denn sie glaubte für einen Moment, ihrem verstorbenen Ehemann gegenüberzustehen. Die gleichen blauen Augen, die gleiche athletische Figur – und das gleiche Lächeln.

»Ich bin Jakob«, sagte er und streckte Anja die Hand entgegen, die sie aber nur zögerlich ergriff. Glücklicherweise unterschied sich der Händedruck.

»Anja«, antwortete sie, froh, sich wieder gefangen zu haben.

»Jakob bleibt bis Weihnachten auf Juist und ist ein bisschen enttäuscht, dass wir morgen schon wegfahren«, erklärte Agnes. »Er hat uns hier vorhin überrascht.«

Anja sah ihn fragend an. »Dann bist du auch ein einsamer Wolf auf dem Töwerland?«

Er lächelte. »So kann man es nennen. Obwohl ich dachte, dass ich bis Weihnachten meine kleine Schwester an der Seite habe.«

»Ja, das stimmt, aber Mieke geht vor.« Agnes warf einen Blick aus dem Fenster. »Wie schade, es regnet! Dann können wir die Goldfischteiche für heute vergessen!«

»Wir können das nachholen!«, schlug Jakob vor. »Willst du mal mit mir dorthin? Bin ja auch allein.«

Anja zögerte, aber warum nicht? Was sprach dagegen, sich mit Jakob die Goldfischteiche anzuschauen? Das war schließlich unverbindlich und würde sie ablenken, falls ihr doch die Decke auf den Kopf fiel. »Wo wohnst du denn auf der Insel?«

»Im Atlantik. Und du?«

»Im Friesenhof.«

»Wollen wir Nummern tauschen?«, fragte Jakob. »Ich würde mich melden, wenn das Wetter besser ist.«

Anja bemerkte den erwartungsvollen Blick von Agnes und schüttelte unmerklich den Kopf. Das konnte sie vergessen!

Doch als sich Jakobs und ihre Augen wieder trafen, glaubte Anja erneut, ihrem Mann gegenüberzustehen. War das Zufall oder ein Weihnachtswunder?

Du bist verrückt, schalt sie sich innerlich selbst.

Weil Jakob sie zunehmend verwirrte, trank sie nur eine Tasse Kaffee. Sie wollte schnell zurück ins Hotel. Dort würde sie ein paar stramme Bahnen schwimmen, bis sie wieder klar denken konnte. Jakob – Thomas … das ging jetzt alles gar nicht!

Agnes reichte Anja die Jacke. »Und du bist sicher, dass du uns nicht zu Weihnachten besuchen möchtest?«

»Ganz sicher«, bestätigte Anja. »Ich muss lernen, allein glücklich zu sein, und ich hatte mich auf Weihnachten hier gefreut. Es ist wirklich okay, wenn ich bleibe.«

»Wir sehen uns auf jeden Fall, wenn du zurückkommst!«, sagte Agnes.

»Versprochen!« Anja drückte Agnes, knuddelte Mieke noch einmal, winkte Jakob kurz zu und verschwand.

Draußen blies ihr der Nieselregen entgegen, aber das tat Anja jetzt eher gut. Sie durchquerte das Inseldorf und kam schließlich durch die Dünen aus nördlicher Richtung zurück.

Im Hotel ging sie wie geplant ins Schwimmbad und kraulte eine halbe Stunde durchs Becken, was ihre wirren Gedanken aber nicht sortieren konnte. Nur eins war ihr klar: Sie musste jetzt endlich auf eigenen Füßen stehen. Ohne Mieke, ohne Jakob und erst recht ohne Thomas, diesem Relikt aus der Vergangenheit.

Kaum war sie zurück im Zimmer, klappte sie den Laptop auf.

Moin Thomas,
hier regnet es Bindfäden, und ich war eben schwimmen. Das hat gutgetan. Zuvor habe ich mich von Mieke und Agnes verabschiedet, sie fahren schon morgen nach Hause, weil es Sabrina besser geht. So nimmt alles seinen guten Lauf, und ich freue mich auf ein paar ruhigere Stunden. Agnes' Bruder Jakob ist auch auf die Insel gekommen. Er wollte Agnes und Mieke mit seinem Besuch überraschen, und nun sind sie morgen schon wieder weg, er hat aber noch bis Weihnachten das Hotel gebucht. Wir wollen in den nächsten Tagen mal zu den Goldfischteichen spazieren, weil es heute wegen des Wetters nicht geklappt hat.

Schön, dass du einen feinen Abend mit deinen Kollegen hattest.
Es grüßt dich
Anja

Sie las sich alles noch einmal durch und war sehr zufrieden mit dem Ergebnis.

Anja drückte auf »Senden«.

Kapitel 16

Thomas hatte sich gerade eine zweite Tasse Tee eingegossen und die Laugenstange mit Butter bestrichen, als das Handy klingelte. *Nicolas*, stand auf dem Display. Na, endlich meldete sich der Junge wieder mal!

»Hi, Dad«, tönte ihm die Stimme seines Sohnes ins Ohr. Seitdem Nicolas ein Highschooljahr in Kalifornien verbracht hatte, sprach er ihn so an. Thomas war das nicht unrecht, Papa klang doch ein wenig kindlich aus dem Mund des hochgewachsenen jungen Mannes, und schließlich war Nicolas immer sehr darum bemüht gewesen, erwachsen zu sein.

»Hi, Son!«, erwiderte Thomas. »Was ist los, dass du mich schon beim Frühstück anrufst? Kannst du's nicht abwarten, bis ich heute Nachmittag in Freiburg bin? Oder ist dir was dazwischengekommen?«

»Nein, nein, natürlich nicht!«, versicherte Nicolas. »Unser Treffen auf dem Weihnachtsmarkt steht! Vor allem, wenn du deinen Geldbeutel mitbringst.«

»Klar, ich hab doch gesagt, ich lad euch ein. Ich leere auf dem Weg zum Bahnhof extra noch mein Konto für die Imbissstände! Da Henrys Freundin auch dabei ist, komm ich vermutlich nicht mit zwei Euro fuffzig weg.«

»Haha! Aber du hast schon das richtige Stichwort gegeben. Bahnhof. Meinst du, du könntest heute mal mit dem Auto kommen? Ich hab über 'ne Kleinanzeige ein neues Regal für mein Zimmer gekauft und kann das auf dem Rad nicht transportieren.«

Thomas zögerte nur kurz. »Klar, lässt sich machen. Bei dir in der Wiehre dürfte ich ja einen Parkplatz finden. Und nach der Aktion können wir zusammen in die Stadt reinlaufen.«

»Genau so hab ich mir das gedacht.« Nicolas klang sehr zufrieden. »Komm einfach 'ne Stunde früher, dann wird das mit dem Regal total easy. See you.«

Nicolas beendete das Gespräch abrupt wie immer.

Thomas schüttelte den Kopf und seufzte. Diese Änderung brachte seinen Tagesplan doch arg durcheinander. Er hatte die Dreiviertelstunde im Regionalexpress sowohl auf der Hin- als auch auf der Rückfahrt zum Schmökern nutzen wollen. Leider hatte er in den letzten Wochen feststellen müssen, dass er wohl älter und somit müder wurde. Das abendliche Lesen im Bett endete oft schon nach wenigen Seiten im Tiefschlaf.

Zudem war es vom Freiburger Hauptbahnhof zum Weihnachtsmarkt rund um den Rathausplatz nur ein kleines Stückchen zu gehen, mit dem Auto war alles deutlich umständlicher. Aber wenn Nicolas schon mal anrief und seinen Vater um Hilfe bat, war es den Einsatz allemal wert.

Thomas nahm die A5 Richtung Basel. Wie vermutet, war die Autobahn an diesem Samstag wieder einmal voll, und der Verkehr floss ziemlich zäh. Er war froh, als er die Abfahrt Freiburg Mitte erreichte, obwohl es auch hier nur langsam voranging. An der Dreisam entlang kam er schließlich in den Stadtteil Wiehre.

Nicolas' WG befand sich in einer der kleinen Nebenstraßen im obersten Stockwerk eines vierstöckigen Mietshauses. Die Wohnung teilte er seit Semesterbeginn mit zwei anderen

Chemiestudenten, die Thomas bisher nur vom Erzählen kannte. Manchmal war es schwierig, Vater dieses sehr selbstständigen Sohnes zu sein.

Sein Bruder Henry war deutlich zugänglicher und hatte erfreulicherweise von sich aus vorgeschlagen, seine Freundin Aylin heute zum jährlichen Weihnachtsmarkttreff mitzubringen, damit sie sich endlich alle kennenlernten.

Er konnte sich nicht beklagen. Seine Söhne und er verstanden sich gut, und wenn es darauf ankam, waren sie füreinander da.

Thomas fand einen Parkplatz am Straßenrand, nur ein paar Meter vom Haus entfernt, in dem Nicolas wohnte. Auf sein Klingeln tönte ein lautes »Ich komme« aus der Sprechanlage. Nicolas tauchte überraschend schnell auf. Er musste die Treppen heruntergerannt sein.

»Hi, Dad!« Er umarmte Thomas kurz. »Danke, schon mal. Ist nicht weit, nur in Littenweiler.«

Das war eine gute Nachricht. Jetzt im Adventsverkehr am Ende durch die Innenstadt fahren zu müssen, hätte zum Problem werden können. Aber Littenweiler lag diesseits der Dreisam nur ein Stück östlich von der Wiehre und war schnell zu erreichen.

Das Regal erwies sich als leicht transportierbar, es war nur halbhoch und passte auf die Ladefläche in Thomas' Auto, ohne es auseinanderbauen zu müssen.

Gemeinsam trugen sie das Möbelstück schließlich die Treppen hinauf in Nicolas' WG.

»Willst du 'n Kaffee, bevor wir auf den Weihnachtsmarkt gehen?«, bot sein Sohn an. »Bisschen Zeit ist noch.«

»Ja, warum nicht.«

In der geräumigen Küche saßen zwei junge Männer bei einer Mahlzeit, die einem sehr späten Frühstück glich. Nicolas stellte die beiden als Charlie und Max vor. Charlie sah übernächtigt und verkatert aus, sein schmales Gesicht war blass. Die langen Haare hatte er mit einem Gummi zu einer Art Knoten auf dem Hinterkopf zusammengebunden.

Max dagegen wirkte mit der glatten Kurzhaarfrisur, obwohl auch er unrasiert war, fast geschniegelt und durch seine schwarzrandige Brille ein wenig nerdig. Allerdings sah er kein bisschen munterer aus als Charlie.

Was für ein Gegensatz zu seinem energiegeladenen Sohn, der offensichtlich nicht an der nächtlichen Feier seiner Mitbewohner beteiligt gewesen war!

Thomas schmunzelte. Die drei jungen Männer hätten unterschiedlicher nicht sein können. Nicolas mit seinen kurzen, dunklen Haaren und Bart, der jetzt die Kaffeemaschine anwarf, sah ihm selbst immer ähnlicher, wenn er auch vom Wesen her weder seinem Vater noch seiner Mutter nachschlug. Am ehesten seiner Großmutter, dachte Thomas. Seltsam, wie die Gene spielten.

Sie tranken alle zusammen Kaffee und hielten ein wenig Small Talk, dann machten sich Thomas und Nicolas auf den Weg zum Weihnachtsmarkt.

Als Treffpunkt hatten sie wie immer den Eingang der Martinskirche vereinbart. Die Konventskirche eines ehemaligen Franziskanerklosters lag direkt am Rathausplatz und somit mitten im Geschehen. Noch war es nicht allzu voll zwischen den Ständen, das würde sich aber ändern, sobald die Leute ihre Weihnachtseinkäufe erledigt hatten und es langsam dunkel wurde. Zum Abschluss der Shoppingtour würde man sich an einem der Imbissstände stärken und sich die Hände an einem Glas Glühwein wärmen.

Nun, Letzteres fiel für Thomas heute flach, da er ja mit dem Auto hier war. So war es gut, dass es ein wenig wärmer geworden war und sogar die Sonne immer wieder hinter den Wolken hervorblinzelte.

Thomas und Nicolas schoben sich an einer Gruppe junger Leute vorbei, die für heiße Maroni anstanden und sich lauthals unterhielten. Ihrem Akzent nach kamen sie aus Norddeutschland.

Der Tonfall ließ Thomas kurz an Anja denken, doch bevor er diesem Gedanken weiter folgen konnte, sah er schon Henry winken. Er stand vor einer Bude, in der bunte, gefilzte Hüte feilgeboten wurden. Als Thomas und Nicolas näher kamen, legte er seine Hand auf den Rücken einer jungen Frau mit einer rot-weiß geringelten Mütze, die sich für die Hüte zu interessieren schien. Sie wandte sich um und sah ihnen entgegen.

»Das ist Aylin«, stellte Henry vor.

»Ich freue mich«, sagte Thomas. »Schön, dass du mitgekommen bist.«

Die junge Frau versicherte, dass auch sie sich freute. Sie war hübsch, fand Thomas. Unter ihrer Ringelmütze traten dunkle Locken hervor, und beim Lächeln bildeten sich Grübchen in ihren Wangen. Das also war Henrys Grund, über die Weihnachtstage nach Köln zu fahren. Sehr verständlich.

»Habt ihr schon Hunger, oder sollen wir erst 'ne Runde drehen?«, fragte Thomas.

»Erst ein bisschen rumgucken«, meinte Henry. »Aylin sucht ein Geschenk für ihre Schwester. Und vielleicht braucht sie auch noch einen Hut. Sie hat schon fleißig anprobiert. Einer war schöner als der andere!«

Er wies auf den Stand und zwinkerte.

Aylin stieß ihn mit dem Ellbogen in die Seite. »Lach du nur! Damit hab ich meine gute Tat für heute getan und muss mich nicht länger anstrengen. Einmal täglich sollte man nämlich jemanden zum Lachen bringen. Und der rote Hut war dafür genau richtig.«

Henry legte seinen Arm um seine Freundin. Er warf ihr einen zärtlichen Blick zu, den sie erwiderte.

Wieder schoss Thomas ein kurzer Gedanke an Anja durch den Kopf. Obwohl sie ihr nicht ähnlich sah, erinnerte Aylin ihn an seine Jugendliebe. War es eine Art innere Stärke, die sie ausstrahlte?

Er fragte sich, was Anja wohl an diesem Wochenende machte. Vielleicht fand er hier auf dem Weihnachtsmarkt eine Kleinigkeit, die er ihr schicken konnte.

Sie schlenderten zusammen durch die Gänge, entlang an liebevoll dekorierten Buden mit weihnachtlichen Leckereien und Kunsthandwerk, zuerst durch die Franziskanerstraße, dann hinüber zum Kartoffelmarkt und schließlich um die Martinskirche herum zurück zum Rathausplatz. Die Stände an der Kaiser-Joseph-Straße konnten sie sich sparen, die waren nur am Sonntag bestückt.

Ab und zu blieben sie stehen, besahen sich das Angebot und unterhielten sich dabei. Aylin erwog verschiedene Geschenke für ihre Schwester, eine Duftlampe, eine außergewöhnlich geformte Bienenwachskerze, einen papierenen Weihnachtsstern, verwarf ihre Ideen dann jedoch immer wieder. Schließlich ließ sie sich von einer dick eingemummelten Kunsthandwerkerin, die Glasschmuck verkaufte, zu ihrer Auswahl von Ohrringen beraten.

Thomas' Blick fiel auf einen Ring mit einem flachen, in verschiedenen Grüntönen melierten Glasstein.

»Sie interessieren sich für den Ring?«, fragte die Frau in der Bude sofort.

»Äh, nein, nicht wirklich. Aber der Stein ist farblich faszinierend und außergewöhnlich.«

»Ich habe auch noch eine passende Kette dazu«, bot die Frau an und legte ein dünnes Lederband mit einem halbmondförmigen Anhänger aus Glas auf ein mit schwarzem Samt bezogenes Brettchen. Sie platzierte es vor ihm auf den Verkaufstisch ihres Standes und wandte sich dann wieder Aylin zu.

War es nicht verrückt, Anja ein Schmuckstück zu kaufen? Auch wenn ein Mond kein Herz war, hatte er für sie beide doch immer eine besondere Bedeutung gehabt.

»Der ist ja total schön!«, sagte Aylin und wies auf den Anhänger. »Wenn du den nicht willst, nehm ich ihn.«

»Ich überlasse ihn dir.« Thomas trat einen Schritt zurück.

Aylin schüttelte den Kopf. »Blöde Idee. Meine Schwester trägt nur Ohrringe«, erklärte sie. »Und mein Budget gibt das als Extra für mich gerade nicht her.«

Kurz entschlossen griff Thomas nun zu. Vielleicht war es übertrieben, den Halsschmuck für Anja zu erstehen, aber was sprach dagegen, ihn trotzdem zu kaufen? Er musste sich das Ganze noch mal in Ruhe überlegen. Falls er Anja doch kein Päckchen schicken wollte, konnte er die Kette Henrys Freundin zu Weihnachten schenken. Dass Aylin sich darüber freuen würde, war sicher.

Spontan kaufte er ein paar Stände weiter auch noch ein Set geschnitzter Christbaumanhänger aus Olivenholz.

»So langsam hab ich Hunger«, sagte Nicolas, »ihr nicht?«

»Doch, klar. Ich nehm zum Anfang 'ne Lange Rote wie immer«, erklärte Henry. »Was möchtest du, Aylin?«

»Backfisch haben sie hier nicht, oder?«

»Ich glaub nicht.«

»Schade, der gehört bei uns im Rheinland zum Weihnachtsmarkt-Geträller unbedingt dazu.« Aylin zuckte mit den Achseln. »Aber eure Wurst hier ist ja auch nicht schlecht.«

»Wurst? Wurst nennst du das so einfach?« Nicolas schüttelte mit gespieltem Entsetzen den Kopf. »Die Freiburger Lange Rote ist einzigartig. Die Königin der Würste. Länger, dünner, zarter und roter als alle anderen. Sie wird ohne Darm gegrillt. Und du kannst dir sogar noch aussuchen, ob du Zwiebeln dazu möchtest oder nicht. Ganz abgesehen vom Senf oder Ketchup. Wobei wir alle Team Senf sind.«

Aylin lachte. »Okay, okay!«

Die Schlange am Wurststand war nicht gerade kurz, dennoch ging es recht flott, bis sie ihre Lange Rote im Brötchen und etwas zu trinken hatten. Sie stellten sich an einen der runden Imbisstische neben der Bude und ließen es sich schmecken.

Thomas genoss das Zusammensein mit seinen Söhnen und Aylin und die angenehme Unterhaltung. Hier, wo sie standen, schien sogar ein wenig Sonne hin, und von irgendwoher tönte weihnachtliche Karussell-Musik. Gut gelaunte Menschen gingen an ihnen vorbei, an einem Nachbartisch brach eine alte Frau in schallendes Gelächter aus, das allen Umstehenden ein Lächeln auf die Lippen zauberte.

Er fand es nun doch ein wenig schade, dass Henry mit seiner Freundin über die Feiertage nach Köln fuhr und die Stadt nicht gerade um die Ecke war. Er hätte Aylin zu Weihnachten gerne mit zu sich eingeladen, um zu viert mit ihr zu feiern. Na ja, sie würden das nachholen. Er hatte schließlich Ferien bis Dreikönig, da würde es noch ausreichend Gelegenheit geben, zusammenzukommen.

Nachher, auf dem Weg zum Auto, konnten Nicolas und er schon mal besprechen, was sie beide am Heiligen Abend als festliches Menü essen wollten.

Aylin war als Letzte mit ihrer Langen Roten fertig. Sie hatte allerdings auch am meisten gesprochen, um Nicolas' viele Fragen nach ihrer Familie zu beantworten. Die beiden hatten sich zwar schon ein paarmal kurz gesehen, aber zu einem längeren Austausch war es offensichtlich erst heute gekommen. Thomas war froh, dass Nicolas das Gespräch bestritt und er nur zuhörte. So musste sich Aylin nicht vom Vater ihres Freundes ausgehorcht fühlen.

Er selbst erinnerte sich noch mit Schrecken an seine eigenen Eltern, die jeden und jede – vor allem jedes Mädchen, das zu ihm nach Hause kam – zuerst einmal nach dem Beruf ihres Vaters und dann nach dem Rest ihrer Familie ausgefragt hatten. Selbst wenn es nur darum gegangen war, ein Deutsch-Referat miteinander vorzubereiten.

Anja war gut davongekommen damals – ihre Eltern hatten sich im Urlaub direkt kennengelernt, und so war sie zu Thomas' großer Erleichterung nicht mit dem üblichen Nachdruck ausspioniert worden.

»Woran denkst du?«, fragte Nicolas. »Ich hoffe, an einen Nachtisch!«

»Natürlich, woran sollte ich sonst denken!«, gab Thomas zurück. »Dampfnudeln, Waffeln, Crêpes, gebrannte Mandeln oder Zuckerwatte?«

Sie entschieden sich alle für Waffeln, Thomas mit Puderzucker, Henry und Nicolas mit Nutella und Aylin mit Kirschen und Sahne.

»Na, ihr habt's aber gut!«, ertönte plötzlich eine Frauenstimme hinter Thomas.

»Hallo, Mama!«, grüßte Henry zwischen zwei Bissen. »Wo kommst denn du her?«

»Ich war ein bisschen shoppen«, antwortete Christine und stellte sich zu ihnen. »Ich brauchte ein paar neue Wintersachen.«

Sie hielt einen Glühweinbecher in der einen Hand und in

der anderen zwei große, schwer wirkende Taschen, die sie nun mit einem Seufzer abstellte.

»Und jetzt wollte ich mir noch einen kleinen Abschluss gönnen. Hab mich eben dran erinnert, wie wir früher oft zusammen hierhergefahren sind.«

Sie sah Aylin an. »Du bist also Henrys neue Freundin?«

Aylin, die gerade herzhaft in ihre Waffel gebissen hatte, nickte und kaute schneller.

»Ja, das ist Aylin«, antwortete Henry an ihrer Stelle.

Christine lächelte, aber Thomas kannte dieses Lächeln, das nicht ihre Augen erreichte. Sie war sauer über Henrys Entscheidung, die Weihnachtstage mit der neuen Freundin nach Köln zu fahren, statt seine Mutter zu besuchen. Dennoch gab sie sich freundlich und plauderte über dieses und jenes, während sie ihren Glühwein trank.

»Passt ihr einen Moment auf?«, fragte sie dann und deutete auf ihre Taschen. »Ich bring nur schnell den Becher zurück und kassier mein Pfand.«

Sie verschwand im Gewühl.

Henry räusperte sich. »War schön mit dir, Papa. Vielen Dank für Speis und Trank!« Er grinste. »Du kennst das ja – Aylin und ich haben noch was vor. Aber ich denke, wir sehen uns noch mal, bevor wir nach Köln fahren.«

Das kam etwas abrupt, fand Thomas, der auf ein längeres Beisammensein gehofft hatte. Sie verabschiedeten sich dennoch herzlich voneinander.

»Mal schauen, dass wir Mama finden, bevor wir weg sind, sonst ist die beleidigt.« Mit einem Augenzwinkern schob Henry seine Freundin in die Richtung, in der Christine verschwunden war.

»Schade, dass ich schon satt bin.« Nicolas seufzte. »Ich könnte nur noch die eine oder andere gebrannte Mandel …«

Thomas lachte.

»Ihr habt ja Spaß!« Christine war zurück.

»Klar, warum auch nicht?«, fragte Thomas. »Ist doch ein schöner Adventssamstag, wir sind alle gesund, und die Sonne scheint.«

»Na, ich muss erst mal meine Einkäufe nach Hause kriegen. Nimmst du auch gleich den Zug, Thomas?«

»Dad ist mit dem Auto da. Der kann dich doch mitnehmen«, schlug Nicolas vor.

»Das wäre natürlich toll, vom Bahnhof in Offenburg ist es ja mit dem Bus doch ein bisschen umständlich.« Christine sah Thomas auffordernd an.

»Der Wagen steht bei Nicolas in der Wiehre«, gab der zu bedenken. »Dahin ist es von hier aus ein Stück weiter als bis zum Bahnhof.«

»Ich komm mit und nehm dir was ab«, bot Nicolas sofort an und griff nach den Einkaufstaschen.

Dann blieb Thomas wohl nichts anderes übrig, als Christine mitzunehmen und nach Hause zu fahren.

Zum Glück hielt sich seine Ex-Frau mit Andeutungen zu ihren Problemen mit Ralf weitgehend zurück. Doch er spürte, wie sie ihn immer wieder von der Seite ansah, als sie über die Autobahn zurückfuhren.

Ein vertrautes Gefühl stellte sich ein, eine Erinnerung an gemeinsame Urlaubsreisen mit den Jungs auf der Rückbank. An die Finger, die sie immer auf seinen Oberschenkel legte, wenn sie mit ihm sprach.

Er warf einen Seitenblick auf ihre Hand, die neben ihr auf dem Sitz lag, nur wenige Zentimeter von seinem Bein entfernt.

Irritiert schüttelte er den Kopf und begann über den netten Abend mit Micha, Uli und seiner neuen Kollegin Sandra zu sprechen. Sollte Christine doch denken, dass er sich für Sandra interessierte.

Sie legte ihre Hand zurück in den Schoß. Hätte sie ihn wirklich beinahe berührt wie früher?

Thomas war froh, als er sie vor ihrem und Ralfs Haus absetzen und heimfahren konnte. So schön der Nachmittag mit den jungen Leuten auf dem Weihnachtsmarkt gewesen war, die letzte Stunde mit Christine allein hatte seine Stimmung doch ein wenig gedämpft.

Mit etwas Glück hatte aber Anja sich inzwischen gemeldet, und ihre Mail würde ihn wieder aufmuntern.

Thomas las Anjas Worte bereits zum dritten Mal. Die E-Mail war dieses Mal sehr kurz und irgendwie … Der erste Absatz klang wie immer, der Abschied von der kleinen Mieke und ihrer Tante schien Anja zum Glück nicht allzu schwergefallen zu sein. Doch dann?

Was war mit diesem Jakob? Er würde bis Weihnachten auf Juist bleiben und mit Anja zu den Goldfischteichen spazieren? Mehr hatte sie eigentlich nicht geschrieben, aber der Ton ihrer Mail war völlig anders als sonst. Fast klangen ihre Worte, als hätte sie sich nur aus Pflichtgefühl gemeldet, weil sie an der Reihe gewesen war. Beschäftigte dieser Jakob sie so sehr?

Thomas war kein eifersüchtiger Mensch, dennoch gab ihm dieser Gedanke einen kleinen Stich. Irgendwie hatte er seine und Anjas wieder aufgenommene Freundschaft als etwas Besonderes empfunden, sich über die zunehmende Vertrautheit, die sie fanden, gefreut. Und nun kam plötzlich ein Jakob dazwischen, den keine acht-, neunhundert Kilometer von ihr trennten, sondern der mit ihr einfach jederzeit spazieren gehen konnte, sie ansehen und berühren. Und für Thomas blieb lediglich ein nichtssagender Gruß.

Halt. Vielleicht war sie nur in Eile gewesen – er konnte es auch andersherum sehen und sich freuen, dass sie ihm trotz aller Ablenkung geschrieben hatte.

Doch als er auf den Antworten-Button geklickt hatte, wusste er nicht so recht, was er berichten sollte. Schließlich beschloss er, seine E-Mail ebenfalls kurz zu halten und Jakob einfach zu ignorieren.

Liebe Anja,
hier war heute sehr schönes Wetter, nicht zu kalt und mit Sonnenschein. Das passte wunderbar, denn an diesem Samstag fand der traditionelle Weihnachtsmarkttreff mit meinen Söhnen in Freiburg statt. Erstmals war auch Aylin dabei, Henrys neue Freundin, der ich noch nicht persönlich begegnet war. Sie ist eine sehr nette junge Frau, aber einen schlechten Geschmack habe ich meinem Sohn ohnehin nicht zugetraut.
Wir haben uns alle Stände angeguckt (und das sind, glaube ich, über hundertzwanzig), allerdings nur beim Essen und Trinken größer zugeschlagen.

Thomas zögerte. Er konnte Anja nicht gut von Christine schreiben, und den Mondanhänger wollte er auch nicht erwähnen. Was gab es außerdem zu berichten?

Ich mach es heute kurz,

schrieb er schließlich,

ich hab noch was vor. Aber ich wollte dich nicht ohne Wochenendgruß lassen, also fühl dich herzlich gegrüßt bis zum nächsten Mal.
Thomas

Er überlegte, was er zum Thema für sein Haiku machen konnte. Schließlich nahm er das Naheliegendste:

Karussellgeträller
Duft nach Glühwein und Waffeln
auf dem Weihnachtsmarkt

Er schickte die E-Mail ab, ohne sie noch einmal durchzulesen. Dann klappte er den Laptop zu, zog Schuhe und Jacke an und machte sich auf zu einem langen Spaziergang.

Kapitel 17

Anja hatte lange überlegt, ob sie zum Anleger gehen sollte, um Mieke und Agnes am Kai zu winken, dann entschied sie sich dagegen. Der Abschied gestern war schön gewesen, und es blieb der Trost, dass sie sich wiedersehen würden. Aber jetzt wäre es nicht gut, alles noch einmal aufzuwärmen, denn eigentlich war Anja froh, dass sie keine Tränen vergossen hatte, obwohl es schon schmerzte, dass sie von nun an allein auf dem Zauberland bleiben würde.

»Richtig allein«, sagte sie mit einem Seufzen. »Mieke weg, Agnes weg – und Thomas irgendwie auch.« Jakob zählte nicht wirklich. Klar, sie hatte zugestimmt, mit ihm zu den Goldfischteichen zu spazieren, und so sonnig, wie es heute war, würde er sich bestimmt bald bei ihr melden. Aber Anja verspürte nur wenig Lust auf eine neue Bekanntschaft. Alle netten Menschen, die ihr in der letzten Zeit über den Weg gelaufen waren, hatten sich schnell wieder verabschiedet. Und Jakob würde das ebenfalls tun, denn auch er hatte sein eigenes Leben.

Anja streckte den Rücken durch, atmete einmal tief ein und dachte: Ich werde die Zeit mit mir selbst auf Juist verbringen, Jakob mindestens eine Armlänge auf Abstand halten – und nach meiner Rückkehr versuchen, alte Freundschaften wieder aufleben zu lassen.

Es gab so viele Menschen, die sie nach dem Tod ihres Mannes nicht mehr an sich herangelassen hatte, obwohl sie Anja unterstützen und ihr zur Seite stehen wollten.

»Und jetzt«, murmelte sie, »jetzt nehme ich mir ein Leihfahrrad und fahre zum Hammersee, bevor Jakob mich wegen der Goldfischteiche fragen kann. Ich freue mich auf ein Rendezvous mit mir. Und ich werde nicht gucken, ob Thomas sich gemeldet hat. Nein, das werde ich nicht«, fügte sie bekräftigend hinzu.

Anja zögerte nicht, schlüpfte in ihre dicke Jacke, setzte sich die Mütze auf und wickelte den Schal um den Hals. Als sie vor die Tür des Hotels trat, hörte sie das Tuten der Fähre, die eben gerade Juist verließ. Auf der Rückfahrt wurde immer das Töwerland-Lied gespielt, was bei den Abreisenden stets Wehmut auslöste. Als Anja daran dachte, formte sich ein Kloß in ihrem Hals. Da fuhren sie fort, ihre Freunde. Nicht darüber nachdenken.

In Windeseile lief sie los und sog die klare Winterluft tief ein. Sie steuerte direkt auf den Fahrradverleih zu und entschied sich für ein E-Bike, denn der Wind pustete, wie so oft auf der Insel, heftig und würde ihr den Rückweg arg erschweren. Am Hammersee selbst hoffte sie, im Wäldchen etwas geschützter zu sein.

»Aber immer abschließen!«, gab ihr der Mann mit auf den Weg. »Nicht dass das Rad auf unserem schönen Zauberland noch weggezaubert wird.« Er lachte über seinen eigenen Scherz, den er sicher öfter machte.

Anja strampelte los und verließ den Ort gen Westen. Sie warf keinen Blick zurück, wollte nicht sehen, wie das Schiff samt Mieke und Agnes in Richtung Festland stampfte. Sie passierte die letzten Häuser von Juist-Dorf. Links lag das Wattenmeer. Es war Flut, und auf den Wellen kräuselten sich kleine Schaumkronen. Rechts türmten sich die mächtigen

Dünen. Anja aber hatte kaum Augen für die großartige Natur. Sie schaute stur geradeaus, nur auf den vor ihr liegenden Weg, und hatte auch keinen Blick für den Ortsteil Loog, an dem sie gerade vorbeiradelte.

Sie hatte die Fahrunterstützung des E-Bikes auf »Sport« gestellt, fuhr im siebten Gang, kam schnell voran und erreichte schon bald die Domäne Loog. Im Sommer tummelten sich hier zahlreiche Urlauber, doch jetzt wirkte alles wie ausgestorben. Über Anja kreischten lediglich ein paar Möwen, als ob sie sich über den ungebetenen Gast da unten aufregten. Es war nicht die Zeit für Feriengäste, der gewaltige Ansturm wurde erst in den nächsten Tagen zum Fest erwartet.

Über Weihnachten war Juist voll, die Kneipen und Restaurants wurden den ganzen Tag bevölkert, bis alle Besucher wie vom Ebbstrom mitgezogen das Zauberland wieder verließen und eine Weile Ruhe einkehrte. Ruhe, die die Insel aufatmen ließ und ihr ein Stück der Ursprünglichkeit zurückgab, weil sie sich nicht wie eine Braut zur Hochzeit herausputzen musste, sondern sich Morgen für Morgen den Schlaf ohne schlechtes Gewissen aus den Augen wischen konnte.

Anja fuhr ein Stück weiter und schloss ihr Rad an einem dafür vorgesehenen Holzgerüst ab. Dann spazierte sie los. Sie wollte sich links vom See halten. Hier war sie schon als Jugendliche gern herumgestromert. Und als kleines Mädchen war es das Abenteuer schlechthin gewesen, sich in diesem Wäldchen zu verstecken, weil sie sich vor den Augen der Eltern fast unsichtbar machen konnte.

Anja fühlte sich um Jahre zurückversetzt.

Noch immer waren die Bäume niedrig gewachsen, feine Äste reichten wie Lianen zum Boden, und mit einer kindlichen Fantasie glaubte man sich im Dschungel. Das Wasser des Sees klatschte leise ans schlammige Ufer, Windböen sangen ein schauriges Lied, und waren sie still, wurden sie vom Tosen des Meeres hinter den Dünen abgelöst. Ab und zu ertönte der Ruf eines Vogels, der hier Zuflucht gesucht hatte und sich nun gestört sah.

Anja folgte dem schmalen Pfad am Wasser entlang, bis ihr deutlich wurde, wie einsam es hier war. Außerdem verkroch sich die Sonne hinter den Wolken, jenseits der Dünen türmten sie sich bedrohlich auf. Anja rieb sich die Oberarme, ihr war etwas unheimlich. Es war sicher besser, wieder umzukehren, auch, weil sie nicht nass werden wollte. Die dunklen Wolken näherten sich der Insel zwar nur langsam, aber stetig.

Als Anja sich auf den Rückweg machte, schrak sie zusammen. Neben ihr flog ein Wasservogel laut schimpfend auf.

»Du bist eine Bangbüx«, sagte sie zu sich selbst. »Und falls du einen Regenschauer abbekommst – wen stört es?« Ihre Stimme klang hohl und ein bisschen zu schrill. »Mädchen, komm runter!«

Es war albern, sich hier zu fürchten.

Sie ließ sich auf einem Baumstumpf nieder und schaute über die Wasseroberfläche des Hammersees. Die legte sich mit jeder Böe in Falten, glättete sich und zog sich dann erneut zusammen. Anja war noch immer unschlüssig, ob sie die Einsamkeit genießen oder sich doch lieber fürchten sollte.

Um sich abzulenken, zückte sie ihr Handy. Es gab hier Empfang, alles war in Ordnung. Wie von selbst tippten ihre Finger auf der Tastatur herum, und sie rief den Mailaccount auf. Dort sah Anja, dass Thomas schon gestern Abend geschrieben hatte. Erst wollte sie dem Impuls widerstehen und die Mail keinesfalls lesen, aber das bekam sie dann doch nicht hin. Wieder und wieder überflogen ihre Augen die Nachricht. Ihr Hals wurde trocken, und sie schüttelte den Kopf. Belangloser ging es nicht.

Anja steckte das Handy zurück. Das war es dann wohl mit ihnen. Schon nach so kurzer Zeit hatten sie sich nichts mehr zu sagen. Sie hatten ausgetauscht, was auszutauschen war, und waren nun dabei, sich in ihre alten Leben zurückzuziehen. Mina hatte unrecht. Da war nichts zwischen ihnen. Gar nichts. Ein kleiner Funke Erinnerung an eine wunderbare Vergangenheit, der aber nun wieder erloschen war, weil die Glut nicht ausgereicht hatte, ein Feuer zu entzünden. Vielleicht ein bisschen angestachelt vom nahenden Weihnachtsfest und der romantischen Vorstellung, dass jemand an sie dachte, der ihr einst sehr nah gewesen war.

Sie hatte gehofft, der Zauber würde nicht so schnell vorbei sein, und es schmerzte Anja mehr, als sie gedacht hatte.

»Ich muss den Tatsachen ins Auge sehen«, flüsterte sie. Zu ihrem Leben gehörten weder Mieke und Agnes noch Thomas. Ihr Leben fand auf dem Festland mit ihrer Arbeit als Krankenschwester statt. Mit Mina und anderen alten Freunden, die sie nun zurückholen wollte. Wie, wusste Anja noch nicht, aber es gab bestimmt einen Weg.

Doch so cool, wie sie tat, war sie nicht.

»Ach, Scheiße«, flüsterte Anja. »Irgendwie ist mir das heute alles ein bisschen zu viel Abschied.« Tränen liefen ihr über die Wangen. Dann hörte sie sich aufschluchzen. Ja, verdammt, sie fühlte sich allein. Ja, verdammt, sie hatte sich von Thomas mehr erhofft. Aber es war schön gewesen, wenn ihr Herz bei den Mails höhergeschlagen hatte.

Es dauerte, ehe Anja sich wieder beruhigte, bis es ihr ein wenig besser ging. Sie stand auf. Inzwischen hatte sich der Himmel noch mehr verdunkelt und der Wind zugenommen. Das Dröhnen des Meeres klang nun wie eine Drohung. Anja fröstelte. Sie sollte zusehen, dass sie möglichst schnell zum Hotel zurückkam, denn die dunklen Wolken verhießen nichts Gutes. Schnee würden sie wohl nicht mitbringen, dazu war es nicht kalt genug. Aber der Regen würde ordentlich auf die Erde niederpeitschen.

»Wie sollten sie auch Schnee speien, wenn Thomas ihn nicht beim Christkind bestellt«, zischte Anja grimmig, und sie war froh über das kleine bisschen Wut in ihrer Stimme.

Sie machte sich auf den Weg zurück, dann hielt sie inne, denn ihr war, als hätte sie hinter sich ein Geräusch gehört. Ihr Herz schlug schneller. Sie blieb stehen, um zu prüfen, ob sie sich nicht doch geirrt hatte. Wieder knackte es, ganz eindeutig war sie nicht allein im Wäldchen. Welcher Teufel hatte sie bloß geritten, sich ohne Begleitung in diese einsame Ecke von Juist zu begeben?

Anja beschleunigte ihren Schritt. Es war gar nicht so leicht, schneller voranzukommen, weil das Tauwetter den Boden nass und glitschig gemacht hatte. Auf dem Hinweg war es Anja gar nicht aufgefallen, aber jetzt, wo in ihr mit jedem Schritt die Panik hochkroch, hatte sie das Gefühl, dass es fast unmöglich war, heil und ohne nasse Füße aus dem Wäldchen hinauszukommen.

Plötzlich war sie sich sicher, dass sie vorhin einen anderen Pfad genommen hatte, der nicht ganz so dicht am Ufer entlanglief. Oder doch nicht? Verwirrt blickte sie sich um und beschloss weiterzugehen.

Nach ein paar Metern versperrte ihr ein umgefallener Baumstamm den Weg. Anja blieb stehen und lauschte. Wieder war da dieses unheimliche Knacken.

»Bleib ruhig«, versuchte sie, sich selbst Mut zu machen. Es wird einfach ein anderer Spaziergänger sein – das mulmige Gefühl blieb.

Anja überlegte, ein Stück zurückzugehen und den alten

Weg zu finden, doch sie wagte es nicht, weil sie fürchtete, demjenigen in die Arme zu laufen, der sich ebenfalls hier herumtrieb. Kurz entschlossen kletterte sie auf den umgefallenen Stamm und wollte sich von dort weiter durch die Büsche schlagen. Der Baum war moosig und glitschig. Hinauf ging es einigermaßen, doch kaum war Anja oben, rutschte sie ab. Sie versuchte, sich festzuhalten. Aber wo? Sie schrie auf, verlor den Halt und schlitterte auf der anderen Seite des Stamms nach unten.

Dabei schürfte sie sich beim Abgleiten die linke Hand blutig. Es waren nur kleine Kratzer, aber sie taten verdammt weh. Sie konnte sich gerade noch mit den Füßen abfedern, sodass sie nicht mit dem Po im Morast landete. Doch die Wucht, mit der ihr rechter Fuß aufkam und gleichzeitig umknickte, war gewaltig. Anja wurde schwarz vor Augen, und sie war einen Augenblick benommen. Es dauerte, ehe sie die Situation analysieren konnte.

Der Knöchel ist gebrochen, war ihr erster Gedanke. Und ich bin meinem Verfolger hilflos ausgeliefert! Oder muss so lange hierbleiben, bis sich ein anderer in diesem Dschungel verliert.

Du hast doch ein Handy dabei, beruhigte sie sich und prüfte, ob es ihr beim Sturz nicht aus der Jackentasche gefallen war.

Sie hatte Glück, es steckte nach wie vor im Futter. Mit zusammengebissenen Zähnen versuchte Anja, den Fuß anzuheben und aufzusetzen. Augenblicklich entwich ihr ein Schmerzensschrei.

»Mist, das tut weh«, keuchte sie, weil es guttat, es auszusprechen. Aber so kam sie hier nicht weg. Sie musste im Hotel anrufen und dort um Hilfe bitten.

Warum bin ich nicht einfach mit Jakob zu den Goldfischteichen spaziert, schoss es Anja durch den Kopf. Und dann fiel ihr auf, dass er sich gar nicht bei ihr gemeldet hatte.

»Wahrscheinlich hat er in die Wetter-App geschaut und gesehen, dass es mitnichten trocken bleibt«, sagte sie bitter. In diesem Augenblick öffnete der Himmel seine Schleusen, und binnen kürzester Zeit tropfte Anja das Wasser ins Gesicht. Es lohnte sich nicht mehr, die Kapuze ihrer Jacke aufzusetzen, denn die war bereits durchnässt.

Jetzt fehlt nur noch, dass mich mein Verfolger findet und mir die Kehle aufschlitzt, dachte sie bitter. Dann ergriff sie der Galgenhumor: Immerhin würde Thomas sicher auch in seinem fernen Schwarzwald vom Hammerseemord auf Juist lesen und hoffentlich ein schlechtes Gewissen haben, dass er sie so kühl behandelt und nicht einmal beim Christkind den weihnachtlichen Schnee bestellt hatte.

Anja schrak aus ihren finsteren Vorstellungen, als das Knacken sich näherte. Jetzt konnte sie nicht mehr entkommen! Ergeben schloss sie die Augen.

»Anja?« Die Stimme kam ihr bekannt vor.

Ungläubig öffnete sie die Augen. »Jakob? – Dich schickt der Himmel!«

»*Das* hat noch keine Frau zu mir gesagt. Respekt.« Er legte den Kopf schief. »Aber wenn ich dich da so halb hängen und mit diesem verzweifelten Blick sehe, könnte ich durchaus deiner Meinung sein.«

»Ich bin umgeknickt«, jammerte Anja. »Und weißt du was? Es tut höllisch weh!«

Jakob betrachtete sie amüsiert. »Wobei ich mich frage, warum du ausgerechnet in diese Richtung geklettert bist. Angesichts der Temperaturen und des wunderbaren Gusses von oben gehe ich mal davon aus, dass du nicht baden wolltest?«

»Mir ist jetzt nicht nach Scherzen«, sagte Anja. Aber sie wusste, dass Jakob recht hatte. In ihrer Panik war sie direkt in Richtung Hammersee geklettert. Mit diesem querliegenden Baum endete der Pfad.

»Ich habe Schritte gehört und Angst bekommen«, gab sie kleinlaut zu.

»Vor mir?«

»Vor dem Knacken. Es klang unheimlich.«

Jakob zuckten zwar spöttisch die Mundwinkel, aber dann beschloss er offenbar, Verständnis zu zeigen. Es schien sogar ein kleines bisschen Reue über sein Gesicht zu tanzen.

»Sorry, das wollte ich nicht. Wobei ich allerdings auch nicht wusste, dass du dich hier herumtreibst.« Er spitzte die Lippen. »Egal, jetzt müssen wir sehen, dass du nach Hause kommst.«

Jakob umklammerte ihre Schultern von hinten und zog Anja vorsichtig ein Stück höher. »Kannst du mit dem unverletzten Bein mithelfen?«

Anja musste die Zähne kräftig zusammenbeißen, denn der lädierte Fuß tat höllisch weh.

Gemeinsam gelang es ihnen schließlich, sie zurück auf die richtige Seite des Stamms zu ziehen. Dort brauchte Anja erst einmal eine Verschnaufpause, die sie mit ein paar Tränen überbrückte. »Jetzt denkst du noch, ich wäre eine Heulsuse, aber der Fuß ...«

»Hey, ich bin Sportler. Ich weiß, wie das schmerzt«, wehrte Jakob verständnisvoll ab. »Wir brauchen allerdings eine Lösung für unser Problem.«

Er hatte *unser Problem* gesagt, das gefiel Anja. Jakob schien ein feiner Kerl zu sein, und das nicht nur, weil er ihrem Mann ähnelte.

»Wir spielen jetzt armes Mädchen und Ritter auf dem weißen Pferd. Komm, setz dich huckepack!«

»Nicht dein Ernst!«

»Kannst auch gern laufen.«

Anja blieb keine Wahl, und so schleppte Jakob sie aus dem Wäldchen.

»Und nun?«, fragte Anja und zeigte zum Fahrradstand. »Mein Rad steht dort!«

»Setz dich auf den Gepäckträger. Ich bin zu Fuß hier und über den Strand gekommen, weil ich oft einfach so ein paar Kilometer laufe. Kopf freipusten und so.«

Jakob sah zum Himmel, der sich inzwischen nicht mehr allzu bedrohlich und aufgebracht zeigte. »Der Regengott ist uns auch gnädig und macht eine Pause!«

Anja setzte sich auf den Gepäckträger und hoffte, dass sie die Fahrt schadlos überstand, weil der Fuß wirklich schmerzte, dann schmiegte sie sich an Jakobs Rücken. Er strampelte los und sang fröhlich *Thank God It's Christmas* von Queen. Anja schloss die Augen. So allein, wie sie dachte, war sie ja doch nicht.

Es war spät, als sie endlich in ihrem Zimmer saß – den Fuß dick bandagiert und das Essen vor sich auf dem Tisch. Das Hotel sorgte wunderbar für sie.

Was für ein Tag, dachte Anja. Sie nahm den Laptop und rief noch einmal Thomas' Mail auf. Auch jetzt las sie sich oberflächlich und banal. Anja zögerte. Aber sie konnte ihm zumindest mitteilen, was heute passiert war.

Lieber Thomas,
dann hattest du offenbar eine schöne Zeit mit deinen Söhnen.
Mieke und Agnes sind nun abgereist, und ich war mit dem E-Bike am Hammersee. Leider bin ich dort mit dem

Fuß umgeknickt und liege nun leicht lädiert in meinem Zimmer.
Zum Glück hat Jakob mich am See gefunden und nach Hause gebracht. Er war sehr ritterlich.
Der Arzt sagt, es ist nur eine Verstauchung, allerdings ist es überaus schmerzhaft. Leider dauert so etwas, und ich sehe mich über Weihnachten doch angebunden im Hotel. Aber ich kann ins Schwimmbad gehen, wenn der gröbste Schmerz vorbei ist. Nur beim Spaziergang zu den Goldfischteichen muss ich wohl passen. Ich habe zum Glück noch genug Lesestoff mit, und – ich oute mich jetzt mal – ab und zu löse ich auch gern Kreuzworträtsel.
Morgen Abend findet hier eine kleine Weihnachtsfeier statt. Eine Autorin wird Weihnachtsgeschichten lesen, und dazu spielt ein Mann passende Lieder auf dem Schifferklavier.
Ich werde mich schon nicht langweilen.
Es grüßt dich von der Zauberinsel
Anja

Sie las sich alles noch einmal durch und fand es gut, was sie geschrieben hatte. Dass Jakob sie zum Abschied leicht, wenn auch freundschaftlich, auf die Wange geküsst hatte und morgen bei der Weihnachtsfeier dabei sein würde, ging Thomas schließlich nichts an. Genauso wenig wie es ihn zu interessieren hatte, dass sie wegen seiner kalten Mail hatte weinen müssen und dass sie es viel, viel schöner gefunden hätte, wenn er und nicht Jakob ihr Retter gewesen wäre.

Kapitel 18

Wie jeden Montag kam Thomas ziemlich geschafft nach Hause. Ausgerechnet der erste Tag nach dem Wochenende war sein langer Unterrichtstag, hoffentlich würde sich der Stundenplan im kommenden Schulhalbjahr ändern. Immerhin war der Englischunterricht mit der 8a gut verlaufen, selbst Linus hatte sich nach einigen wenigen blöden Bemerkungen dem Thema englische Weihnachtslieder hingegeben. Ja, bei *Joy to the World* hatte er überraschenderweise sogar mitgesungen! Lag es vielleicht an der festlichen Stimmung, die sich beim Abspielen der Choräle über das sonst so nüchterne Klassenzimmer gelegt hatte?

Mit der Hausaufgabe, den Text von *O Come All Ye Faithful* auswendig zu lernen, war Thomas dagegen nicht unbedingt auf Gegenliebe gestoßen. Karla und Stefan hatten lauthals gestöhnt, und Linus hatte ihnen hinter vorgehaltener Hand zugeflüstert: »Das gibt's doch auch auf Deutsch, dann singt das doch einfach so.« Natürlich so laut, dass Thomas es hören musste. Aber bevor er darauf eingehen konnte, hatte Linus tatsächlich *Herbei, o ihr Gläub'gen* angestimmt! Und die Worte im Kopf gehabt. Es geschahen noch Zeichen und Wunder!

Nun stellte Thomas seine Einkaufstasche auf den Küchenstuhl, um den frischen Lauch, Brot, Milch und Sahne auszupacken. Beinahe hätte er die Sahne vergessen, das wäre schade gewesen, denn montags gönnte er sich zum Abschalten fast immer einen schwarzen Tee mit Kluntjes und Wulkje.

Kurze Zeit später saß er mit seinem großen blau-weißen Becher auf dem Sofa, der Tee schwappte sanft über die Flutmarkierung im Inneren der Tasse. Natürlich erinnerte ihn das sofort wieder an Anja.

Verflixt, warum ging ihm diese Frau, nun, da ihre Mails deutlich abgekühlt waren, noch weniger aus dem Kopf als in den ersten Tagen nach ihrem allerersten Brief?

Er musste ihre letzten Zeilen erneut lesen. Gestern Abend war er schon sehr müde gewesen – bestimmt hatte er auch eine Distanz hineininterpretiert, die nicht da war. Er klappte den Laptop, der vom Vorabend noch auf dem Couchtisch lag, auf und schaltete ihn ein. Während der Computer hochfuhr, trank Thomas ein paar kleine Schlucke des heißen Tees und schloss kurz die Augen.

Trotz des Erfolgs im Unterricht der 8a, über den er sich eigentlich freuen sollte, fühlte er sich bedrückt. Es war, als ob ihm alle Dinge entglitten, die ihm wertvoll waren. Zuerst Henry, der erstmals nicht mit ihm den Heiligen Abend verbringen würde, und nun Anja …

Quatsch, reiß dich zusammen, und trink deinen Tee, befahl er sich. Das ist nur der Montagsblues.

Er atmete einmal tief durch, nahm ein paar weitere Schlucke und öffnete schließlich den Maileingang. Er überflog die Absender und seufzte, als er Christines Namen sah. Was wollte sie nun schon wieder? Nein, diese Nachricht konnte warten.

Die meisten Eingänge waren Newsletter, die er einfach wegklickte. Eigentlich sollte er sich zumindest von einigen endlich einmal abmelden, die Informationsflut war ohnehin nicht zu bewältigen und nervte. Lag es daran, dass er älter wurde? Oder ging es anderen Menschen auch so?

Die Anmeldebestätigung für den Workshop Theaterpädagogik in den Osterferien war da – das war erfreulich. Im letzten Jahr hatte er sich zu spät registriert und keinen Platz mehr bekommen.

Seine Cousine Petra schickte Fotos vom Besuch bei ihrer Tochter und den Enkelkindern in Frankreich. Das war nett. Außer seinen Söhnen war sie die einzige Verwandte, mit der er zumindest lockeren Kontakt hatte. Petra, die einige Jahre älter war als er, strahlte inmitten ihrer Großfamilie und wünschte ihm ein frohes Weihnachtsfest.

Mit einem Lächeln auf den Lippen betrachtete Thomas die Bilder. Alle schienen viel Spaß miteinander zu haben. Es war gut, dass Petra, die verwitwet war, über die Feiertage diesen Familienanschluss hatte.

Anja würde im Hotel mit Fremden feiern, nachdem Agnes und die kleine Mieke nun abgereist waren, schoss es ihm durch den Kopf. Ob es ihr schwerfiel? Vielleicht, aber sie würde es annehmen und das Beste daraus machen. So war sie, so hatte er sie in Erinnerung – stark, unbedingt unabhängig und ...

Das Klingeln an der Haustür ließ ihn zusammenzucken. War das etwa schon Micha, der ihn zum Joggen abholte? Er warf einen Blick auf die Uhr. Nein, dafür war es noch viel zu früh. Ein Paketbote? Er hatte nichts bestellt.

Wieder klingelte es. Thomas stellte den Laptop zur Seite und stand auf, um zu öffnen.

Er erkannte die Schritte auf den Stufen schon, als er sie noch nicht sehen konnte, und seufzte innerlich. Christine.

»Hi, Thomas«, rief sie ihm entgegen, als sie um die letzte Biegung der Treppe kam.

»Hallo.« Er verkniff es sich zu fragen, was sie wollte, sie würde es ihm ohnehin gleich mitteilen, und trat zur Seite, um sie hereinzulassen.

»Ziemlich kalt draußen«, sagte Christine, setzte ihre Tasche ab und zog Mütze, Schal und Jacke aus. Dann schlüpfte sie aus ihren Stiefeln und stellte diese ordentlich unter die Garderobe, fast so, als wäre sie hier zu Hause.

Thomas runzelte die Stirn. Die Tasche, die sie dabeihatte, war ungewöhnlich groß, eher ein Overnighter. Er hatte kein gutes Gefühl im Magen, als sie einfach ins Wohnzimmer spazierte und sich wie selbstverständlich aufs Sofa fallen ließ.

Er folgte ihr rasch, nahm den Laptop vom Couchtisch, klappte ihn zu und legte ihn auf das Sideboard.

»Oh, hast du gerade gearbeitet?«, fragte sie.

»Mails beantwortet«, knurrte er. Jetzt bloß keine Nähe zulassen.

»Meine aber nicht, oder?«

»Nein, tut mir leid, so weit bin ich noch nicht gekommen«, log Thomas und griff nach seinem Becher. »Willst du auch einen Tee?«

»Lieber ein Glas Wein, wenn du hast.« Entspannt wirkte seine Ex-Frau nicht.

»Moment.«

Immerhin gab ihm ihr Wunsch die Möglichkeit, kurz hinauszugehen und sich auf den unerwarteten Besuch einzustellen. Tatsächlich hatte er vom Wochenende noch eine offene Flasche Spätburgunder neben dem Herd stehen. Auf dem Weg in die Küche trank er einen letzten Schluck Tee. Der war inzwischen schon ziemlich abgekühlt und schmeckte ihm nicht mehr, sodass er den Rest aus der Tasse wegschüttete. Zwei kleine, fast aufgelöste Kluntjes klickerten auf dem Edelstahl des Beckens. Bedauernd sah Thomas sie an.

Mit zwei Weingläsern und der Flasche Rotwein kehrte er zurück ins Wohnzimmer und setzte sich in den Sessel, Christine schräg gegenüber.

»Zu knabbern hab ich leider nichts da«, erklärte er automatisch. »Ich habe nicht mit Gästen gerechnet.«

Verflixt, warum entschuldigte er sich eigentlich? Er hatte sie doch nicht eingeladen – sie hatte ihn regelrecht überfallen!

Mit einer großzügigen Armbewegung winkte Christine ab. Sie wartete, bis er ihnen beiden eingegossen hatte, dann griff sie nach ihrem Wein.

»Auf … Prost!« Sie nahm ein paar kräftige Schlucke und stellte das halb leere Glas wieder auf den Tisch.

Thomas nippte nur aus Höflichkeit. Nachher wollte er schließlich mit Micha joggen, und den Vokabeltest der Fünften musste er auch korrigieren.

»Ah, der ist gut«, sagte Christine und besah sich das Etikett. »Weißt du noch, als wir damals zur Weinprobe im Rheingau waren?«

»Ja, ich erinnere mich. Bist du hier, um über alte Zeiten zu plaudern, oder gibt es einen bestimmten Grund für deinen unerwarteten Besuch?«

Christine zog einen Flunsch wie ein kleines Mädchen, das den erwarteten Lutscher nicht bekommen hatte. Entsprechend nervig klang ihre Stimme. »Du freust dich ja gar nicht, dass ich da bin.«

»Sorry. Ich bin gerade erst von einem langen Unterrichtstag gekommen und …«

»Ach, dann hast du deshalb meine Mail noch nicht gelesen?«, unterbrach sie ihn. »Und ich fürchtete schon, du willst mir nicht zur Seite stehen.«

»Zur Seite stehen?« Er runzelte die Stirn und ging innerlich sofort in Habachtstellung.

Christine griff nach ihrem Weinglas, und dieses Mal trank sie es leer. Dann sah sie ihn erneut mit großen, feuchten Augen an.

Schon wieder dieser Blick! Gut, dass er inzwischen gewappnet und dagegen immun war.

»Hast du was getrunken, bevor du hergekommen bist?«, erkundigte sich Thomas skeptisch. Diese Frage verschaffte ihm etwas Luft – und brachte Christine zugleich in Verlegenheit.

»Wir hatten noch einen Rest Weißwein im Kühlschrank. Diesen furchtbaren Chardonnay, den Ralf immer kauft.« Sie kicherte plötzlich. »Aber ab jetzt trinke ich den nie mehr.«

Sie schob Thomas ihr Weinglas hin, doch er beschloss, dies zu ignorieren.

»Ich hol uns mal ein bisschen Brot und Käse.« Er stand auf. So ärgerlich es auch war, es blieb ihm nichts anderes übrig, als ihr doch etwas anzubieten. Normalerweise hätte er jetzt noch nicht zu Abend gegessen, aber Christine brauchte dringend Nichtflüssiges in ihren Magen.

Als er kurz darauf zurückkam, hatte seine Ex-Frau es sich bequem gemacht. Mit untergeschlagenen Beinen lehnte sie in den Polstern, ein neuerlich halb volles Rotweinglas in der Hand. Mist, warum hatte er die Flasche nicht mitgenommen? Nun, immerhin war sie jetzt leer, wie er unschwer erkennen konnte. Eine zweite würde er nicht öffnen.

»Es ist so schön bei dir«, sagte Christine und blickte auf die Regalwand. »Ich habe deine Bücher vermisst. Den dicken Shakespeare und die ganzen Gedichtbände ...«

»Bist du gekommen, um mir das zu sagen? Oder was möchtest du so plötzlich hier?«, fragte Thomas vorsichtig.

Christine drehte sich zu ihm um. »Ich habe nicht nur deine Bücher vermisst. Sondern auch deine verständnisvolle

Art und deine starken Schultern.« Sie lächelte halb hilflos, halb verführerisch.

Früher hätte er darauf reagiert, schoss es ihm durch den Kopf. Doch nun war ihm angesichts ihrer gespielten Hilfsbedürftigkeit nur nach Kopfschütteln zumute.

»Also gut. Jetzt erklär mir mal, was das alles bedeuten soll. Was ist passiert? Warum bist du hier – ausgerechnet bei mir?«

»Weil ich zu dir zurückwill.«

Thomas hielt unwillkürlich den Atem an.

Um Gottes willen! Nein! Und noch mal nein!

Er erschrak selbst angesichts dieser Endgültigkeit.

Monate, ja, wenn er ganz ehrlich war, sogar Jahre nach ihrer Trennung hatte er auf diesen Satz gewartet. Und nun saß Christine vor ihm mit Hab-mich-lieb-Miene, und er empfand – nichts. Höchstens ein mildes Gefühl von Irritation. Und ja, auch Ärger darüber, dass er trotz der Anzeichen der letzten Tage nicht erkannt hatte, was sich abzeichnete. Vielleicht hätte er diese Klippe sonst umschiffen können. Wie konnte sie ihm jetzt mit so etwas kommen?

»Ich habe Ralf verlassen.«

Langsam schüttelte Thomas den Kopf. Was sie da sagte, war schwer zu fassen.

»Warum?«

»Er hat immer so wenig Zeit für mich. Und wenn ich mit ihm über meine Gefühle sprechen will, nimmt er mich nicht ernst. Er kümmert sich gar nicht darum, wie es mir geht. Ob ich Probleme habe, oder ob ich mich einsam fühle.«

Plötzlich standen Tränen in ihren Augen. O nein! Sie versuchte es immer noch. Langsam verlor er die Geduld.

»Christine, erinnere dich! Das ist genau das, was du mir vorgeworfen hast, als du Ralf kennengelernt hast und zu ihm gezogen bist. Und hast du mir nicht erklärt, dass er deine ganz große Liebe ist?«

Christine zuckte mit den Achseln und leerte ihr Glas in einem Zug.

»So was kann sich eben ändern. Und dann denkt man an früher und an die tollen Zeiten, die wir beide miteinander verbracht haben.«

»Nicht *man* denkt. Du denkst. Aber sorry, ich nicht.«

Sie zuckte zusammen und richtete sich auf. Langsam und bedächtig stellte sie das Glas zurück auf den Tisch. Sie atmete ruckartig ein und starrte ihm ins Gesicht.

»Du willst nicht ...« Ihr Blick wirkte fast entsetzt. Mit dieser Reaktion hatte sie wohl nicht gerechnet, sondern war davon ausgegangen, dass sie nur mit den Fingern schnipsen musste und er sie begeistert und mit offenen Armen wie ein Präsent zurücknehmen würde. Christine hatte sich vollkommen verkalkuliert.

Thomas schüttelte den Kopf und sagte mit fester Stimme das, was ihm schon so lange durch den Sinn geisterte und nun endlich einen Weg nach draußen fand.

»Ich bin nicht mehr dein Problemlöser und will es auch nicht sein. Es ist vorbei, Christine. Es ist wirklich vorbei. Hast du dir schon einmal überlegt, wie andere Frauen mit ihren Herausforderungen umgehen? Dass sie sich ihnen stellen und daran wachsen, statt sich schwach zu geben und jemanden zu suchen, an den sie sich hängen können?«

Sie starrte ihn mit offenem Mund an, als hätte er sie geohrfeigt.

»Du möchtest immer einen Mann zum Anlehnen, einen der dein Selbstwertgefühl aufbaut. Und wenn er das aus irgendeinem Grund nicht kann oder nicht mehr will, suchst du dir einen anderen.«

»Aber wir beide ...«

»Wir hatten gute Jahre, ja natürlich. Wir haben diese wundervollen Söhne. Nur – es ist vorbei. Und es kommt nicht wieder.«

Er hätte noch einiges sagen können, doch angesichts ihrer zitternden Unterlippe hielt er inne. Er musste etwas tun, bevor sie einen ihrer Heulanfälle kriegte. Das konnte er jetzt gar nicht brauchen.

»Gib mir Beates Nummer«, sagte er streng.

Ihre Verblüffung über seine Bitte hatte den gewünschten Effekt. Sie drehte sich ein wenig zur Seite, zog ihr Handy aus der Gesäßtasche, entsperrte es mit ihrem Daumenabdruck und reichte es ihm.

Beate stand im Telefonverzeichnis unter *Häufig kontaktiert* ganz oben. Und glücklicherweise ging sie sofort dran.

»Hi, Tine – und, was hat er gesagt?«, klang Beates hohe Stimme in sein Ohr.

»Er sagt, dass er sie jetzt gleich zu dir bringt«, antwortete Thomas. »Du bist doch daheim?«

»Oh, hallo. Du bist es. Äh, ja, hm ...«, druckste sie herum, »ich nehme an, es ist nicht so gelaufen, wie Tine es sich gedacht hat?«

»Nein.«

Beate war es eindeutig unangenehm, nun mit ihm zu sprechen. Das hatten sich die beiden wohl anders ausgemalt.

Sie seufzte. »Hab ich befürchtet. Ja, okay, sie kann zu mir kommen.«

»Danke.« Thomas warf einen Blick zu seiner Ex-Frau, die nun wie ein Häufchen Elend auf dem Sofa saß. »Wir fahren gleich los.«

Ohne weitere Worte gab er Christine ihr Handy zurück und ging hinaus in den Flur, um ihr Stiefel, Jacke und Mütze zu bringen. Doch sie wartete nicht, sondern folgte ihm mit steinerner Miene und nahm selbst ihre Sachen von der Garderobe.

Wortlos zogen sie sich an, und wortlos brachte Thomas Christine mit seinem Wagen zu Beate.

Er begleitete sie bis zur Tür und klingelte. Als die Freundin öffnete, schob sich Christine sofort an ihr vorbei und verschwand im Haus.

»Du hast ihr also eine Abfuhr erteilt?«, fragte Beate leise. »Dabei war sie sich nach eurer Autofahrt am Samstag so sicher, dass das alte Feuer noch da ist.«

»Ist es aber nicht. Tut mir leid, dass ich sie so bei dir ablade, nur bei mir kann sie schlecht bleiben.«

»Klar. Ist besser so. Vielleicht ist sie jetzt doch bereit, dass sie mit Ralf zu ein paar Therapiegesprächen geht.«

Thomas sah Beate überrascht an. Er kannte sie zwar schon seit Jahren als Christines beste Freundin, aber so vernünftig hatte er mit der sonstigen Ulknudel noch nie gesprochen.

»Das wäre sicher hilfreich. Und, Beate ...«

»Ja?«

»Ich glaube, sie hat schon einiges getrunken – pass auf sie auf.«

»Klar. Mach ich. Immer.« Sie verzog ihr Gesicht zu dem Clownsgrinsen, auf das Henry und Nicolas als Kinder stets mit schallendem Gelächter reagiert hatten. »Bin schließlich eine verantwortungsbewusste Erzieherin.«

Als Thomas in einen freien Parkplatz auf der gegenüberliegenden Straßenseite einscherte, entdeckte er Micha, der vor seiner Haustür stand und zu seiner Wohnung hinaufsah. Er öffnete das Seitenfenster ein Stück und rief über die Straße: »Hey, Micha, ich bin gleich da.« Dann parkte er den Wagen und stieg aus.

Sein Kollege sah ihm entgegen.

»Wo kommst denn du her?«, fragte er. »Hast du etwa vor lauter Weihnachtsbesorgungen unseren Montagsjog vergessen?«

»Nein, ich habe heute eher Weihnachten selbst vergessen, aber ... Ach, komm doch schnell mit rauf, ich zieh mich nur kurz um.«

Flotten Schrittes stiegen beide nach oben.

»Du kennst dich ja aus«, sagte Thomas und verschwand im Schlafzimmer.

»Oh, du hattest Damenbesuch!«, hörte er Micha rufen, als er die Joggingsachen aus dem Schrank nahm.

»Wie kommst du darauf, Sherlock?«, rief Thomas zurück.

»Brot und Käse. Dazu zwei Weingläser, eins davon mit Lippenstift.«

»Christine war hier.«

»Echt? Warum?«

Thomas antwortete nicht sofort, sondern zog sich schnell um. Dann ging er, die Joggingschuhe in der Hand, zu Micha ins Wohnzimmer, um sich dort fertig zu machen.

»Sie hat ihren Mann verlassen und wollte zu mir zurückkommen«, sagte er, als er in die Schuhe schlüpfte. Erst jetzt begriff er so richtig die Ungeheuerlichkeit dessen, was vorhin geschehen war. Er atmete bewusst ein – bis tief in den Bauch – und langsam wieder aus.

»Puh! Echt der Hammer!« Micha pfiff durch die Zähne. »Und?«

»Nichts ›und‹. Ich habe sie zu ihrer Freundin gebracht.«

»Keine warmen Gefühle aus alten Zeiten?«

Thomas schüttelte den Kopf und beugte sich vor, um seine Schuhe zu binden. »Nein, das ist vorbei.«

»Na ja, da ist ja auch noch Sandra. Und nicht zu vergessen die geheimnisvolle Jugendliebe im hohen Norden.«

Anja. Beim Gedanken an sie wurde ihm eine Spur leichter ums Herz.

»Weißt du was, Micha. Lass uns loslaufen und mal eine Weile nicht über Frauen reden, ja?«

»Äußerst gerne. Die Uli macht mich mit ihrem ständigen Weihnachtstrallala nämlich auch gerade ziemlich fertig!«

Thomas grinste. Der Lauf durch die winterliche Dunkelheit, kaum erhellt durch den zunehmenden Mond, würde die Gedanken klären, und das war genau das, was sie beide jetzt brauchten.

Eine gute Stunde später kehrte Thomas in seine Wohnung zurück und wurde von kräftigem Duft empfangen, der seinen Magen knurren ließ. In der Eile, Christine loszuwerden und mit Micha loszulaufen, hatte er es versäumt, den Käse in den Kühlschrank zu stellen. Aber egal. Besonders der Münsterkäs schmeckte sowieso besser, wenn er nicht so kalt war.

Frisch geduscht räumte er Christines Glas weg und freute sich, dass sie seines nicht angerührt hatte und es noch fast voll war.

Die körperliche Bewegung hatte ihn nicht nur hungrig gemacht, sondern auch müde und entspannt. Beinahe waren sogar Christines jammernde Beschwerden aus seinem Kopf verschwunden. Er legte eine Platte mit Schuberts Unvollendeter auf und widmete sich dann endlich dem Abendbrot.

Thomas' Blick glitt zum Laptop auf dem Sideboard. Wie anders als geplant die letzten Stunden verlaufen waren! Er fühlte sich nun mit vollem Magen und dem Rotwein in den Adern richtig erschöpft.

Die Vokabeltests fielen ihm ein, aber die würde er auch

morgen beim Frühstück oder in der Freistunde schnell korrigieren können. Heute Abend wollte er nur noch ins Bett gehen. Allerdings nicht, ohne Anja Gute Nacht zu sagen.

Er holte seinen Laptop und weckte ihn aus dem Schlafmodus. Dann öffnete er Anjas gestrige Mail, um sich durch sie nach Juist und zu ihr zu träumen.

Der Satz mit dem ritterlichen Jakob gefiel ihm auch beim erneuten Lesen nicht, aber gerade nach Christines heutigem Auftritt schätzte er Anjas Stärke und Zuversicht, die zwischen den Zeilen hervorklang, besonders. Mit einem verstauchten Fuß hätte Christine jammernd auf dem Sofa gelegen, sich bedienen lassen und erwartet, dass man sie bespaßte. Anja dagegen machte Pläne, was sie trotz des schmerzenden Fußes unternehmen konnte.

Sie hatte vor zu lesen – sollte er ihr zu Weihnachten ein Buch schicken? Das wäre doch nett und nicht ganz so persönlich wie die Halskette. Er wollte sie schließlich nicht bedrängen. Aber was für ein Buch? Was las sie gerne? Krimis? Liebesromane? Am Ende Science-Fiction?

Er hatte außerdem noch die Tannenbaumanhänger aus Olivenholz vom Freiburger Weihnachtsmarkt. Doch er bezweifelte, dass das Päckchen rechtzeitig ankommen würde. Vor Weihnachten war die Post erfahrungsgemäß überlastet. Und dann kam das Problem der Insellage dazu. Gut, sie war bis nach Neujahr auf Juist, und von einem Buch hätte sie auch nach den Feiertagen noch etwas, wenn es nicht gerade ein Weihnachtsschmöker war.

Thomas ertappte sich dabei, wie seine Gedanken Karussell fuhren, immer um Anja herum.

Schluss jetzt, befahl er sich und klickte die Antwortfunktion an.

Liebe Anja,
ich hatte heute einen sehr anstrengenden und turbulenten Tag, sowohl beruflich als auch privat. Dennoch möchte ich dir schnell noch ganz viele gute Besserungswünsche schicken. Ich hoffe, deine Schmerzen haben inzwischen ein bisschen nachgelassen, aber so eine Verstauchung ist leider nicht in ein paar Stunden wieder ausgeheilt. Das weiß ich aus Erfahrung.
Wie schön, dass es im Hotel eine Lesungsveranstaltung gibt, was du schreibst, klingt nach einem fröhlichen Abend. Und Kreuzworträtsel und Bücher helfen immerhin bei Entspannung und Erholung. Was liest du denn besonders gerne?

Thomas war damit zufrieden. Mit etwas Glück würde er so erfahren, was für ein Buch er ihr schenken konnte.

Ich bin nun so müde, dass ich früh ins Bett gehen werde. Aber nicht, bevor ich dir Gute Nacht gesagt habe.
Liebe Grüße
Thomas

Mit Sehnsucht wünsch ich
eine Nacht im Zauberland
voll süßer Träume

Kapitel 19

»Alle Jahre wieder«, schallten helle Kinderstimmen von der Straße her zu Anjas Appartement herauf, und sie schreckte im Bett hoch. Ein Blick zum Wecker zeigte ihr jedoch, dass es noch gar nicht so spät war, wie sie befürchtet hatte.

»Ich wünsch mir das Puppenhaus«, hörte sie.

»Und ich einen Bagger!«

Die Stimmen wurden leiser.

Juist rüstete sich also mit seinen Bewohnern und Urlaubern für das Weihnachtsfest. Und sie lag mit einem dicken Flunken herum, wie man auf Norddeutsch so schön sagte.

Anja schlug die Decke zurück und betrachtete den schmerzenden Fuß, den sie mit einem Kissen etwas höher gelagert hatte.

»Nun bin ich ans Hotel gefesselt«, sagte sie. Und das übers Fest, denn sie wusste, dass diese Verstauchung nicht so schnell heilte.

Na, immerhin konnte sie heute zu der musikalischen Weihnachtslesung gehen, mit ihren Gehhilfen war sie zumindest innerhalb des Gebäudes mobil.

Anja gähnte und warf einen Blick auf ihr Handy.

Jakob hatte eine Nachricht geschrieben: »Na, du kranke Maus? Wie geht es dir heute Morgen? Ich bin froh, dass ich dich gestern retten konnte. Schade, dass aus unserem Spaziergang zu den Teichen nichts wird. Ich komme sehr gern mit zu dieser Lesung.«

Anja wiegte den Kopf. Ihr war die Nachricht zu lang. Zu hoffnungsvoll. Sie mochte Jakob, das ja, aber da war kein Feuer. Er war Agnes' Bruder und Miekes Onkel. Mehr nicht. Sie seufzte. Irgendwie war ihr momentan alles zu viel. Nichts lief so wie erhofft.

Erholen hatte sie sich wollen, stattdessen war sie ganz schnell wieder in ihr Helfersyndrom abgedriftet und schlug sich zudem jetzt mit zwei Kerlen rum, von denen der eine sie nicht wollte und der andere ihr so nahkam, dass sie auf Abstand gehen musste.

Anja legte das Handy vorerst auf den Nachtschrank und stemmte sich hoch. Sie biss die Zähne zusammen, als sie das Bein mit beiden Händen umfasste und anhob. Verdammt, tat das weh!

Sie brauchte eine Weile, ehe sie saß. Anja hangelte nach den Gehhilfen, die sie zum Glück griffbereit neben dem Bett platziert hatte, und stand auf. Ihr war ein bisschen schwindelig, und als das Blut jetzt in den Fuß schoss, verzog sie schmerzhaft das Gesicht.

Sie quälte sich ins Bad und wickelte den Verband ab, damit sie duschen konnte. Die Hausdame hatte ihr zwei Hocker hineingestellt, auf einem konnte sie sitzen, auf dem anderen das Bein lagern. Sie hangelte nach dem Duschkopf und wusch sich mehr schlecht als recht. Es dauerte, und mit jedem Handgriff wurde Anja mutloser.

Dieser Unfall gestern war die Krönung des ganzen Desasters, in das sie sich selbst hineinmanövriert hatte!

Nach einer halben Stunde war sie fertig, cremte den verletzten Fuß mit der Salbe ein, die ihr der Doktor verordnet hatte, und umwickelte ihn fachgerecht.

Ein Blick in den Spiegel zeigte ihr ein verkniffenes und trauriges Gesicht. Sie erschrak ein bisschen und fühlte sich um Jahre gealtert.

»Jammern nützt nichts«, machte Anja sich Mut. Ein Frühstück würde ihr guttun. Nur, wie sollte sie das mit dem Büfett bewerkstelligen?

Anja hüpfte mit den Gehhilfen zum Speisesaal, wo ihr der Duft von gebrühtem Kaffee, frischen Brötchen und Rührei entgegenschlug. Ihr Magen knurrte laut, als sie sich auf ihren Platz setzte. Der Tisch war heute wunderschön gedeckt. In quadratischen roten Glasbehältern steckten Tannenzweige, die mit Strohsternen oder Wichteln behängt waren. Im Hintergrund lief leise Weihnachtsmusik. Das Hotel hatte sich für die klassische Variante entschieden, was Anja sehr mochte.

»Kann ich Ihnen etwas holen?«, fragte eine junge Frau mit dünnem Stimmchen. Hedi, stand auf ihrem Namensschild, das sie als Auszubildende auswies.

»Das wäre lieb«, sagte Anja. »Mit den Krücken komme ich nicht weit.«

»Dafür sind wir ja da«, ermunterte Hedi sie. »Wir wissen schließlich Bescheid.«

Und so flitzte das junge Mädchen durch den Speisesaal, versorgte Anja mit Rührei und Speck. Mit Körnerbrötchen, Lachs und Deichkäse. Mit Cocktailtomaten und Paprikaschnitzen und was das Büfett sonst noch an Köstlichkeiten zu bieten hatte. Hedi füllte zudem Anjas Kaffeetasse ständig auf und brachte am Ende kleine Muffins zum Nachtisch.

»Das ist unsere Weihnachtsedition«, erklärte sie. »Die haben wir dieses Jahr mal ausprobiert.«

Anja kostete den ersten, der mit brauner Schokolade übergossen und silbernen Kügelchen dekoriert war.

Sie war hin und weg, denn der Muffin schmeckte köstlich. Der kleine Kuchen war nicht nur überaus fluffig und schokoladig, in ihm schlummerte auch eine Komposition aus Gewürzen, die sich so wunderbar vereinten, dass Anja kaum herausschmecken konnte, was es war. Zimt war dabei. Etwas Sternanis und auf jeden Fall Kardamom.

Anja probierte den zweiten. Er bestand aus hellerem Teig, und hier dominierte die vanillige Note. Das Topping war ein Traum aus cremiger weißer Schokolade, in die ein Tannenbaum aus einem dünnen Marzipanplättchen eingelassen war.

»Wahnsinn!«, begeisterte sich Anja. Sie merkte, dass sie sogar den Schmerz eine Weile vergessen hatte und dass auch ihre Stimmung angesichts dieser Leckereien besser geworden war.

Als sie mit Daumen und Zeigefinger die letzten Krümel vom Teller auftupfte, kamen allerdings die düsteren Gedanken mit voller Wucht zurück, und auch ihr Fuß meldete sich wieder.

»Kann ich sonst noch was für Sie tun?«, fragte Hedi, als sie mit einem Tablett, auf dem sich das Geschirr stapelte, vorbeikam.

»Nein danke«, antwortete Anja. »Sie haben mir aber sehr geholfen!«

»Das ist ja wohl selbstverständlich«, wehrte das junge Mädchen ab und wurde vor Verlegenheit rot.

Anja erhob sich. Na gut, dann würde sie eben die letzten anderthalb Wochen mit ausgiebigem Lesen verbringen. Bücher hatte sie noch zwei, und notfalls würde sie in der Buchhandlung Koch anrufen und etwas bestellen. Jakob wäre sicher so freundlich, den Lesestoff für sie abzuholen.

Anja presste die Lippen zusammen. Das bedeutete allerdings, dass sie mit ihm wirklich Klartext reden musste. Freundschaft ja, mehr nicht.

Sie war froh, als sie auf ihrem Sofa niedersinken konnte. Den Fuß lagerte sie wieder mit einem Kissen auf einem bereitgestellten Stuhl. War das angenehm, als das Pochen etwas nachließ!

Anja schloss die Augen. Sollte sie nachsehen, ob Thomas geschrieben hatte? Oder erst Jakob mitteilen, dass sie lieber allein zu dieser Lesung gehen wollte? Andererseits hätte sie etwas Gesellschaft, käme er mit.

Es wäre aber gemein, seine offensichtliche Hoffnung zu schüren und das Feuer dann später mit einem gezielten Tritt zu löschen. Das war nicht ihre Art.

Anja griff zum Handy und rief noch einmal die Nachricht von Jakob auf. Es war eindeutig: Er versprach sich von ihrem Treffen mehr, als sie ihm geben konnte. Sie beschloss, ihn gleich anzurufen und ihm klar zu sagen, was Sache war.

Aber zuerst wollte sie doch nachsehen, ob Thomas sich gemeldet hatte. Obwohl es ihr egal sein konnte. Leider war es das nicht.

Sie rief das Mailprogramm auf, und ein eiskalter Schauer durchfuhr sie, als sie las, was er geschrieben hatte.

Sein Geschreibsel empfand sie wie einen nassen Waschlappen, den ihr jemand ins Gesicht schleuderte, um sie zu wecken.

Kühler ging es nicht! Und warum interessierte ihn, welche Bücher sie mochte? Das hatte er doch offenbar nur gefragt, weil ihm nichts Besseres eingefallen war.

Blödmann. Sie würde ihm gar nicht mehr antworten.

Heute war ein Tag, an dem es besser war, sich die Decke über den Kopf zu ziehen.

Sogar das Wetter lud dazu ein. Grau und trist war es. Die Sonne hatte den Kampf gegen Nebel und Wolken gar nicht erst aufgenommen.

Anja fuhr zusammen, als ihr Handy klingelte. Im Display ploppte Jakobs Name auf.

Sie schluckte und nahm ab. Gut, dann konnte sie wenigstens hier aufräumen und alles klarstellen.

»Moin, Jakob«, sagte sie betont unbefangen.

»Wie geht es dir?«, fragte er sofort. »Hast du meine Nachricht bekommen?«

»Ja«, antwortete Anja knapp.

»Ich habe dir ja schon mitgeteilt, dass ich gern zur Lesung kommen möchte.« Er machte eine Pause.

Das ist die Gelegenheit, ihm reinen Wein einzuschenken, dachte Anja. Los jetzt.

Dazu kam sie gar nicht, denn Jakob sagte: »Ich würde gern jemanden mitbringen.«

Anja stutzte. Mit dieser Mitteilung hatte sie nicht gerechnet.

»Du willst jemanden mitbringen? Ja, wen denn? Ist Agnes wieder da?«, fragte sie erstaunt.

Jakob räusperte sich. »Nein, aber was ich dir jetzt sage, solltest du meiner Schwester lieber nicht verraten. Das möchte ich gern selbst tun.«

»Mach es nicht so spannend!«

Jakob zögerte. »Ich bin seit Kurzem verlobt, und Fenja ist gestern überraschend gekommen. Das ist der Mensch, den ich mitbringen und dir gern vorstellen möchte.«

Erst war Anja baff, schließlich atmete sie auf. »Du bist verlobt?«

»Ja, heimlich.« Er machte eine Pause und kicherte wie ein Teenager. »Agnes weiß nichts davon.«

Anja war derart erleichtert, dass sie aufgestanden und herumgetanzt wäre, wenn ihr Fuß sie nicht daran gehindert hätte.

»Okay, kein Problem«, sagte sie beschwingt. »Ich hatte allerdings das Gefühl, dass deine Schwester andere Pläne mit dir hatte.«

»Das stimmt. Agnes fand die Idee wunderbar, dich und mich zu verkuppeln, und ich hoffe, du bist jetzt nicht enttäuscht.«

»Im Gegenteil. Ich habe nämlich befürchtet, dass du denkst, mit uns beiden ...« Sie sprach es nicht aus, das war peinlich.

»Da haben wir uns von meiner Schwester wohl ganz schön manipulieren lassen.« Jetzt holte er tief Luft.

»So sieht das aus«, bestätigte Anja. »Aber sag mal, warum durfte Agnes bislang nichts von deiner Verlobten wissen?«

»Schwieriges Thema«, antwortete Jakob. »Sie waren mal befreundet, und wie das mit Frauen so ist – beide lieben denselben Mann, und eine gewinnt. In dem Fall war es Fenja. Es ist lange her. Ich muss meiner Schwester die Sache sehr schonend beibringen. Ich wollte das in diesem Urlaub auf Juist tun, aber ... egal. Darf ich Fenja mitbringen?«

»Gern. Ich freue mich, sie kennenzulernen. Dann bis später!«

Anja beendete das Gespräch und warf sich befreit rücklings ins Kissen.

Wie wunderbar, dass es Dinge gab, die sich ganz von allein lösten! Jetzt freute sie sich unbändig auf die Lesung.

Und Thomas schreibe ich erst danach, dachte sie. Er sollte ruhig ein bisschen zappeln. Doch den Wunsch verwarf sie sofort, sicher würde er überhaupt nicht auf ihre Nachrichten warten.

Die Lesung war gut besucht und die Bar vollständig besetzt. Anja wurde sofort ein Bänkchen für ihren Fuß hingestellt, sodass sie alles einigermaßen schmerzfrei genießen konnte.

Gereicht wurden Ostfriesentee auf dem Stövchen, dazu Krintstuut mit Butter und Spekulatius.

Anja saß lange allein am Tisch, und sie dachte schon, Jakob und Fenja würden gar nicht mehr kommen, aber sie huschten auf den letzten Drücker herein.

»Danke, dass du uns die Plätze freigehalten hast«, raunte Jakob ihr zu, und dann begann der Akkordeonspieler auch schon mit seiner ersten Darbietung.

Er hatte sich für die klassischen Weihnachtslieder entschieden, aber es gelang ihm, den Melodien doch noch immer etwas Eigenes zu entlocken.

Die Autorin, eine schmale blonde Frau mit einem herben Gesicht und dem klangvollen Pseudonym Mareile vom Himmelstor, hatte ihr neuestes Werk mitgebracht. Es ging um einen Mann und eine Frau, die sich jahrelang aus den Augen verloren hatten. Durch einen Zufall waren sie sich wieder über den Weg gelaufen und hatten einen E-Mail-Verkehr begonnen. Zu Weihnachten konnten sie sich dann in die Arme fallen.

Mareile vom Himmelstor konnte unglaublich gut vortragen und berührte die Zuhörer nicht nur mit ihrer klangvollen Stimme, sondern auch mit dem wirklich gut geschriebenen Text. Die Schriftstellerin verstand es, die Story so zu verpacken, dass sie romantisch und nicht kitschig rüberkam.

Anja musste sich so einige Male zusammenreißen, um nicht loszuheulen, denn es gab verdammt viele Parallelen zu ihr und Thomas.

Am Ende spielte der Musiker noch Lieder wie *Süßer die Glocken nie klingen* und *Stille Nacht*, sodass Anja dann doch

Tränen in den Augen hatte. Natürlich kaufte sie das Buch und ließ es sich signieren.

Mit Jakob und Fenja hatte sie kaum ein Wort gesprochen, und die beiden verabschiedeten sich schnell. Allzu viel hatten sie von der Veranstaltung ohnehin nicht mitbekommen. Sie waren zu sehr damit beschäftigt gewesen, sich anzusehen.

Anja schleppte sich, den Roman unter den Arm geklemmt, in ihr Appartement zurück. In Büchern gingen solche Geschichten immer gut aus. Es war eine schöne Märchenstunde gewesen.

Sie klappte den Laptop auf und klickte Thomas' Mail an. Sie las sie einmal. Zweimal. Auch beim dritten Lesen entdeckte Anja nichts Warmes. Thomas befand sich auf dem Rückzug.

Dann aber las sie das Haiku, das sie bislang nur überflogen hatte, weil sie mit Thomas' Text beschäftigt gewesen war.

Mit Sehnsucht wünsch ich
eine Nacht im Zauberland
voll süßer Träume

Da war von Sehnsucht die Rede und von süßen Träumen. Eigentlich total romantisch. Wie passte denn das zusammen? Sehnte er sich nach Juist? Oder war das doch ein Wink?

Ein winziger Hoffnungsschimmer zog sich durch Anjas Gedanken, aber sie verwarf ihn gleich wieder. Nicht dass sie Thomas in Bedrängnis brachte, wenn sie ihn nah an sich heranließ. Von Jakob wollte sie ohnehin nicht mehr schreiben, nachher dachte Thomas, sie wollte ihn eifersüchtig machen. Das wäre besonders blamabel, falls er, warum auch immer, herausbekam, dass Jakob verlobt war.

Sie holte tief Luft und schrieb:

Lieber Thomas,
danke für deine Nachricht. Mein Fuß schmerzt immens, aber ich werde blendend versorgt. Heute Morgen gab es beim Frühstück Mini-Muffins, ich habe in meinem ganzen Leben noch keine köstlicheren gegessen. Die Lesung war ebenfalls sehr schön, wir wurden mit Rosinenstuten, den man hier Krintstuut nennt, verwöhnt.

Anja hielt inne. Sie konnte doch nicht nur vom Essen berichten. Aber es war auch eigenartig, wenn sie von der Lesung schrieb und davon, worin es in dem Buch ging. Selbst das könnte er falsch auslegen. Sie würde es ein wenig verpacken müssen.

Du hast mich gefragt, was ich gern lese. Alles quer durch die Bank, nur keine Fantasy oder Science-Fiction. Am meisten fesseln mich historische Romane, aber das Buch von der Lesung heute habe ich auch gekauft, weil es ein wunderbarer Liebesroman ist.
Das Wetter ist hier gerade gruselig. Nebel und dichte Wolken.
Es grüßt dich
Anja

Sie las sich die Zeilen noch einmal durch und war hochzufrieden. So war die Distanz gewahrt.

Anja drückte auf »Senden«. Zurück blieb ein verunsichertes Gefühl. Was, wenn sich die Sehnsucht in seinem Haiku doch auf sie und nicht aufs Töwerland bezogen hatte?

Kapitel 20

Thomas stöhnte, als lautes Klingeln ihn aus dem Schlaf riss. Schon zwei Nächte hatte er kaum geschlafen, war immer wieder aufgewacht und hatte dann ewig wach gelegen. Zwar war es ihm gegen vier Uhr noch einmal gelungen einzudösen, aber als er nun den Wecker ausstellte, tat ihm der ganze Körper weh, und die Augen brannten selbst hinter den geschlossenen Lidern.

Wie sollte er durch den Tag kommen?

Es war einfach alles so verfahren – irgendwie schien das Leben völlig aus den wohlgeordneten Bahnen geraten zu sein und ihn in ein Gefühlschaos gestürzt zu haben.

Obwohl er es nicht wollte, machte er sich Sorgen um Christine. Gestern Abend hatte er Beates Nummer herausgesucht und sich bei ihr erkundigt, wie der Stand der Dinge war.

»Ich arbeite dran«, hatte Christines Freundin gesagt. »Hab mit Ralf gesprochen. Der scheint aber null Ahnung zu haben, was Tine bewegt. Ihr Männer habt halt kein Gespür für Gefühle.«

So ein Blödsinn!

Thomas öffnete die Augen und schwang die Beine aus dem Bett. Wieder stöhnte er. Sein Nacken war völlig verspannt, und als er begann, die Schultern kreisen zu lassen, zog der Schmerz bis in den Rücken.

Kein Gespür für Gefühle. Nun erinnerte er sich, warum er Beate nie besonders gemocht hatte. Christines Freundin steckte voller Vorurteile, und ihre Vorstellung von Männern und Frauen war ein klares Schwarz-Weiß-Bild ohne die Grautöne der Wirklichkeit.

Thomas erhob sich vom Bettrand und machte sich auf den Weg ins Bad. Eine heiße Dusche würde seinem schmerzenden Nacken guttun.

Natürlich konnte er Gefühle einordnen und deuten. Zumindest bildete er sich das ein. Obwohl sein Instinkt ihn, was Christine betraf, in den letzten Tagen ganz schön im Stich gelassen hatte. Er hätte früher ahnen müssen, was sie mit ihren Nachrichten und Begegnungen sagen wollte. Plötzlich war er sich sicher, dass auch das unerwartete Treffen auf dem Freiburger Weihnachtsmarkt kein Zufall gewesen war.

Die Dusche tat ausgesprochen gut, am liebsten wäre er einfach weiter unter dem heißen Wasserstrahl stehen geblieben. Aber die Zeit würde ihm anschließend beim Frühstück fehlen, und er legte Wert auf einen ruhigen Tagesbeginn mit ausreichend Kaffee. Mini-Muffins wie Anja hatte er allerdings keine.

Anja.

Auch ihre letzte Mail hatte sicherlich dazu beigetragen, dass er in der vergangenen Nacht aus einem Traum aufgeschreckt war, an den er sich zwar nicht mehr richtig erinnerte, der jedoch ein bedrückendes Gefühl hinterlassen hatte. Ein einziges Bild war geblieben: ein Strand, auf den eine Nebelwand zukam, eine kaum erkennbare Gestalt, die langsam in diesem Dunst verschwand.

Natürlich lag die Vermutung nahe, dass es sich um den Juister Strand gehandelt hatte. Und dass der Traum etwas mit Anja zu tun hatte. Mit ihrer kurzen und kühlen Mail.

Thomas drehte die Dusche aus. Nun war es genug. Er musste sich aufraffen und den Tag beginnen. Nach vorn schauen. Wieder ins Gleichgewicht kommen.

Sich auf den Unterricht zu konzentrieren würde helfen. Und die Vorfreude auf das Weihnachtsfest mit Nicolas. Es ging ihm doch gut!

»Was ist denn heute mit dir los?«, fragte Sandra. »Bist du eingefroren?«

Thomas zuckte zusammen. Tatsächlich ertappte er sich dabei, dass er an der Kaffeemaschine im Lehrerzimmer stand, einen bunten Becher in der Hand, und ins Leere starrte. Rasch trat er einen Schritt zur Seite.

»Sorry, ich war gerade in Gedanken.«

»Das habe ich gemerkt.« Sandra grinste. »Ich hätte mal die Zeit stoppen sollen, die du rumstehen kannst, ohne dich zu bewegen.«

Sie nahm ihren Kaffee, verharrte aber neben ihm und musterte ihn. »Bist du okay?«

Thomas hob die Achseln und stellte den unbenutzten Becher wieder aufs Regal. »Müde. Hab schlecht geschlafen.«

»Du Armer. Gibt's einen Grund?«

»Nein, nein, alles gut, das ist eben manchmal so, wenn man keine zwanzig mehr ist«, behauptete Thomas.

»Sicher?« Sandra legte den Kopf schief und betrachtete ihn skeptisch.

Thomas zögerte. Es war nicht seine Art, mit Gefühlen hausieren zu gehen. Aber warum sollte er sich nicht überwinden und mit Sandra darüber sprechen? Allerdings war das Lehrerzimmer in der großen Pause keinesfalls der richtige Ort für einen vertraulichen Austausch.

Er bemühte sich um ein Lächeln und einen leichten Tonfall. »Hast du Zeit zum Reden? Da gibt es tatsächlich was …«

»Klar – schieß los!«

»Ich fürchte, dafür reichen die …« Er warf einen Blick auf seine Armbanduhr. »… nächsten dreieinhalb Minuten nicht aus. Wie lange unterrichtest du heute? Vielleicht könnten wir was Kleines zusammen essen gehen?«

»Sechs Stunden. Und ja, gerne. Ich hab ohnehin nichts Gescheites daheim!«

»Ich hab auch sechs Stunden. Treffen wir uns bei Toni? Weißt du, wo das ist?«

»Yep!«

»Danke.«

»Kein Ding.« Sandra warf ihm ein aufmunterndes Lächeln zu und ging zurück an ihren Platz.

Tatsächlich fühlte er sich ein wenig besser. Obwohl er sie noch nicht lange kannte, vertraute er ihr. Sandra schien mitten in sich selbst zu ruhen und war bestimmt eine gute Zuhörerin.

Der Gong ertönte und verkündete das Ende der Pause.

Thomas schreckte zusammen. Oje! Er war schon wieder in seiner Gedankenwelt abgetaucht und hatte dabei die Kaffeemaschine angestarrt, ohne sie zu sehen.

Tonis Café lag nur zwei Querstraßen von der Schule entfernt und war, als Thomas den hinteren Gastraum betrat, erstaunlich leer. Sandra war noch nicht hier, er hatte sie jedoch nach Unterrichtsschluss auch nicht im Lehrerzimmer gesehen.

»Sie versetzt dich«, schoss es ihm durch den Kopf, aber natürlich war es wahrscheinlicher, dass sie noch ein Gespräch mit einem Schüler oder einer Schülerin zu führen hatte. Warum sollte sie sich mit ihm verabreden und dann nicht erscheinen?

Er setzte sich an den runden Tisch in der Ecke mit dem Rücken zur Wand, sodass er Sandra gleich sehen würde, wenn sie das Café betrat, und warf einen Blick auf die Mittagskarte, die unter der kleinen Vase mit dem Tannenzweig und der seidenen Christrose lag. Salat mit Putenstreifen klang nicht schlecht.

»Ey, hallo, Thomas, du warst ja ewig nicht hier. Was kann ich dir bringen?«

Toni kam heute höchstpersönlich zu ihm, um die Bestellung aufzunehmen.

Thomas musste nicht lange überlegen.

»Erst mal nur 'ne Flasche sauren Sprudel – mit zwei Gläsern. Gleich kommt eine Kollegin.«

»Kollegin? Aha.« Toni rieb sich die Hände.

»Du hast immer noch zu viel Fantasie.«

»Nee«, wehrte Toni ab. »Ich kenn dich einfach lange genug. Dir sind schon damals in der Schule die Mädels nachgelaufen.«

»Ha – musst du grad sagen!« Thomas bekam Oberwasser. »Du …«

Er unterbrach seinen Satz, denn Sandra steuerte auf ihn zu. Er hob die Hand und lächelte ihr entgegen.

»Wir reden ein anderes Mal weiter.« Toni zog vielsagend die Augenbrauen nach oben und hob den Daumen. Dann verschwand er, um das Mineralwasser zu holen.

»Nett hier. Ich war erst einmal da«, sagte Sandra, stellte ihren schwer aussehenden Rucksack an die Wand, legte ihre Jacke darüber und setzte sich.

»Das ist eigentlich so was wie mein Stammcafé, allerdings

eher im Sommer auf der Terrasse. Toni und ich waren zusammen in der Schule«, erklärte Thomas.

»Ah, dann kannst du mir sicher was empfehlen.«

»Alles!«

»So viel wollte ich aber gar nicht essen«, konterte Sandra, zog die Karte unter der Vase hervor und studierte das Angebot.

»Hm, was nimmst du?«, fragte sie unschlüssig. »Es klingt alles sehr verlockend.«

»Ich dachte an den Salat mit Putenstreifen.« Thomas deutete auf die Karte.

Sandra sah ihn aufmerksam an. »Willst du nicht was Warmes? Ist besser bei Herzeleid.«

Er stutzte. »Herzeleid? Welch großes Wort! Wie kommst du denn darauf?«

»Das ist offensichtlich. Also – um wen geht es? Um deine Ex-Frau oder um deine Jugendliebe?«

»Wie …«

War Sandra Hellseherin?

Ohne von der Karte aufzusehen, sprach sie weiter: »Du hast mir doch neulich, als wir uns zum Glühwein bei dir getroffen haben, erzählt, dass deine Ex komische Signale sendet. Und auch, dass du wieder Kontakt zu deiner Jugendliebe hast. Das zusammen mit deinem verlorenen Blick plus Schlafprobleme ergibt eine einfache Rechnung mit dem Ergebnis Herzeleid.« Sandra legte die Speisekarte zur Seite. »Ich nehm die Spaghetti alla puttanesca.«

Sie sah ihn an.

»So wie du das sagst, klingt es tatsächlich simpel. Obwohl die Diagnose mir nicht wirklich weiterhilft. Es ist alles schwierig.«

»Dann mach es wie mit einer komplizierten Matheaufgabe.

Rechne die einzelnen Teile aus, die du schon lösen kannst, kürze die Brüche oder verwandle sie, streiche das weg, was ohnehin null ergibt und so weiter.« Sie griente. »Du merkst, ich habe mein Herz an die Mathematik verloren. Sie ist so herrlich logisch und klar.«

»Das sehen viele deiner Schülerinnen und Schüler sicher anders.«

Sandra hob hilflos die Hände. »*So what?*«

Toni brachte die Flasche Mineralwasser und zwei Gläser. »Habt ihr euch schon entschieden?«, fragte er.

»Zweimal Spaghetti alla puttanesca und dazu erst mal ein Viertele trocknen Rotwein zum Teilen, gerne einen Italiener«, orderte Sandra, bevor Thomas etwas sagen konnte.

Angesichts des amüsierten Grinsens seines alten Schulkameraden verzichtete er darauf, die Bestellung zu ändern.

»Tut mir leid, wenn ich dich eben ein bisschen überfahren hab«, entschuldigte sich Sandra, als sie wieder allein waren.

»Schon gut. Irgendwie hast du ja recht.«

»Hab ich. Die Intuition einer erfahrenen Frau. Und jetzt schieß los.«

Einen Moment lang zögerte Thomas noch, aber Sandras offener, auffordernder Blick hatte etwas Beruhigendes an sich. Sie würde sein Problem nüchtern betrachten und eine neutrale Einschätzung dazu geben. Und genau aus diesem Grund hatte er sich mit ihr getroffen.

»Meine Ex-Frau ist bei mir aufgetaucht. Christine hat ihren Mann verlassen und sagt, sie will zu mir zurück«, fasste er den ersten Punkt zusammen.

»Und du – was willst du?«

Thomas schüttelte den Kopf. »Nichts. Also – ich möchte nichts von ihr. Sie soll mich in Ruhe lassen. Ich liebe sie nicht mehr, das ist alles vorbei.«

»Sicher?«

»Sicher.«

Als er es aussprach, wurde ihm noch klarer, wie weit er sich bereits von Christine entfernt hatte und wie sehr sie schon Vergangenheit für ihn war. Und dass ihn nicht einmal mehr interessierte, ob sie ihre Probleme mit Ralf würde lösen können.

»Ich glaub, die Sache hat mich nur durcheinandergebracht, weil ich es so viele Jahre lang gewohnt war, sie aufzufangen, wenn es ihr schlecht ging.«

Sandra nickte verständnisvoll.

»Dabei ist das gar nicht meine Aufgabe.«

Sie stimmte ihm zu. »Ich finde, das hast du jetzt völlig richtig erkannt. Du bist nicht mehr für ihr Glück verantwortlich. Gut. Dann haken wir die Ex ab und schauen uns den nächsten Punkt an.«

»Gleich. Da kommt unser Essen.«

Toni brachte Wein und Spaghetti und wünschte einen guten Appetit. Erst als sie wieder allein waren, sprach Thomas weiter.

»Und dann ist da Anja. Weißt du, ich hab sie, seit wir achtzehn waren, nicht gesehen – wir hatten Ewigkeiten keinen Kontakt –, aber ich entdecke alles, was ich früher an ihr so toll fand, und noch mehr in ihren E-Mails wieder. Das ist doch verrückt, oder?«

Sandra rollte Spaghetti auf ihre Gabel und steckte sie in den Mund.

»Zuerst hatte ich gedacht«, fuhr Thomas fort, »wir kommen uns so immer näher, finden die alte Vertrautheit wieder, können über Ängste ebenso reden wie über Träume, und vielleicht treffen wir uns nächstes Jahr auch mal – ich fahr ja gern im Urlaub an die Nordsee. Aber dann war's auf einmal irgendwie anders. Sie hat im Grunde nur noch über nichtssagendes Zeug geschrieben, nett, zweifellos, nur eben nicht mehr wie vorher.«

»Gab's dafür einen Anlass?« Sandra schaute skeptisch auf seinen Teller. »Du solltest übrigens mal anfangen zu essen. Die Spaghetti sind ausgezeichnet und wollen nicht kalt verspeist werden.«

Thomas hob die Achseln und folgte ihrem Rat.

»Sie hat einen Mann kennengelernt, der auch dort auf der Insel Urlaub macht, so wie sie«, gab er dann zu. Es war gut, zwischendurch ein paar Bissen zu essen, das gab ihm Zeit, seine Worte zurechtzulegen.

»Bist du eifersüchtig?«

»Nein. Das passt nicht zu mir. Aber ich bin traurig, weil ich gedacht hab ...« Er schluckte und spürte deutlich, was er sich bislang nicht hatte eingestehen wollen. Doch es kam ihm so flüssig wie Öl über die Lippen. »Ich glaube, ich habe mich wieder in Anja verliebt.«

»Hm.« Sandra schob sich eine Gabel Spaghetti in den Mund und grinste so breit wie das sprichwörtliche Honigkuchenpferd. Sie sah ihn abwartend an und kaute dabei.

Thomas fühlte sich in die Ecke gedrängt. Er eierte mit seiner Antwort herum.

»Ja – hm. Ich weiß auch nicht ...«

Sandra legte den Kopf leicht schief.

»Hat sie denn geschrieben, dass das mit dem Mann was Ernstes ist?«

Thomas verneinte. »Sie hat ihn in der letzten Mail gar nicht mehr erwähnt.«

»Junge, dann ist er ihr auch nicht wichtig. Soll ich dir sagen, wie ich die Lage einschätze?«

»Bitte.«

Thomas tat es unglaublich gut, wie messerscharf Sandra reflektierte.

»Wenn ihr zueinander so offen wart und euch so nahegekommen seid, dass du dich verliebt hast, würd ich jetzt mal vermuten, dass sie dich ehrlich informiert hätt, falls dieser andere Mann irgendwelche Gefühle in ihr geweckt hätt. Oder?«

Thomas' Magen machte einen kleinen Hüpfer, als ihm bewusst wurde, was Sandra eben mit wenigen Worten auf den Punkt gebracht hatte. Er nahm einen Schluck Wasser.

»Was hast du ihr denn in deinem Eifer so gesteckt?«, fragte sie jetzt. »Dass deine Ex dich attackiert hat?«

Sandra legte die Gabel zurück auf den Teller.

»Bitte sag, dass du das nicht getan hast. Bitte!«

»Ich hab ihr nichts von Christine geschrieben«, sagte er leise. »Kein einziges Wort. Ich schwör.«

»Zum Glück. Und sonst?«

Thomas grübelte. Dann wurde ihm unter Sandras Blick heiß und kalt.

»Verdammt. Du hast recht.«

Die Erkenntnis traf Thomas wie ein Schlag. Er hatte Anja seine Probleme mit Christine so bewusst verschwiegen, dass sich der Ton zwischen ihnen verändert hatte. Aus dem klaren Dur waren unsaubere Zwischentöne geworden, eine Disharmonie, die Anja natürlich gespürt hatte.

»Anja ist so ein einfühlsamer Mensch«, begann er langsam, »sie muss gemerkt haben, dass ich etwas verschweig. Aber ich wollt sie doch einfach nur nicht damit belasten!«

Seine Stimme überschlug sich. Er griff nach dem Wasserglas. Seine Hand zitterte, bis das Prickeln der Kohlensäure ihn beruhigte. Er räusperte sich.

»Das hat sie wahrscheinlich in den falschen Hals gekriegt, und jetzt hab ich alles kaputtgemacht!«

Er legte seine Hand auf die Magengegend, wo die Pasta sich auf einmal zu einem harten Kloß zusammengezogen hatte und ihm schwer im Bauch lag.

»Möglich«, sagte Sandra mit ruhiger Stimme. »Ich könnt mir vorstellen, dass sie sich zurückgezogen hat, weil sie gespürt hat, dass du unsicher und zerrissen warst. Dass du deinen Schlussstrich noch nicht gezogen hattest.«

Sie ergriff das Besteck erneut und stopfte sich eine Gabel Spaghetti in den Mund. Erst als sie gekaut hatte, schloss sie: »Wer will sich schon gerne gefühlsmäßig aus dem Fenster hängen und verletzt werden?«

Thomas nickte langsam. »Ich glaub, ich sehe nun klarer. Danke, Sandra.«

Sie stupste ihn an und kratzte die Reste der Pasta zusammen.

»Jetzt guck nicht so verzweifelt. Schreib ihr. Ehrlich und deutlich. Wenn du wirklich mit Christine durch bist, dann los! Und iss deine Spaghetti auf, sonst tu ich's. Mein Teller ist nämlich leer.«

Gehorsam griff Thomas nach seiner Gabel.

Sandra und Thomas teilten sich ein zweites Krügchen Wein, beschlossen das Essen mit Tonis weihnachtlichem Zimt-Tiramisu und redeten dabei noch über eine ganze Menge belangloser Dinge. Schließlich radelte Thomas satt und erstmals seit Tagen wieder einigermaßen entspannt nach Hause.

Er ging sofort an seinen Laptop, um den Mailordner »Anja« zu öffnen und alle Nachrichten, die sie ausgetauscht hatten, noch einmal zu lesen.

Ja. Sandra hatte es richtig erkannt. Der Ton von Anjas

Mails war erst nichtssagender geworden, als er selbst nicht mehr völlig offen und ehrlich von sich erzählt hatte.

Schließlich begann er zu schreiben:

Liebste Anja,
ich bin froh, dass du gut versorgt bist, und hoffe, dass du bald keine allzu großen Schmerzen mehr hast.
Krintstuut – was für ein seltsames Wort. Ich hätte dahinter nie Rosinenstuten vermutet! Krint klingt so hart, und Rosinen sind so herrlich weich und aromatisch. Finde ich zumindest. Obwohl Rosinen nicht jedem schmecken. Aber Menschen sind nun mal verschieden.
Ich weiß nicht, ob dir das früher an mir aufgefallen ist – ich neige dazu, Dinge allein mit mir selbst abzumachen und nicht immer offen auszusprechen, was ich denke oder fühle. Vielleicht ist das so eine Männersache, ich habe kürzlich gehört, Männer hätten kein Gespür für Gefühle.
Tatsächlich haben einige Dinge in den letzten Wochen ein wenig an meiner inneren Ruhe gerüttelt. Zunächst war da dein Brief, und dann begannen seltsamerweise unsere E-Mails den Höhepunkt eines jeden Tages zu markieren. Dich wiederzufinden war so unglaublich, dass ich zuerst gar nicht gemerkt habe, was mit mir passiert ist.
Doch es ist so viel Zeit seit jenem Sommer auf Juist vergangen, dass ich dir trotz unserer wachsenden Vertrautheit nicht alles schreiben konnte, was mich in den letzten Tagen bewegt hat. Ich glaube aber nun, das war ein Fehler.
Also: Zunächst war da die Sache mit Henry. Mein ältester Sohn hat eine äußerst nette Freundin, die ihn über die Feiertage mit zu ihrer Familie nach Köln nimmt. Das weihnachtliche Dreiergespann der letzten Jahre von Henry,

Nicolas und mir bricht also auseinander, und sosehr ich mich für Henry freue, es tut doch ein wenig weh.
Und dann war da Christine, meine geschiedene Frau. Ich habe dir nie von ihr geschrieben, ich weiß, aber ich wollte dich eben nicht mit meinen Problemen belasten. Und genau das war Christine plötzlich – ein Problem. Ich wähnte sie glücklich verheiratet mit ihrer großen Liebe (so hatte sie Ralf genannt, als sie mich verlassen hat), und auf einmal suchte sie ständig den Kontakt mit mir und …

Thomas stockte. Bis hierher hatte er alles in einem Rutsch heruntergeschrieben, aber nun wurde es schwierig. Gleichzeitig jedoch merkte er, wie gut es tat, seine Gedanken aufzuschreiben und Anja anzuvertrauen. Vor seinem inneren Auge sah er plötzlich ihr Lächeln. Nicht das von damals, sondern das von einem der Fotos, die sie geschickt hatte. Das Lächeln einer Frau, die das Leben kannte und sich nicht unterkriegen ließ. Das Lächeln einer Frau, die ihn verstehen würde.

… ich habe zuerst gar nicht erkannt, was dahintersteckte, dabei hätte ich es merken müssen. Um es kurz zu machen: Vorgestern tauchte Christine schließlich bei mir in der Wohnung auf und verkündete, sie habe ihren Mann verlassen und wolle zu mir zurückkommen.
Ich bin aus allen Wolken gefallen und habe sie schnellstens zu ihrer Freundin gebracht. Denn ich will sie nicht zurückhaben! Dieser Teil des Lebens ist längst vorbei, und ich weiß nicht, wie sie auf die Idee kam, ich würde ihr noch immer nachtrauern. Glaub mir, ich habe sie nicht ermutigt. Ich hatte schließlich was ganz anderes im Kopf. Oder besser gesagt: eine andere.
Anja, ich muss ständig an dich denken. Vielleicht habe ich

auch hier etwas nicht erkannt, vielleicht bin ich für dich einfach nur ein belangloser, netter Kontakt aus deiner Jugendzeit, als es für uns das Größte war, den Mond anzubeten. Oder bin ich doch nur eine Abwechslung in deinem Urlaub? Wenn ich in deine letzten Mails schaue, kommt mir das so vor. Aber wenn ich weiter zurückgehe, lese, welch tiefe Gedanken und Gefühle du mir anvertraut hast …

Ich möchte dich nicht belästigen, doch möglicherweise hast du ebenso wie ich gespürt, dass da immer noch etwas ist zwischen uns. Oder wieder ist. Ich weiß es nicht. Aber ich würde es gerne herausfinden.

Ich hoffe sehr, dass du mir weiter schreibst. Dass du mir die Gelegenheit gibst, offen zu sein, nicht mehr zu filtern, was ich preisgebe und was nicht. Und dass du ebenfalls ehrlich bist. Auch wenn dieser Jakob dir etwas bedeutet und ich mir keine weiteren Hoffnungen zu machen brauche.

Ich möchte dein Freund sein, auf welche Art ist mir egal. Halt, nein, das stimmt nicht. Ich habe durchaus eine romantische Vorstellung von unserem Wiedersehen. Obwohl das sehr seltsam sein wird, hoffe ich, dass wir uns im neuen Jahr einmal treffen können.

Thomas unterbrach sein Schreiben und griff nach dem Handy. Er öffnete den Kalender und schaute nach den Ferienterminen. Die Osterferien waren erst im April. Aber sein Gymnasium hatte drei bewegliche Ferientage auf Fastnacht gelegt – ein verlängertes Wochenende, um in den Norden zu fahren, war also schon Ende Februar möglich.

Es war gar nicht mehr lange bis dahin. Aber so konkret sollte er wahrscheinlich besser noch nicht planen. Zuerst musste er abwarten, was Anja antworten würde.

Es ist nicht einfach, dir das alles so zu schreiben. Aber ich glaube, es ist richtig und wichtig, dass du weißt, was ich empfinde.
Und jetzt überlass ich dich wieder deinem Roman oder den Weihnachtstörtchen oder sonstigen Töwerland-Genüssen.
Ich denke an dich.
Viel.
Dein Thomas

Fast hätte er ihn ihr geschrieben. Den Satz, den er ihr am Ende des Urlaubs zum Abschied ins Ohr geflüstert hatte. Damals waren die Worte nicht genug gewesen, um darauf eine Zukunft zu bauen. Und heute?

Natürlich war es viel zu früh, das zu sagen, aber er war entschlossen, es herauszufinden. Bis dahin war es besser, die Worte noch ein wenig zu verstecken.

Ich schau nach Norden
liebe Grüße im Herzen
dich in Gedanken

Kapitel 21

Anja hatte die Nacht richtig gut geschlafen, weil sie todmüde gewesen war.

Als sie jetzt erwachte, verspürte sie doch einen leichten Stich im Bauch. Es war schade, wie seicht ihre Beziehung zu Thomas mittlerweile plätscherte. In den letzten Tagen hatten sie sich Stück für Stück voneinander entfernt. Wie euphorisch, ja liebevoll waren sie zu Beginn miteinander umgegangen – übrig geblieben war ein schaler Beigeschmack, dass sie sich Thomas zu sehr geöffnet hatte und sich nun ein wenig nackt vorkam.

Es war sonst gar nicht ihre Art, anderen Menschen so viel von sich preiszugeben – und doch hatte sie genau das getan.

»Idiotin«, beschimpfte sie sich selbst. »Aber du hast gut gekontert«, machte sie sich dann wieder Mut. »Egal, was er zuvor gedacht haben mochte, es war jetzt richtiggestellt.«

Draußen heulte ein schauriger Wind ums Hotel, und der Regen prasselte mit Wucht gegen die Scheiben. Das Wetter passte zu Anjas düsterer Stimmung, denn es sah aus, als würde es heute nicht mehr richtig hell werden.

»Es hilft aber nichts, du musst jetzt aufstehen und frühstücken.«

Anja kam sich schon wunderlich vor bei den vielen Selbstgesprächen, die sie neuerdings führte.

Sie prüfte, was ihr Fuß heute machte. Vorsichtig bewegte

sie ihn erst nach rechts, dann nach links und wagte sogar eine Streckung. Der mörderische Schmerz war verschwunden – es schien erheblich besser zu sein.

Der Nachrichtenton riss Anja aus den Gedanken. Wer schrieb ihr denn so früh?

Es war Agnes. Nanu, was wollte sie? Hatte Jakob ihr gestanden, dass er verlobt war, und sie war nun stinksauer und musste das loswerden?

Als Anja die Nachricht öffnete, lächelte ihr allerdings ein Bild von Mieke entgegen. Darunter war eine Sprachnachricht zu finden. Die klickte sie an und hörte nicht Agnes', sondern Miekes Stimme:

Hallo Anja, ich vermisse dich und hab dich lieb. Deine Mieke. Mama geht es gut, und Agnes sagt, dass ihr Schlawiner seid, weil Jakob eine Frau hat. Frohe Weihnachten! Schade, dass du nicht mitgefahren bist. Dann wäre das Fest noch schöner. Aber Mama sagt, du kommst uns sicher bald besuchen.

Über Anjas Gesicht glitt ein Lächeln. Irgendwie vermisste sie die Kleine tatsächlich sehr. Mieke hatte so viel Farbe in ihr Leben gebracht und hätte auch dieses Schietwedder da draußen einfach weggelächelt oder weggesungen.

»Nun, sie ist aber nicht da«, flüsterte sie. »Jetzt hör auf zu hadern!«

Anja stand auf, duschte, und hernach steuerte sie mit ihren Gehhilfen den Frühstücksraum an. Was liebte sie den Duft von frischen Brötchen, gepaart mit dem von Kaffee! Das war Entspannung pur!

»Geht es Ihnen besser?«, fragte die Bedienung.

»Ich kann schon bald wieder rodeln«, scherzte Anja.

»Soll ich Ihnen etwas vom Büfett bringen?«

Anja winkte ab. Die paar Meter konnte sie auch ohne Gehhilfen laufen.

»Wenn Sie Schlittenfahren wollen, beten wir, dass noch mal Schnee vom Himmel fällt. Oder dass der Wetterbericht sich nicht irrt und wenigstens die Sonne später rauskommt.« Das junge Mädchen eilte weiter.

Anja seufzte. Etwas Sonnenschein wäre an diesem trüben Tag eine Erleichterung. Noch immer regnete es Bindfäden, und die Regenschlieren wurden von heftigen Böen durch die Straßen gepeitscht.

Zumindest verpasste sie nichts, weil sie mit ihrem Fuß ohnehin nicht nach draußen konnte. Anja freute sich auf einen gemütlichen Lesetag auf dem Sofa.

Sie humpelte zum Büfett und versorgte sich mit Brötchen und Käse. Aber so richtig wollte es ihr nicht schmecken.

Sie nahm ihr Handy und klickte noch einmal das Bild von Mieke an. Die Kleine war so süß! Jetzt bereute Anja es doch, die Einladung zu Weihnachten nicht angenommen zu haben. Sie hätte mit Agnes, Sabrina und Mieke sicher schöne Stunden gehabt. Was nützte ihr die vermaledeite Unabhängigkeit, wenn sie ihr doch nur Einsamkeit bescherte?

Missmutig biss sie vom Brötchen ab und starrte aus dem Fenster. Die Menschen schoben sich in Regenkleidung am Hotel vorbei und versuchten, sich gegen den Wind zu stemmen. Ein paar Urlauber hatten Schirme dabei. Die klappten aber ständig um, weil die Böen viel zu heftig waren.

Anja schmunzelte. Auf die Idee, sich bei einer solch steifen Brise auf diese Weise zu schützen, kamen auch nur Touristen!

Immerhin war sie durch diese Beobachtungen eine Weile abgelenkt.

Sie aß nur ein Brötchen und verzog sich dann rasch in ihr Appartement. Anja wollte gar nichts von den Weihnachtsvorbereitungen des Hotels mitbekommen und überlegte, dass es wohl das Beste wäre, sich für die kommenden Tage einfach einzuigeln und erst wieder aus dem Winterschlaf zu erwachen, wenn die Festtage vorbei waren.

Merkwürdig, dass sie jetzt so haderte, wo sie den Weihnachtsschmerz in den letzten zwei Jahren schon ganz gut im Griff gehabt hatte.

»Das kommt alles nur, weil ich Thomas geschrieben habe und das vollkommen in die Hose gegangen ist. Was für eine bescheuerte Idee!«

Am liebsten hätte sie die Zeit auf Juist zurückgedreht und wieder ganz von vorn angefangen. Dann gäbe es jetzt keinen Thomas in ihrem Leben, sondern nur die vage Erinnerung, die bis zu seinem Wiederauftauchen nicht mehr geschmerzt hatte.

Anja ließ sich aufs Sofa fallen und griff nach dem Buch, das sie auf der Lesung erworben hatte. Doch sie konnte sich nicht darauf konzentrieren, denn ihre Gedanken wanderten wieder zu Thomas ab. Vorhin hatte sie sich noch erfolgreich gegen das Bedürfnis gewehrt, erneut in ihr Mailpostfach zu schauen, aber jetzt fiel es ihr immer schwerer.

Was, wenn er doch geantwortet und sie ihn völlig missverstanden hatte?

Anja griff nach dem Laptop und loggte sich ein. Sie konnte wenigstens mal gucken. Als sie den Mailaccount aufrief, sah sie sofort, dass er geschrieben hatte.

Sie überlegte, die Nachricht einfach ungesehen zu löschen. Was sollte denn schon Großartiges drinstehen? Wieder irgendetwas Belangloses, was ihr nur wehtat.

Unentschlossen stand Anja auf und sah aus dem Fenster.

Es sah etwas heller aus, vielleicht würde sich die Sonne ja doch später noch durchkämpfen. Das würde ihre Stimmung sicher heben.

»Ein bisschen klare Luft in meinem Gefühlsdurcheinander«, flüsterte sie.

Jetzt wusste Anja, was sie zu tun hatte. Das Chaos in ihrem Kopf würde sich erst dann entwirren, wenn sie eine deutliche Entscheidung traf. Und die hieß: Löschen.

Kurz entschlossen ging sie zum Laptop und löschte die Nachricht von Thomas ungelesen. Sollte er doch sonst wem seine blöden Haikus schicken. Sie stand nicht mehr zur Verfügung für seine Spielchen.

Anja nahm das Buch wieder zur Hand. Nur leider hörte das Bohren in ihrem Bauch nicht auf, und das Gefühl wuchs, etwas unfassbar Dummes getan zu haben.

Kapitel 22

Sie hatte immer noch nicht geschrieben! Thomas konnte gar nicht mehr zählen, wie oft er seine Maileingänge gecheckt hatte. Selbst an der Kasse im Supermarkt, wo er am Morgen die letzten Einkäufe für die Weihnachtstage erledigte, musste er kurz sein Handy zücken und nachsehen.

Eine Art unruhige Verzweiflung packte ihn. Nun hatte er Anja endlich offen seine Gefühle gezeigt, und sie reagierte überhaupt nicht? War sie so sehr mit diesem Jakob beschäftigt? Oder hatte Thomas sie mit seinem Geständnis überrumpelt, und sie musste erst lange überlegen, wie sie ihm diskret mitteilte, dass sie von seinen Gefühlen einfach nichts wissen wollte? Dass die Erinnerungen an ihren Zaubersommer nicht ausreichten, um darauf irgendetwas Neues aufzubauen?

Natürlich war es auch möglich, dass das Internet auf Juist gestört war. Vielleicht durch einen Sturm?

Nein. Beim Googeln fand sich kein Hinweis auf einen technischen Ausfall, und die Wetter-App zeigte abziehenden Regen. Für den nächsten Tag war sogar strahlender Sonnenschein bei frostigen Temperaturen angesagt. Anja würde einen schönen Heiligen Abend haben.

Das Telefon klingelte. Thomas griff danach und lehnte sich bequem auf dem Sofa zurück.

»Hallo, Nicolas.«

»Hi, Dad. Genießt du deine Weihnachtsferien?«

»Und wie – Lehrer sind ja auch Menschen! Selbst wenn das manche Leute bezweifeln.«

Nicolas lachte, dann entstand eine kurze Pause.

»Alles okay bei dir und in der WG?«, fragte Thomas vorsichtig.

»Ja, klar. Es ist nur …«

Das klang nicht optimistisch, fand Thomas. Das ungute Gefühl, das er schon den ganzen Morgen mit sich herumschleppte, intensivierte sich.

»Ist bei dir wirklich alles in Ordnung?«, fragte er noch einmal nach.

»Äh …« Nicolas' Stimme klang verlegen. »Sag mal, Dad – hättest du einen Plan B, wenn ich morgen Abend nicht kommen könnte?«

Thomas schluckte. Dann atmete er tief durch und erkundigte sich mit ruhiger Stimme: »Nicht kommen könntest? Nicht kommen kannst? Oder nicht kommen möchtest?«

»Na ja. Es ist halt so, dass die Eltern vom Max eine Hütte in den Alpen haben. Also, eigentlich ist das schon eher ein richtiges Ferienhaus, so wie das auf dem Bild aussieht. Und jetzt hat er den Charlie und mich und noch ein paar Freunde eingeladen, über Weihnachten hinzufahren, und ich stell mir das schon ziemlich geil vor …«

Nicolas' Stimme klang bittend.

»Aber wenn du gar niemanden hast, dann komm ich selbstverständlich wie abgemacht zu dir«, fügte er hinzu.

Thomas erhob sich und begann, im Zimmer auf und ab zu gehen. Natürlich wollte er zumindest Nicolas am Heiligabend bei sich haben – so ganz allein Weihnachten zu feiern, würde schwer sein. Aber war es nicht seine Aufgabe als Vater, auch seinen jüngeren Sohn in dessen eigenes Leben gehen zu lassen? Stets hatte er den Kopf über Eltern geschüttelt, die sich zu sehr an ihre Kinder klammerten und ihr Glück von ihren Nachkommen abhängig machten. Nun also war der Moment gekommen, an dem er seine Überzeugung leben musste.

»Dad?« Nicolas klang besorgt.

»Ja, sorry, ich überlege gerade, welchen meiner vielen Pläne ich nun verwirklichen soll«, scherzte Thomas. »Es tun sich schließlich ungeahnte Möglichkeiten für mich auf.«

»Du bist also nicht beleidigt?« Nicolas' Stimme klang, als sei ihm ein Stein vom Herzen gefallen.

»Blödsinn. Natürlich nicht. Fahr du ruhig mit deinen Freunden in die Berge, dann reis ich einfach ans Meer!«

»Oh, cool. Wir wollen gleich morgen früh starten. Der Charlie hat 'nen Bus, und da passen wir alle mit Gepäck rein.«

Die Begeisterung seines Sohnes war nicht zu überhören.

»Klingt gut. Dann wünsch ich euch schon mal ein schönes Fest, falls das Handynetz morgen Abend überlastet ist.«

»Ja, das wünsch ich dir auch. Du weißt ja, dass ich an dich denken werde.«

Das bezweifelte Thomas, und ein Grinsen schlich sich auf sein Gesicht. Er erinnerte sich nur zu gut daran, wie fern Gedanken an die Eltern waren, wenn junge Leute miteinander Spaß hatten.

»Natürlich. Wir treffen uns dann einfach alle mal, wenn Henry wieder da ist. Mach dir keinen Kopf.«

Es war nicht leicht, auch seinen jüngeren Sohn so gehen zu lassen, aber wirklich schwer war es nicht. Das war die Natur des Lebens. Die Jungen wurden flügge, und wie der Storchenvater Hansi, der seit ein paar Jahren von Frühling bis Herbst mit seiner Störchin Susi auf einem der Dächer in Thomas' Straße residierte, würde er ihnen zuschauen, wie sie sich auf ihren eigenen Weg machten.

»Ja, das machen wir so. Und die Geschenke tauschen wir eben dann erst«, versicherte Nicolas.

»Meld dich einfach, wenn du zurück bist.«

»Du auch. Willst du morgen wirklich ans Meer? Meinst du, du kriegst noch einen Flug in den Süden?«

Thomas zögerte. Bei dem Wort *Meer* hatte er nicht ans Mittelmeer gedacht, sondern spontan an den endlos scheinenden Sandstrand von Juist und – an Anja.

»Ich dachte an die Nordsee«, gab er zu.

»Stimmt, dort bist du ja immer gerne! Hoffentlich ist dann das Wetter nicht zu mies.«

»Es soll frostig kalt und sonnig werden.«

»Du hast schon nachgeguckt! Mann, ich glaub, ich tu dir mit meiner Absage direkt 'nen Gefallen.« Nicolas atmete hörbar durch. »Cool, dann sind wir alle glücklich. Sogar Mama will über die Feiertage wieder zu Ralf ziehen. Mal sehen, was daraus wird.«

Thomas und Nicolas verabschiedeten sich im besten Einvernehmen. Dann ging Thomas in die Küche, um sich einen Tee aufzubrühen. Einen Ostfriesentee. Der würde nicht nur sein plötzliches Herzklopfen beruhigen, sondern ihn auch auf die neuen Pläne einstimmen. Er musste gleich einmal schauen, ob er noch ein Zimmer bekam. Und dann gab es hoffentlich eine gute Zug- und Fährverbindung nach Juist.

Obwohl der Friesenhof eigentlich über die Feiertage ausgebucht war, hatte Thomas Glück.

»Vor einer halben Stunde hat ein Gast ein Einzelzimmer abgesagt«, teilte man ihm mit. »Das kann ich Ihnen für die Zeit bis zum ersten Januar anbieten, Herr Braunmelzer.«

Bis ins neue Jahr? So weit hatte Thomas noch gar nicht

gedacht. Aber warum eigentlich nicht? Schließlich lohnte sich die lange Anfahrt sonst nicht.

»Ja, bitte.«

»Dann freue ich mich, Sie wieder bei uns im Hause begrüßen zu dürfen. Bis morgen also.«

»Bis morgen.«

Morgen. Thomas' Herz begann schneller zu klopfen, als er die Website der Bahn aufrief und sich die möglichen Verbindungen anzeigen ließ. Natürlich gab es keine große Auswahl, da die Fähre ja nur einmal täglich den Juister Hafen anlief. Aber wenn er heute in Offenburg den Nachtzug um 22:31 Uhr gen Norden nahm, würde er das Töwerland morgen Mittag um 12:15 Uhr erreichen. Das war früh genug, um ...

Thomas trank die letzten Schlucke aus seinem Teebecher in einem Zug. Es war Zeit, dass er sich eingestand, warum er nach Juist fahren wollte.

Dass er nun hier saß und auf die Website der Bahn starrte, lag nicht wirklich an der plötzlichen Notwendigkeit, die Weihnachtstage für sich allein zu gestalten. Er konnte ohne Weiteres einfach zu Hause bleiben und es sich die nächsten Tage gemütlich machen, spazieren gehen, Freunde besuchen ... Doch Nicolas' Absage bot ihm eine unverhoffte Möglichkeit, sein Leben und seine Zukunft zu überdenken. Und diese Zukunft, das spürte er deutlich, war mit Anja verbunden. Wie sie sich auch entscheiden würde, er konnte sie nicht mehr vergessen.

Vielleicht war ihr seine versteckte Liebeserklärung zu direkt gewesen, und sie wollte nichts weiter von ihm wissen. Oder aber sie würden ihre Freundschaft erneuern. Und noch war nicht ausgeschlossen, dass sie wieder mehr füreinander sein konnten. Doch das ließ sich nur feststellen, wenn er ihr gegenüberstand und ihr in die Augen sah.

Noch einmal checkte er seine E-Mail-Eingänge. Nichts.

Dann kehrte er zurück zu den Reiseverbindungen und drückte auf den Button *Jetzt buchen*.

Beim Kofferpacken malte Thomas sich aus, wie das Wiedersehen mit Anja aussehen konnte.

Version eins: Er fand Anja in den Armen dieses Typen namens Jakob.

Version zwei: Anja teilte ihm mit, dass sie von Männern grundsätzlich nichts mehr wissen wollte, weil sie nur ihren verstorbenen Mann liebte.

Version drei: Anja stand in der Lobby des Hotels, sah ihn eintreten, lief ihm entgegen und fiel ihm um den Hals.

Nein, Letzteres war unrealistisch, schon allein, weil sie einen verstauchten Fuß hatte und sicher nicht rennen konnte.

Version vier: Er stand plötzlich in ihrem Zimmer ...

Thomas seufzte. Egal, wie das Treffen ausging, er würde hinterher endlich wissen, woran er war. Was sie empfand, was er selbst empfand. Und das war äußerst wichtig für seinen Seelenfrieden, denn so zerrissen, wie er sich im Augenblick fühlte, konnte es nicht weitergehen.

Das Telefon klingelte. Dieses Mal war es Micha.

»Na, hast du gleich noch Lust auf eine friedliche Joggingrunde? Morgen wird's wahrscheinlich nichts mehr damit, meine Familie ist völlig im Weihnachtsrummelstress und hat mir schon eine Liste vorgelegt, was ich am Heiligmorgen alles zu tun hab.«

»Nee, tut mir leid – ich nehm heut den Nachtzug und muss noch fertig packen«, entschuldigte sich Thomas.

»Nachtzug? Wo um alles in der Welt fährst denn du hin? Und was ist mit deinen Kindern?«

»Die sind anderweitig eingeladen. Also nehm ich mir eine Auszeit und fahr an die Nordsee.«

»Bäh – Nordsee im Winter? Du spinnst wirklich. Aber ich wünsch dir trotzdem schöne Weihnachtstage. Pass auf, dass dich der Sturm nicht ins Watt bläst!«

»Welcher Sturm? Die Wetterprognose ist gut!«

»Na dann ... Wann bist du zurück?«

»Nächstes Jahr!«

Micha lachte. »Okay, also bis nächstes Jahr! Viel Spaß!«

»Danke. Und dir ein ruhiges und besinnliches Fest!«

Micha lachte noch lauter. »Na, wenn du daran glaubst, glaubst du wohl auch an den Weihnachtsmann!«

Vielleicht tat er das, so wie die kleine Mieke, von der Anja berichtet hatte. Oder er glaubte an Adventsengel. Oder an das Schicksal. Es hatte ihm schließlich zugewinkt, als er im Hotel Friesenhof das letzte, gerade erst abgesagte, freie Zimmer bekommen hatte. Oder glaubte er an den Weihnachtsmond? Am Heiligen Abend würde er voll und rund am Himmel stehen, wie damals, als sie sich zum ersten Mal geküsst hatten.

Kapitel 23

Anjas Fuß war heute erheblich besser. Dann kann ich es ja wagen, ein kleines Stück spazieren zu gehen, schoss es ihr durch den Kopf. Die paar Schritte schaffe ich.

Den Vormittag hatte sie in ihrem Appartement verbracht und versucht, weiter in dem Buch zu lesen, aber sie war ständig abgeschweift.

Schwungvoll knallte sie den Band zu und setzte sich auf.

»Ich halte es hier drinnen nicht mehr aus!«, sagte sie. Ihre Gedanken kreisten zu sehr um Thomas und darum, ob sie nicht doch einen Fehler gemacht hatte, die Brücke zwischen ihnen zu zerschlagen.

Sie brauchte frische Luft – und das ganz dringend. Der Nordseewind würde ihren Kopf freipusten.

Anja stand vom Sofa auf, humpelte zur Garderobe und stellte fest, dass sie den Fuß schon wieder leicht belasten konnte.

Sie beschloss, die Gehhilfen im Hotel zu lassen, die paar Meter schaffte sie auch so.

Als Anja vor die Tür trat und die Stufen hinunterging, atmete sie einmal tief durch, denn die Luft war unglaublich klar. Zwar schnitt die Kälte ein wenig ins Gesicht, aber genau das mochte Anja im Winter auf der Insel. Genau deshalb war sie hier.

Es war ein wunderschöner Tag, und sie würde sich dieses Weihnachtsfest nicht von ihren trüben Gedanken kaputt machen lassen. Nein, sie wollte die Tage genießen und gestärkt nach Silvester aufs Festland zurückkehren. Was sie nicht brauchte, war ein Thomas Braunmelzer, der mit ihren Gefühlen spielte.

Von Weitem hörte Anja Trompetenspiel. Sie lauschte, woher es genau kam. Es dauerte nicht lange, da konnte sie es orten, zumal sie nicht die Einzige war, die die Musik vernommen hatte, und sich noch mehr Menschen zum Hafen aufmachten.

Wie schön, dachte Anja. Ich folge ihnen. Das ist nicht weit, und ich kann es auch mit dem Fuß schaffen.

Sie zog die Mütze noch einmal fest in die Stirn, weil die Sonne nicht wärmte, und wandte sich nach links in Richtung Fähranleger. Mit jedem Schritt fühlte sie sich etwas leichter. Und als eine Böe an ihrer Jacke zupfte, lachte sie leise auf. Sie würde es allein schaffen und Thomas vergessen. Alles richtig gemacht!

Am kleinen Leuchtturm in der Nähe des Kais hatte sich inzwischen eine größere Gruppe von Menschen versammelt. Ein Trompeter stand auf einer Kiste und spielte Weihnachtslieder.

Als die Melodie von *Süßer die Glocken* erklang, stimmten ein paar Zuhörer mit ein und begannen zu singen.

Es war so wunderbar feierlich, dass Anja für einen Moment ihren Kummer vergaß.

Von allen Seiten strömten weitere Menschen dorthin, und immer mehr stimmten auch in den Gesang ein. Anja konnte sich ebenfalls nicht zurückhalten und sang inbrünstig mit, was der Trompeter intonierte. Sie kannte die Lieder auswendig, egal, ob es sich um *Ihr Kinderlein kommet* oder *Vom Himmel hoch, da komm ich her* handelte.

Die Leute gerieten förmlich in einen Rausch, denn es war einzigartig, an diesem Weihnachtsvormittag mit anderen Menschen zu singen und sich so auf das Fest einstimmen zu können.

Jeder sang für sich, und doch sangen alle zusammen. So etwas Schönes hatte Anja lange nicht erlebt. Sie war traurig, als der Trompeter nach einer halben Stunde sein Instrument einpackte und bedauernd mit den Schultern zuckte.

»Ich wünsche allen ein besinnliches Fest auf Juist!«, rief er. »Mögen es friedliche Tage werden! Auf unserem Töwerland, dem gerade in dieser Zeit ein besonderer Zauber anhaftet.«

Letzteres hätte er nicht sagen dürfen, denn mit einem Mal war alles wieder da. Vor allem die Trauer, Thomas endgültig verloren zu haben.

Anja rieb sich die Schultern und fühlte sich unendlich allein.

Ein paar Menschen blieben noch stehen, andere verabschiedeten sich sofort. Schließlich entschied Anja sich, zurück ins Hotel zu gehen. Sie humpelte los und achtete darauf, den Fuß nur mäßig zu belasten.

Neben ihr stapfte ein kleiner Junge, dessen Bommel der Pudelmütze hin und her wippte, als er von einem Fuß auf den anderen sprang.

»Warum haben die nicht noch Piratenlieder gesungen?«, fragte er. »Piraten feiern doch auch Weihnachten.«

Seine Mutter wirkte genervt und ging auf die Frage nicht ein.

Anja konnte nicht anders, als zu antworten. »Und ob Piraten feiern.« Sie rückte ihre grellgelbe Mütze zurecht. »Rauschende Feste, und dabei singen sie ganz laut ihre Lieder.«

Der Junge war stehen geblieben. »Ich kenn eins von Santiano. Das geht mit Jan und Hein und Klaas und Pitt und die haben Bärte«, sagte er. »Jetzt muss ich los, weil ich gleich meine Geschenke auspacken muss.« Seine Mutter war vorausgelaufen und winkte ungeduldig.

Der Kleine grinste und eilte ihr nach.

Anja sah beiden nachdenklich hinterher. Männer mit Bärten, dachte sie. Das kennen die Kinder heute immer noch. Sie seufzte und rang mit sich. Hätte der Junge doch bloß nichts von diesem Lied gesagt. Das und die Erinnerung daran, wie wunderschön es gewesen war, mit anderen an der frischen Luft zu singen, spülte nun einen solchen Schmerz in ihr hoch, dass sie kurz stehen bleiben und innehalten musste.

So ging es nicht. Sie würde Thomas' letzte Mail aus dem Papierkorb fischen und doch lesen.

Anja fuhr den Laptop hoch, sobald sie im Zimmer war. Mit zitternden Fingern klickte sie Thomas' Nachricht an – und erstarrte schon nach den ersten Sätzen. Sie hatte mit allem gerechnet, aber nicht damit.

Thomas wollte sie näher kennenlernen, sprach sogar von Liebe!

Anja las die Mail ein weiteres Mal. Nein, sie hatte sich nicht versehen. Seine Worte waren eindeutig. Und das Haiku war unmissverständlich.

Was hatte sie nur getan? Er offenbarte sich ihr, und sie drückte seine Gefühle in den Müll.

Es dauerte etwas, bis sie sich ein wenig beruhigt hatte.

Und es dauerte etwas, ehe sie in der Lage war, einzuordnen, was sie empfand. Erst tanzten die Gefühle Polka, sprangen wild hin und her und ließen sich nicht einfangen. Dann wiederum spielten sie Verstecken und waren eine Weile nicht auffindbar. Am Ende wagten sie sich hervor, lugten vorsichtig um die Ecke – und überrollten Anja.

Sie begann zu beben, als ihr nach und nach klar wurde, dass es ihr genauso ging wie Thomas und sie ihre Gefühle nur zurückgehalten hatte, um sich nicht wieder verletzbar zu machen.

Ich liebe ihn auch, hämmerte es durch ihren Kopf. Ich habe Thomas Braunmelzer immer geliebt und war damals nur zu dumm. Ich habe ihn einfach ziehen lassen.

Zögernd näherten sich Anjas Finger der Tastatur.

Sie entschied sich für die Wahrheit. Sie durfte nicht länger taktieren, ihn nicht länger auf Abstand halten.

Wenn sie es gemeinsam schaffen wollten, dann gab es jetzt nur einen Weg.

Lieber Thomas,
es tut mir unsagbar leid, dass ich mich erst jetzt melde, aber ich war über mein Gefühlschaos so verzweifelt, dass ich deine Mail ungelesen in den Papierkorb geschoben habe.
Doch dann war ich heute am Leuchtturm, der am Hafen steht, und da hat ein Trompeter Weihnachtslieder gespielt. Wir haben gesungen.
Leider keine Piratenlieder, so wie auch ein kleiner Junge angemerkt hat. Dabei sind diese Songs das Schönste der Welt, vor allem, wenn sie in den Dünen gesungen werden und von Männern mit Bärten handeln. :-)
Im Hotel konnte ich nicht anders, als deine Nachricht doch noch aufzurufen. Ach, Thomas …
Mir fällt es schwer, das, was ich fühle, in Worte zu fassen. Weil es so mächtig und groß ist. So außergewöhnlich und besonders.
Du hast mir in den letzten Wochen gutgetan. In mir ist eine kleine Hoffnung gekeimt, dass etwas zurechtgerückt

werden kann, was in eine Schieflage geraten war, etwas, was wir verloren hatten.
Plötzlich waren da wieder diese Vertrautheit und Nähe.
Dieses Wir.
Und dann kam die Eifersucht. Und das Gefühl, wie utopisch die Vorstellung ist, dass wir überhaupt noch einmal zusammenwachsen können.
Es war ein Fehler, dir nicht sofort zu antworten.
Bitte melde dich. Wir müssen dringend reden.
Deine Anja

Sie las sich die Zeilen erneut durch und schickte die Nachricht ab.

Aber jetzt brauche ich noch einmal frische Luft, dachte sie. Und das Meer. Ganz viel Meer und den Mond über den Dünen, denn der prangte jetzt schon mittags am Himmel.

Kapitel 24

Besonders bequem verbrachte Thomas die Nacht im Zug nicht. Der Sitz war eher hart als weich, und die Rückenlehne ließ sich kaum nach hinten drücken. Immerhin blieb der Platz neben ihm frei, und nachdem er die mittlere Armlehne hochgeklappt hatte, fühlte er sich nicht mehr so beengt.

Erstaunlicherweise schlief er bis zum nächtlichen Umstieg in Göttingen tief ein. Dann über eine halbe Stunde in der Kälte auf den Anschluss nach Hannover zu verharren, ließ ihn allerdings wieder recht munter werden. Ausnahmsweise wäre eine Verspätung des vorherigen Zuges, die diese Zeit verkürzt hätte, einmal sinnvoll gewesen. So aber kamen ihm beim Warten auf den Anschlusszug doch Zweifel, ob er nicht nur einer Illusion aus Erinnerungen und Wunschvorstellungen nachjagte.

Anja hatte nicht geantwortet – egal, er würde alles auf eine Karte setzen.

Thomas zog seinen Schal enger und beobachtete ein junges Pärchen auf demselben Bahnsteig. Eng umschlungen standen die beiden da. Und das nicht nur als Schutz gegen die Kälte, das war ganz offensichtlich.

Er wandte sich ab und starrte auf die Anzeigetafel. Noch acht Minuten.

Mein Atem malt
Wolken in die kalte Nacht
die still vergehen

Seine Gedanken und Beobachtungen in Haikus zu fassen, war ihm mit den Jahren zur Gewohnheit geworden. Deshalb hatte er im Herbst einen solchen Dreizeiler im Gästebuch des Hotels hinterlassen.

Ob Anja sein Eintrag aufgefallen wäre, wenn er dies nicht getan hätte? Oder hätte sie einfach darüber hinweggeblättert? Dann hätte sie ihm nie geschrieben, und er stünde nun nicht hier auf dem eisigen Bahnhof auf dem Weg zu ihr.

Wie doch Kleinigkeiten oft unser Leben bestimmen und verändern, dachte Thomas. Ist das nun Zufall oder Schicksal?

Endlich fuhr der ICE ein, und der Wagen mit Thomas' reserviertem Sitzplatz hielt nur ein kleines Stück entfernt von dort, wo er unter dem Buchstaben C stand. Erleichtert stieg Thomas ein und betrat den warmen Großraumwagen. Sein Platz war gleich auf der linken Seite, und nachdem er den Koffer auf die Gepäckablage gehievt hatte, setzte er sich und sah aus dem Fenster auf den leeren Bahnsteig.

Gestern hatte er spontan eine Entscheidung getroffen, und jetzt war er unterwegs. Alles Weitere würde sich finden. Er würde Anja in die Augen schauen und wissen, woran er war.

Thomas atmete tief ein und langsam wieder aus.

Bald.

Kurz vor Hannover machten sich nur wenige Leute zum Aussteigen bereit, die meisten fuhren weiter Richtung Hamburg. Die alte Dame schräg gegenüber auf der anderen Seite des Ganges mühte sich ab, ihren Koffer unter dem Tisch hervorzuziehen und eine große bunte Tasche am Teleskopgriff festzuschnallen.

»Warten Sie, ich helfe Ihnen«, bot Thomas an.

Die Frau strahlte. »Das ist nett. Wissen Sie, sonst fahre ich immer mit kleinem Gepäck, aber es ist Weihnachten, und ich habe gerade mein viertes Enkelchen gekriegt! Da musste ich doch einfach mal ...« Sie hob die Schultern.

»Wie schön! Ich gratuliere.« Thomas schob die beiden Schlaufen der Tasche über die Griffstange und band sie fest. »Wohin müssen Sie denn jetzt? Fahren Sie noch weiter?«

»Zum Glück nein, mein Sohn wartet bestimmt schon auf dem Bahnsteig. Und Sie?«

Zufrieden überprüfte Thomas den Sitz der Tasche. So war der Aufbau beim Aussteigen sicher zu handhaben.

»Ich habe noch ein Stück meiner Reise vor mir. Ich fahre nach Juist«, antwortete er und holte seinen eigenen Koffer von der Gepäckablage.

»O wie schön! Eine Inselweihnacht. Das wird bestimmt romantisch.« Die alte Dame legte den Kopf schief und sah ihn wissend an.

»Wir werden sehen. Ich hoffe es.«

Mit beiden Koffern steuerte er aus dem Großraumabteil zur Tür, dicht gefolgt von seiner Reisegefährtin, der er so den Weg bahnte. Der Zug bremste langsam ab und blieb schließlich stehen.

Es dauerte einige Sekunden, bis ein zischendes Geräusch verkündete, dass die Türen nun geöffnet werden konnten. Thomas stieg mit den Koffern aus, stellte sie neben sich auf den Bahnsteig und half der alten Dame aus dem Zug.

»Vielen Dank. Ich wünsche Ihnen zauberhafte Weihnachten! Wissen Sie, dass man Juist auch Töwerland – Zauberland – nennt?«

Thomas stellte den Koffer griffbereit neben sie. »Ich weiß. Und ich wünsch Ihnen ebenfalls ein wunderschönes Fest.«

»Ich denke, das werde ich haben ... Ach, da ist ja mein Sohn.« Sie begann mit beiden Händen zu winken.

Ein verfroren wirkender Mittvierziger eilte herbei und nahm sie in die Arme.

Thomas griff nach seinem Gepäck und rief ein fröhliches »Auf Wiedersehen«. Er musste sich ein wenig beeilen, um den Bahnsteig zu wechseln. Der Regionalexpress, der ihn weiter gen Nordwesten bringen würde, fuhr von einem anderen Gleis ab.

Noch rund vier Stunden bis Norddeich Mole. War er verrückt, diese Reise von fast fünfzehn Stunden auf sich zu nehmen, ohne zu wissen, was am Ende auf ihn wartete?

Er tastete nach dem Schmuckkästchen mit dem gläsernen Mondanhänger in seiner Brusttasche. Hoffentlich brachte er ihm Glück.

In seiner Thermoskanne war nur noch ein Schluck Kaffee, aber er hatte in Norddeich Mole vor der Abfahrt der Fähre genug Zeit für ein spätes Frühstück. Und dann würde er weitersehen.

Frisch gestärkt und guten Mutes betrat Thomas schließlich das Schiff. Obwohl er nicht auf hohe See ging, und schon gar nicht auf Kaperfahrt, hob das leicht schwankende Gefühl wie jedes Mal, wenn er die Bewegung des Wassers unter den Planken spürte, seine Laune. Vielleicht war er doch in einem vergangenen Leben einmal ein Seemann gewesen. Oder gar ein Pirat?

Er schüttelte den Kopf über sich selbst. Wie kam er nur auf solche Gedanken?

Es wehte eine steife Brise, und ein leichter Nieselregen

hatte eingesetzt, also beschloss Thomas, sich bei dieser Überfahrt doch lieber drinnen aufzuhalten und nur aus dem Fenster zu schauen, statt wie sonst an Deck zu stehen.

Würde das Wetter so bleiben? Das wäre schade, er hatte sich vorgestellt, heute Abend mit Anja zum Strand zu spazieren, falls ihr Fuß das erlaubte. Der Sternenhimmel über Juist war so schön und klar, wie man das auf dem Festland kaum erleben konnte. Und endlich würde der Weihnachtsmond in all seiner Fülle den Himmel erleuchten.

Was sagte die Wetter-App? Hatte sie nicht gestern Frost mit Sonnenschein versprochen?

Thomas zog das Handy aus der Tasche. Als er es entsperrte, verkündete eine kleine Eins neben dem E-Mail-Programm den Eingang einer Nachricht.

Sie hatte geschrieben! Anja.

Sein Herz klopfte schneller, als er die Mail öffnete und hastig überflog. Er ließ das Handy sinken.

So mächtig und groß. So außergewöhnlich und besonders.

Ja, das war es. Und Anja war eifersüchtig gewesen? Ein Lächeln stahl sich auf Thomas' Lippen.

Er drückte den Antworten-Button, doch statt der E-Mail-Maske zeigte das Display nur noch schwarz. Er fluchte.

Der Akku war leer, musste er feststellen – ausgerechnet jetzt. Und das Ladekabel befand sich im Koffer, der für die Überfahrt in einen Gepäckcontainer geladen worden war.

Thomas seufzte leise. Ein klein wenig Geduld konnte er wohl noch aufbringen – er würde Anja ohnehin in Kürze sehen.

Die Rezeptionistin im Friesenhof trug, passend zu den beginnenden Weihnachtstagen, Ohrringe mit Tannenbäumchen und einen glitzernden Stern an ihrem Haarreif.

»Ah, Herr Braunmelzer. Wie schön, dass wir Sie wieder hier begrüßen dürfen. Ihr Zimmer ist schon fertig.« Sie schob Thomas das Anmeldeformular hin und händigte ihm den Schlüssel aus.

»Ich freue mich, wieder hier zu sein.« Thomas griff nach dem Kuli und füllte die leeren Kästchen aus.

»Werden Sie dann heute auch an unserem Heiligabend-Essen teilnehmen? Haben Sie sich schon angemeldet?«

Thomas nickte. »Ja, ich hab es gestern gleich mitgebucht. Und ich hätte bitte gerne einen Tisch zusammen mit Frau Anja Marquart. Ist sie gerade im Hotel? Ich möchte sie überraschen.«

Wenn die Rezeptionistin sich wunderte, versteckte sie das gut.

»Nein, Frau Marquart ist vor Kurzem aus dem Haus gegangen, gleich als es aufgehört hat zu regnen. Sie sagte, sie wollte zum Wasser.«

Auf einmal war Thomas' Mund ganz trocken. Anja war in den Dünen oder am Strand. Nur wenige Meter von hier entfernt. Und er konnte keinen Moment länger warten, sie wiederzusehen.

»Darf ich das Gepäck kurz hier stehen lassen?«, fragte er.

»Selbstverständlich. Ich lasse es in ihr Zimmer bringen.« Die Rezeptionistin lächelte verstehend.

Thomas tat einen tiefen Atemzug und wandte sich um. Im Eilschritt verließ er das Hotel, ging die Strandstraße hinauf und nahm den schmalen Sandweg.

Der breite Sandstrand war fast menschenleer, und er sah Anja sofort. Ja, das war sie. Ihre Körperhaltung und die Art, wie sie langsam auf das Wasser zuging, war unverkennbar. Außerdem trug sie die Jacke und die grellgelbe Mütze, die er von dem Schneefoto kannte, das sie ihm geschickt hatte. Sehr weit war sie noch nicht gekommen, es fiel ihr offensichtlich schwer, mit ihrem verletzten Fuß durch den weichen Sand zu stapfen.

Einen Moment zögerte er. Dann rief er ihren Namen und lief los.

»Anja!«, rief er noch einmal.

Sie drehte sich um, zog überrascht die Brauen zusammen. Dann riss sie die Augen auf – sie hatte ihn erkannt.

»Thomas?«, konnte er von ihren Lippen lesen, noch bevor er nahe genug war, um ihre Stimme zu hören.

Er blieb ebenfalls stehen. Die Musik des Meeres hüllte sie ein, ein Brüllen, ein Rauschen, ein Schmatzen, untermalt vom Schreien der Möwen. Der Wind wischte eine Wolke beiseite und ließ den Sand unter ihren Füßen fast golden erstrahlen.

Unwillkürlich gingen sie aufeinander zu, bis sie nur ein Schritt trennte.

»Thomas?«, fragte sie. »Bist du es wirklich? Wie kommst du hierher?«

»Mit mehreren Zügen und einem Schiff.«

Er reichte ihr die Hand, die sie sofort ergriff.

Es tat so gut, sie zu halten und in ihre warmen grünen Augen zu schauen. Ja, sie war älter geworden, das Leben hatte feine Linien in ihre Haut gezeichnet, aber sie war immer noch seine Anja.

Und langsam, als ihr bewusst wurde, dass er tatsächlich hier war, und die Ungläubigkeit aus ihrem Gesicht verschwand, reichte sie ihm die andere Hand. Ihre Blicke verschmolzen.

»Was machst du hier?«, fragte sie.

»Ich möchte mit dir Weihnachten feiern.«

»Aber – aber deine Söhne …«

»Die sind erwachsen und haben eigene Pläne.«

Der Wind blies die Wolken weiter über den Himmel und legte immer mehr Flecken von Blau frei. Er pustete sie beide allerdings auch kräftig durch.

»Ist dir kalt? Sollen wir zurückgehen?«, fragte Thomas besorgt.

Anja schüttelte den Kopf. »Nein, ich kann nur immer noch nicht glauben, dass du hier bist.«

Eine zarte Röte zog über ihr Gesicht. »Hast du meine Mail bekommen?«

»Ja, das hab ich. Du wolltest mit mir reden.«

Eine Möwe flog kreischend über sie hinweg und landete ein paar Meter entfernt. Mit schräg gelegtem Kopf und zerzausten Federn musterte der Vogel die beiden Menschen, dann erhob er sich wieder in die Luft.

»Ich weiß gar nicht, wo ich anfangen soll.« Anja ließ Thomas' Hände los. Ihre Worte waren kaum zu verstehen, denn der Wind blies nun noch kräftiger. Vom Meer her wurde es immer klarer.

»Komm, wir suchen uns ein geschützteres Plätzchen, vielleicht in den Dünen«, sagte Thomas und griff erneut nach Anjas Hand.

Der weiche, trockene Sand wirbelte um ihre Beine. Das Kreischen der Möwen klang nun wie fröhliches Lachen. Thomas' Herz war voller Glück.

Anja zuckte plötzlich zusammen.

Sofort blieb Thomas stehen.

»Was ist?«

»Mein Fuß. Ich bin falsch aufgetreten. Aber es geht schon wieder.«

»Das passiert nicht noch mal«, sagte Thomas entschieden. »Fass mich um die Schultern.«

Anja sah ihn fragend an, tat jedoch, worum er gebeten hatte, und er nahm sie auf den Arm.

»Thomas!« Er spürte ihren Atem an seiner Wange.

»Ja. Ich bin's.«

Es war nicht leicht, sie durch den Sand zu schleppen. Sie war ein Mensch aus Fleisch und Blut, doch es tat gut, ihr Gewicht zu spüren, ihren Körper, der sich an ihn lehnte, um ihm das Tragen zu erleichtern.

Schließlich erreichte er die Strandpromenade, die durch die Dünen führte, und stellte sie vorsichtig wieder auf ihre Beine.

»Ab hier dürfte es besser gehen.«

Anja spitzte die Lippen. »Und ich dachte, du trägst mich bis zum siebten Längengrad.«

»Soll ich?«

»Nein, nein. Es ist schon okay«, versicherte Anja und hakte sich bei ihm ein. »Aber dort würde ich jetzt gerne mit dir hinhumpeln.«

Der siebte Längengrad. Ein Stück weiter auf der Promenade war er mit einem Metallstreifen und einer Plakette markiert. Während sie nun langsam nebeneinander dorthin schlenderten, erinnerte er sich, wie sie damals am letzten Tag ihrer Sommerferien an jener Stelle gestanden und von gemeinsamen Reisen zu anderen Längen- und Breitengraden, in fremde Länder, auf fremde Meere geträumt hatten.

»Ich hab nie eine richtige Seereise gemacht«, räumte Thomas ein. »Meine längste Schifffahrt war die mit der Nachtfähre von Amsterdam nach Newcastle. Das sind sechzehn oder siebzehn Stunden. Dabei wollt ich immer so gerne ...« Er zuckte mit den Achseln.

»Ich erinnere mich.« Anja lächelte ein wenig melancholisch. »Wir beiden hatten eine ganze Menge Pläne, damals.«

Die meisten hatten sie geteilt, jung und verliebt, wie sie gewesen waren. Doch sie hatten sie nie gemeinsam verwirklicht, sich nie wiedergesehen. Bis heute.

Es war seltsam, dass sie ausgerechnet hier wieder zusammentrafen. Seltsam und schön. Ein bisschen fremd und doch vertraut. Und sie hatten nun auf Töwerland den passenden Ort und die Zeit, die alte Vertrautheit zurückzugewinnen.

So mächtig und groß. So außergewöhnlich und besonders, hatte Anja geschrieben.

Thomas sah sie von der Seite an, und sie drehte ihr Gesicht zu ihm. Wärme durchströmte ihn und der Wunsch, sie in die Arme zu nehmen, ihr endlich wieder ganz nahe zu sein.

»Wolltest du nicht eigentlich Piratin werden?«, fragte er. »Ja, das wolltest du. Und ich glaub, als du mir das mitgeteilt hast, standen wir genau hier!« Thomas deutete auf den Metallstab in dem roten Pflaster des Wegs, den sie nun erreicht hatten.

Der siebte Längengrad.

»Du wolltest auf Kaperfahrt gehen!«

Sie blieben stehen.

»Wollte ich. Das Leben kapern. Träume wahr machen. Aber …«

Anja sah sich um, und Thomas folgte ihrem Blick nach links und nach rechts. Sie waren allein.

Ein schelmisches Lächeln huschte über Anjas Lippen, und sie begann, leise zu singen:

»Alle, die mit mir auf Kaperfahrt fahren …«

»Moment, heißt das nicht, ›die mit *uns* auf Kaperfahrt fahren‹?«, unterbrach Thomas.

Anja schüttelte den Kopf und begann von vorn.

»Alle, die mit mir auf Kaperfahrt fahren, müssen Männer mit Bärten sein …«

Thomas lachte und fiel mit ein: »Jan und Hein und Klaas und Pit, die haben Bärte, die haben Bärte …«

Anja zog ihre Handschuhe aus. Ihre warmen Finger zu spüren war wunderbar.

Hand in Hand. Haut an Haut. Anja und Thomas.

»… die fahren mit!«, endete sie.

Sie drehte sich zu ihm, und als sie einander ganz nah gegenüberstanden, hob sie ihre freie Hand und strich ihm sanft mit den Fingerspitzen über seine bärtige Wange.

»Meinst du, wir schaffen es dieses Mal? Irgendwie?«, murmelte sie.

»Ja!«, sagte Thomas entschieden. »Schließlich bin ich ja jetzt ein Mann mit Bart!«

Zwei Menschen am Meer
Dort unter dem Weihnachtsmond
Liebend verbunden

Danksagung

Wir danken dem Hotel Friesenhof auf der Nordseeinsel Juist herzlich für die freundliche Genehmigung, Anja Marquart dort in einem der Appartements wohnen und im Speisesaal frühstücken zu lassen und auch für Thomas Braunmelzer ein Zimmer freizuhalten.

Beide danken wir zudem Thomas Koch, der uns während unseres jeweiligen Aufenthaltes als Stipendiatinnen von »Tatort Töwerland« aufs Beste betreut und uns in seiner Buchhandlung eine literarische Heimat geboten hat.

Dem gesamten Team im Piper Verlag und Frau Neumann für die Redaktion ein herzliches Dankeschön für die Zusammenarbeit. Und unserer Agentin Anna Mechler für ihren unermüdlichen Einsatz.

Herzlich
Felicitas Kind
alias Regine Kölpin und Gitta Edelmann

Winter- und Weihnachtsrezepte aus Ostfriesland

Stutenkerl und Stutenwiefken oder auch Klaaskerl

In Ostfriesland gehört der Klaaskerl als Klassiker in die Weihnachtszeit. Er wird als Mann (Stutenkerl) oder Frau (Stutenwiefken) hergestellt. Am Nikolaustag stecken sie in jedem Stiefel.

Zutaten und Zubereitung:
500 g Mehl, Typ 405, in eine Schüssel geben,
in der Mitte eine Vertiefung machen und
folgende Zutaten dazugeben:
30 g frische Hefe – hineinbröckeln
1 EL Zucker – darüberstreuen
2 EL angewärmte Milch – darüberträufeln
Schüssel abgedeckt an einem warmen Ort 15 Minuten stehen lassen, danach folgende Zutaten dazugeben:
¼ l angewärmte Milch
70 g fast flüssige Butter
70 g Zucker
1 Vanillezucker
etwas geriebene Zitronenschale
1 Prise Salz
100 g Rosinen

Die Zutaten werden von der Mitte aus miteinander verrührt und nachfolgend zu einer Masse verknetet. Es geht mit dem Knethaken, schöner wird der Teig aber mit der Hand. Der Teig darf am Ende nicht mehr kleben und sollte geschmeidig sein.

Nun muss er mindestens zwei Stunden ruhen.
Anschließend wird er noch einmal gut geknetet, und es können die Stutenkerls (so sagt man es in Ostfriesland) und Stutenwiefken geformt werden. Mit Rosinen ein Gesicht stecken.
Danach wird der Leib mit aufgeschlagenem Ei bestrichen und bei 180 Grad 15–20 Minuten bei Umluft gebacken.

Grünkohl

In Ostfriesland darf im Winter der Grünkohl nicht fehlen.
Er wird gegessen vom ersten Frost bis Mitte März.
Dazu gibt es Pinkel, Kochwürste, Speck und Kassler.
Gereicht wird er mit Salz- oder mit Bratkartoffeln.

Zutaten:

500 g gefrorener Oldenburger Grünkohl, grob gehackt
4 geräucherte Kochwürste (Mettwürste)
4 Kohlpinkel
500 g durchwachsener Speck am Stück
500 g Kassler, durchwachsen am Stück
125 g Hafergrütze
½ Paket Schmalz
Salz/Pfeffer

Zubereitung:

Speck und Kassler bei schwacher Hitze etwa 30 Minuten mit wenig Wasser auskochen, dann die Würste dazugeben und weitere 10 Minuten köcheln lassen.
Das Fleisch herausnehmen, abgedeckt warm stellen und den gefrorenen Kohl in den Sud geben. Eine Stunde bei schwacher Hitze köcheln lassen, nach etwa 30 Minuten die Hafergrütze und das Schmalz dazugeben.
Mit Salz und Pfeffer abschmecken.
Das Fleisch und die Würste erhitzen und getrennt vom Kohl servieren. Gern wird dazu auch Senf gereicht.

Matjessalat

Matjes geht in Ostfriesland immer, und das seit Jahrhunderten. Der Fisch wird in verschiedenen Variationen eingelegt. Es gibt die klassische Art, dann die mit Kräutern, in Rotwein oder mit Knoblauch. Gegessen wird er mit vielen frischen Zwiebeln auf einem feinen gebutterten Schwarzbrot.

Eine besonders leckere Variante aber ist der Matjessalat.

Zutaten:

6 Matjes

½ Glas eingelegte Gurken süß-sauer

2 mittelgroße Zwiebeln

2 saure Äpfel

150 g Naturjoghurt

Zubereitung:

Den Matjes, die Gurken, Äpfel und Zwiebeln klein schneiden und mit dem Joghurt vermengen.

Etwas Gurkenwasser dazugeben und zwei Stunden ziehen lassen.

Auch hierzu schmeckt das klassische Schwarzbrot, aber auch mit Pellkartoffeln ist er eine Delikatesse.

Krüllkuchen

Krüllkuchen sind eine ostfriesische Spezialität, die zu Weihnachten und Neujahr (man nennt sie auch Neujahrskuchen) gegessen werden. Dazu benötigt man ein spezielles Eisen (in jedem Fachhandel erhältlich). In der Regel haben sie auch eine wunderschöne Druckmaserung. Für Krüllkuchen braucht es viel Zeit und Geduld, da sie extrem dünn ausgebacken werden und trocknen müssen. Gerne werden sie mit geschlagener Sahne gereicht.

Zutaten:

500 g Mehl
250 g Butter
2 Eier
300 g Kluntjes
1 l kochendes Wasser
1 Päckchen Vanillezucker
1 TL Kardamom

Zubereitung:

Kluntjes in kochendem Wasser auflösen und etwas abkühlen lassen.
Danach die Butter in der Zuckermasse auflösen und das Mehl dazugeben. Im Anschluss folgen Eier, Vanillezucker und Kardamom.
Die Masse wird 12 Stunden lang kalt gestellt und kann dann verbacken werden. Nur eine kleine Menge einfüllen und sofort nach dem Backen zu Rollen formen.
Manche machen kleine Spitztütchen daraus.

Kartoffelsalat mit Würstchen

In den meisten Familien ist es Tradition, Kartoffelsalat und Würstchen zu essen. Letztere werden traditionell direkt beim Schlachter gekauft und stammen nicht aus der Dose. In Norddeutschland wird der Kartoffelsalat klassischerweise mit Mayonnaise zubereitet, und deshalb gibt es jetzt noch ein Hausrezept.

Zutaten:

1 Kilo Kartoffeln
1 großes Glas Miracle Whip
2 hart gekochte Eier
1 saurer Apfel
1 kleines Glas Cornichons
2 kleine Zwiebeln
Salz/Pfeffer

Zubereitung:

Die Kartoffeln mit Schale kochen, pellen und in dünne Scheiben schneiden.
Gurken, Zwiebeln, Eier und den Apfel würfeln und mit den Kartoffeln vermengen. Jetzt das Glas Miracle Whip dazugeben und die Hälfte des Gurkenwassers.
Anschließend mit Salz und Pfeffer abschmecken und den Salat zwei Stunden gekühlt ziehen lassen.
Vor dem Verzehr ggf. noch einmal mit etwas Gurkenwasser sämig machen und mit ein paar Gürkchen verzieren.

Katzenglück unterm Weihnachtsbaum

*Cover- und Preisänderungen vorbehalten

Katharina Gerwens

Katzenpfötchen im Schnee

Roman

Piper Taschenbuch, 320 Seiten
€ 10,00 [D], € 10,30 [A]*
ISBN 978-3-492-31803-7

Kaum in Rente, stellt Irene fest, wie unerfüllt ihr Leben ist. Kurzerhand übernimmt sie ein Ehrenamt im Tierheim Quellenhof: Sie prüft, ob es den adoptierten Katzen im neuen Zuhause gut geht. Während erste Schneeflocken fallen und alles für den großen Adventsbasar im Tierheim vorbereitet wird, besucht Irene die Katzen und freundet sich sogar mit deren Besitzern an. Doch dann wird Irenes Lieblingskater Bruno überraschend vermittelt. Wie soll Irene sich jetzt noch aufs Weihnachtsfest freuen?

PIPER

Leseproben, E-Books und mehr unter **www.piper.de**